LA VALLÉE DU SAPHIR

Prix du roman d'aventures

Délits d'initiés, Stephen Frey, 2005
Traquée par son passé, Greg Rucka, 2006
Bistouri blues, Kleinmann & Vinson, 2007
L'Inconnue du musée de l'Homme, Jacques Milliez, 2008
Tremblement de terre : Istanbul, 17 août 1999, Larik Marsik, 2009
Deux mille kilomètres avec une balle dans le cœur, David Agrech, 2010
L'aiglon ne manque pas d'aire, Patrick Weber, 2011
Sur un lit de fleurs blanches, Patricia Parry, 2012
Meurtres à la romaine, C.M. Veaute, 2013
Les Fauves d'Odessa, Charles Haquet, 2014
Toxic Phnom Penh, Mathias Bernardi, 2015
Caatinga, Patrick Tringale, 2016

LA VALLÉE DU SAPHIR

Jean Ely Chab

Éditions du Masque
17, rue Jacob 75006 Paris

Avertissement de l'auteur

La Vallée du saphir est une œuvre de fiction. Les lieux décrits au fil de ces pages existent réellement, mais les personnages et les situations sont le pur fruit de mon imagination.

Maquette de couverture : Design Visuel | Sara Baumgartner.
Photo de couverture : © akg-images/Africa Media Online.

ISBN : 978-2-7024-4558-7

À mes parents,
et à toutes nos années de bonheur.

— Que cherches-tu ? Ton malheur ou celui des tiens ? maugréa Rangahyzo.

Le vieil homme tapota avec autorité le sol sur sa droite.

— Ne t'assieds pas devant moi ! Tu risques de fâcher les ancêtres.

L'homme venu consulter Rangahyzo fut prompt à obéir. La flamme d'une petite bougie, fixée sur le sol par sa propre cire, vacilla à son passage. Les longues mains veinées de l'ombiasy[1] se portèrent autour pour la préserver.

— Pourquoi es-tu venu me consulter si tard ? demanda le vieil homme, l'air agacé.

Son client se caressa la nuque, mais aucun son ne semblait pouvoir franchir ses lèvres.

— As-tu perdu ta langue ? insista Rangahyzo.

L'homme assis à ses côtés maintenait la tête baissée, sans sortir de son mutisme. Son corps paraissait se ratatiner, et les doigts de ses mains

1. Ombiasy : nom donné aux devins et guérisseurs dans le sud de Madagascar.

jointes s'entrelaçaient convulsivement. La sueur coulait en abondance du haut de son front, à partir de la racine de ses cheveux. Un long silence s'ensuivit, qu'il finit par rompre d'une voix mal assurée.

— Il ne fait pas de bruit quand il arrive. Mais je l'ai tout de même entendu. Là, tout au fond de ma tête, dit-il en se frappant à deux reprises l'arrière du crâne avec le poing.

L'ombiasy désigna le collier porté par son visiteur.

— Les ancêtres te protègent, et tu as déjà de bons talismans.

Son client resta prostré dans un silence appesanti. L'œil en coin, Rangahyzo prit quelques instants pour l'étudier. Les traits de l'homme assis près de lui s'étaient figés ; son visage était maintenant aussi dépourvu d'expression que s'il avait été sculpté dans du bois. Comprenant qu'il ne parviendrait pas à l'apaiser par de simples paroles, Rangahyzo céda à sa demande et entreprit de fouiller dans un sac de jute. Il en retira un galet blanc, un morceau de verre, un ergot de coq et une racine de gingembre. Les quatre vénérables objets furent déposés vers l'est, en tête de la petite natte rectangulaire déroulée devant lui. Rangahyzo s'accorda ensuite un peu de temps pour enfiler trois colliers entremêlés. Le plus remarquable d'entre eux portait une corne de zébu en pendentif. Quand le devin se sentit prêt, il empoigna une grosse calebasse couleur miel avant de commencer à réciter :

Réveille-toi sikily,
Réveille-toi œil de fourmi,
Réveille-toi œil de coq,
Fruits qui annoncent

Le client toussa. Une forte quinte de toux qui se prolongea. Rangahyzo fit une pause, les yeux rivés sur la natte. Le calme revenu, il reprit sa supplication après une profonde inspiration :

Toi qui es Babamino
Parle juste
Dis nous la vérité

Rangahyzo déboucha la calebasse à l'aide de ses ongles et l'inclina au-dessus de la petite natte en raphia. Il y eut d'abord la résonance sèche des graines de tamarin qui roulaient dans le récipient, suivie aussitôt du son mat de toutes ces petites formes rondes et brunes qui se répandaient par dizaines sur la paille tressée. L'ombiasy posa le récipient vide et entama une longue manipulation avec ses graines : de nombreux mouvements, répétés mécaniquement, qu'il dut interrompre pour faire une pause et se frotter le bas du dos en prenant soin d'étirer sa colonne. Il renouvela l'air de ses poumons, émit un caquètement de vieillard, et reprit fébrilement son tri. Les manipulations s'enchaînèrent, et Rangahyzo parvint finalement au terme de son tri. Devant lui, les graines formaient une matrice de quatre lignes et quatre colonnes. Le vieux devin examina un instant les figures verticales et horizontales qu'elles composaient, puis les regroupa mentalement selon les points cardinaux. Le moment était venu d'interpréter les signes laissés par les ancêtres. Le vieil homme se pencha vers la natte, ses yeux passant et repassant sur les figures sibyllines du sikily. Avait-il fait une erreur ? Ses mains l'avaient-elles trompé ? L'esprit brouillé, décontenancé, il ne cessait d'examiner les représentations formées devant lui.

— L'ennemi est puissant, admit-il en avalant une lourde salive.

Il pivota et roula les bords de son sac afin de mieux voir l'assortiment de fétiches qu'il contenait : un fatras de branches, d'écorces, de racines, de feuilles de toutes sortes composait sa pharmacopée. Il sélectionna un bout de bois, le soupesa, parut hésiter, en prit un autre. Pour la première fois, il doutait de ses propres capacités. Sa seule certitude était que la mort s'était inscrite nettement sur la grille de lecture du sikily. L'homme qui se tenait à ses côtés balançait son buste, les yeux toujours rivés sur le sol. Dans sa poitrine, son cœur battait à tout rompre, comme la course d'un zébu sur un pont en bois.

Le devin sentit l'extrême nervosité de son client. Il étendit la main.

— Calme-toi ! J'ai encore besoin d'un peu de temps.

Après un changement de position pour le confort de ses vieux os, Rangahyzo entreprit une seconde matrice pour affiner sa prédiction. Une fois les nouvelles graines disposées, il balaya rapidement des yeux l'ensemble des combinaisons. La figure du demandeur se confondait avec celle de l'ennemi.

Elles se confondent, répéta-t-il pour lui-même.

Le vieux sage releva lentement la tête. Une ombre s'était déployée sur l'ocre du mur en torchis. Pendant un instant, ses yeux furent incapables de se détacher des contours sombres et lugubres progressant à la verticale. Soudain, toute sa conscience lui revint, et Rangahyzo comprit qu'il avait parfaitement interprété le funeste message des ancêtres.

*
* *

Monza ouvrit les yeux et se redressa sur son siège. Il s'était assoupi. Sa nuque était légèrement endolorie. Il fit quelques mouvements circulaires avec la tête, bâilla et frotta la vitre de sa manche pour en évacuer la buée. Le jour se levait à peine. Le taxi-brousse filait bon train entre de gros blocs rocheux. Au nord de la route, Monza devina les hautes falaises du massif de l'Isalo encore plongées dans l'obscurité. Il lutta une demi-heure contre le sommeil, puis le minibus bascula au creux d'une immense plaine semi-désertique. Monza sentit alors un léger coup d'épaule. Son voisin pointa le doigt entre les passagers, vers le pare-brise avant du véhicule.

— Ilakak'[1], la ville du saphir !

Monza tendit le cou. Un des passagers à l'avant bougea, et lui offrit une vue momentanée sur le site : un ensemble hétéroclite de masures qui s'étirait en longueur des deux côtés de l'unique route, encerclé d'un vaste champ de latérite retournée. Monza sentit soudain sa force renaître. L'ennui l'avait déserté, la fatigue aussi. En une fraction de seconde, il venait d'oublier la longue traversée monotone des plateaux de l'Horombe. Le chauffeur ralentit devant le poste de contrôle routier installé par la gendarmerie et fit un geste désinvolte au militaire en faction, assis sur le bord du talus. Il se fraya ensuite un chemin parmi la foule qui marchait en désordre le long de la nationale. Arrivé à l'extrémité sud de la ville, il tourna à droite pour se garer au milieu de l'aire de stationnement de la gare routière. Le moteur n'était pas coupé que de petites mains passèrent par les vitres ouvertes pour vendre du pain aux voyageurs. Monza sourit, mais ne prit rien. Il sortit avec la maladresse d'un homme courbaturé et leva aussitôt les yeux vers le toit du minibus. Les aides du chauffeur tiraient déjà sur des cordes pour libérer la masse informe attachée sur la galerie. Monza héla un des hommes et désigna sa petite valise marron qui dépassait sous l'un des pans de la bâche de protection. On lui

1. Ilakak' : Andohan'Ilakaka, ville du sud de Madagascar. Pour des raisons pratiques liées à la prononciation, l'écriture de son nom a été simplifiée.

lança son bagage sans délicatesse. Il vérifia qu'il était toujours fermé, joua des coudes pour s'extirper de l'attroupement, et s'immobilisa au centre du parking. Sa valise à la main, il jeta un regard à la ronde. Malgré l'air chargé d'huile, la puanteur des vapeurs de diesel et la poussière qui montait dans les narines, Monza avait senti l'odeur du café grillé. L'arôme puissant provenait des abords de la gare routière. Entre deux baraques en bois qui servaient de guichets à des compagnies de taxis-brousse, il repéra une énorme femme torréfiant des graines de café au-dessus d'un barbecue en aluminium.

La cantinière écarquilla les yeux en découvrant la silhouette féline de l'homme qui approchait.

— D'où viens-tu comme ça ?

— De Ranohira.

Elle jeta un coup d'œil à son bagage, l'air goguenard.

— Toi aussi, tu viens pour creuser ? gloussa-t-elle.

L'imposante femme portait une épaisse couverture marron en guise de châle, et une jupe d'un jaune passé que l'on devinait à peine sous l'énorme panse qui reposait sur ses cuisses. Sa petite tête bouffie était encadrée de deux courtes tresses, fixées par des barrettes au sommet du crâne. Elle inspira tout de suite Monza.

— Non, pas du tout, je viens pour boire ton café !

La cantinière tapa sur son ventre en s'esclaffant.

— Alors assieds-toi, mon mignon !

Monza jeta un coup d'œil sur le banc installé face au barbecue. Il enjamba une bassine pleine de vaisselle et, de sa main libre, vérifia la solidité du siège en le secouant avant de s'asseoir, la valise calée sur ses genoux, le dos tourné à l'aire de stationnement. La cuisinière récupéra une tasse avec une soucoupe dans la bassine, et les essuya consciencieusement avec le coin de sa jupe. Monza suivait ses gestes sans broncher. Elle se leva, frotta sa valise avec une vieille éponge, et y déposa le café. Son service effectué, elle se planta face à Monza, les poings campés sur ses hanches.

— Si tous les clients pouvaient apporter leur table comme toi, dit-elle en décochant un coup de menton vers son bagage, ça serait bien plus pratique !

Monza eut un large sourire. Elle lui répondit par un clin d'œil et se déhancha lourdement vers un autre client. Il huma l'odeur du café, le regard tendu au-dessus de la tasse pour observer l'agitation qui régnait derrière la ville, le long de la pente qui menait à la rivière.

— I-la-kak' !

Monza articula ce nom lentement, faisant claquer sa langue comme un coup de fouet pour prononcer la dernière syllabe. Jamais un nom de ville n'avait suscité autant de remue-ménage à Madagascar.

Comme tout le monde, il avait suivi l'affaire dans les journaux. Jusqu'en 1998, Ilakak' n'était qu'un petit hameau, traversé par le principal axe routier du Sud malgache. Depuis cette date et la découverte d'un saphir bleu près de sa rivière, Ilakak' était devenue une ville de près de trente mille habitants. Une ville de planches et de clous, qui évoquait le Far West des ruées vers l'or. Des baraquements construits dans l'urgence, pour les besoins des prospecteurs affluant par milliers des quatre coins du pays. C'était la fièvre. La fièvre pour le saphir bleu. Chacun achetait le nécessaire, et allait creuser son trou. Pour les concessions, la règle était simple : le premier arrivé était le premier servi. Alors il fallait faire vite. Ne pas perdre de temps. On se bricolait une petite tente avec des branches, une bâche plastique et, juste à côté, on fouillait les entrailles de la terre. Ilakak' était maintenant encerclée de monticules de latérite ocre, tous bordés de profondes cavités souvent prolongées par des tunnels. Mieux valait regarder où l'on mettait les pieds. Bon sang ! Monza aussi aurait bien empoigné une pioche et creusé. Mais il n'était pas là pour ça.

— Comment tu le trouves, mon café ?

Monza leva la tête, un peu surpris. La cuisinière lui avait fait reprendre pied dans le réel. Il trempa les lèvres dans le liquide noirâtre, et plissa le nez.

— Parfait ! Très corsé. C'est comme ça que je le préfère.

La femme s'affala à l'autre bout du banc. Monza retint sa tasse de justesse. Elle avait failli le catapulter. Elle eut un rire épouvantable.

— Je suis là tous les matins. Tu reviendras, j'espère, dit-elle en agitant son index d'un air menaçant.

Monza posa sa tasse pour la regarder attentivement. Il avait beaucoup de peine à lui donner un âge. La rondeur du visage effaçait la dureté des traits et rendait l'analyse trop approximative.

— Je serai votre plus fidèle client ! déclara-t-il sincèrement.

Satisfaite de la réponse, elle lui tendit une assiette vrombissante de mouches.

— Goûte-moi un peu ces beignets !

Elle observa sa main soignée qui parcourait le plat : des doigts fins et des ongles propres ; des mains qu'elle n'avait pas l'habitude de voir à Ilakak'.

— Alors tu viens faire quoi ici ? Tu achètes des pierres ?

Monza dénia en secouant la tête, la bouche pleine.

— C'est bizarre ! Parce qu'ici, je ne connais que deux catégories d'hommes, reprit-elle. Ceux qui creusent pour trouver des pierres et ceux qui les achètent.

Elle croisa les bras sur sa poitrine, les mains bien enfoncées sous ses aisselles, et étudia ses vêtements d'un œil sévère : un blouson sport, un pantalon treillis bleu foncé bien ajusté. Elle descendit jusqu'aux chaussures et découvrit une paire de rangers parfaitement cirée.

— Militaire ? risqua-t-elle, avant de claquer des doigts en se mordant les lèvres. Non, je sais ! Brigade des mines !

Monza avala son beignet, but une gorgée, et finit par lâcher :

— Monza, inspecteur de police.

Il lui tendit la main. Elle se prêta au jeu, et ne lâcha pas prise.

— Ici, tout le monde m'appelle Mamabé. Alors, comme ça, tu es flic ! Ben ici, tu auras de quoi faire.

Elle lui libéra enfin la main pour effectuer un geste large et circulaire, qui semblait englober toute la ville.

— Faudrait tous les foutre au violon. Tous dingues !

Monza se figea, et une lueur d'amusement s'alluma dans ses yeux.

— Ils s'imaginent qu'ils vont devenir riches. Tu parles ! En attendant, la plupart de ces gars ne peuvent même pas s'offrir un café. Y'en a même qui ont voulu me payer avec des pierres ! Tu te rends compte ? Des pierres. Les salauds. Qu'est-ce que j'en ai à foutre de leurs cailloux !

La cantinière marqua une pause avant de poursuivre :

— Y'a rien à gagner, ici. À part des ampoules aux mains et un bon mal de dos.

Elle cracha par terre, non loin des chaussures de Monza qui, par réflexe, replia les jambes sous le banc. Elle se rapprocha et lui saisit le bras.

— Je vais te dire un truc ! Les Malgaches arrivent pauvres à Ilakak', et en ils repartent pauvres.

Le visage de l'imposante femme s'assombrit.

— S'ils en repartent !

Monza attendit, scrutant son visage, lui laissant la possibilité de poursuivre. Ce qu'elle fit après une longue pause, et d'une voix plus grave.

— Les seuls qui parviennent à s'enrichir ici, ce sont les vazahas[1]. Je les vois faire, moi ! Ils arrivent dans de gros 4×4, se garent au nord

1. Nom donné aux étrangers blancs à Madagascar.

de la ville pour éviter de foutre les pieds dans la boue, et attendent que les mineurs viennent leur montrer des pierres. Alors ils leur secouent quelques billets sous le nez. Oh, pas grand-chose ! Mais suffisamment pour faire tourner la tête à tous ces mineurs qui n'ont jamais vu autant d'argent de leur vie. Le soir même, on retrouve ces pauvres types dans un bar, au bras d'une fille, à remplir le verre des copains. Ils claquent tout leur fric, et le lendemain ils retournent creuser, le ventre vide, de la terre jusqu'aux genoux. Jusqu'au jour où le bonhomme finit enseveli dans son propre tunnel. C'est comme ça qu'on crève à Ilakak' !

Mamabé resta assise sans bouger, le regard baissé sur sa bouilloire. Il y eut un long silence que Monza ne savait comment interrompre. Il réfléchit un moment en tournant sa tasse vide entre ses doigts.

— Bon, je t'ennuie avec mes histoires, lâcha-t-elle d'une voix un peu lasse.

Elle pivota et prit un pilon pour moudre des grains de café avec du sucre. Un petit homme malingre coiffé d'un feutre en profita pour accoster Monza. Il sortit de sa poche une petite pierre bleutée.

— Vatomanga.

— Tu vois, je te l'avais dit, intervint Mamabé. Ils ne pensent qu'à ça ici. À croire qu'ils ont tous un caillou à la place du cerveau. Regarde-le, il s'imagine que ta valise est bourrée de billets, et que tu es venu pour affaires.

L'homme haussa les épaules, prit la main de Monza et y déposa la pierre.

— Vatomanga, répéta-t-il.

Monza observa la pierre, dubitatif. Une petite pierre brute roulée, peu transparente. Trouble même, et sans aucune beauté.

— Il ne sait même pas ce que c'est ! explosa-t-elle. Les types qui viennent creuser ne savent même pas faire la différence entre un saphir et un morceau de verre brisé.

— Un saphir bleu, bougonna le gringalet. C'est toi qui n'y connais rien, femme !

— Ne l'écoute pas !

Le prospecteur ôta son couvre-chef et fit mine de vouloir la frapper. Elle éclata de rire. Monza tendit le bras devant lui, fit rouler la pierre entre son index et son pouce face à la lumière du soleil. Il s'amusa un instant à observer les minuscules inclusions de la pierre, puis la reposa dans la main de l'homme au chapeau.

Mamabé s'arrêta de piler ses graines de café pour s'adresser au prospecteur :

— Ne perds pas ton temps ici, l'ami. Va plutôt montrer ton caillou aux businessmen srilankais, de l'autre côté de la ville. Ou pourquoi pas aux Sénégalais ? Moi, je les aime bien les Sénégalais. Sont marrants, et en plus, ils sont beaux garçons.

— Des Sénégalais à Ilakak' ? l'interrogea Monza, franchement surpris.

— Oui, ils m'ont dit qu'ils étaient dans le commerce d'ailerons de requins sur la côte, puis, comme tout le monde, ils sont venus voir s'ils pouvaient faire de la thune à Ilakak'.

— Rien n'échappe à tes oreilles !

— Oh, tu sais, à l'heure du café on voit pas mal de gens passer. Et les gens, ben, ils causent quand ils bouffent bien !

— Je m'en souviendrai !

— Encore un peu de café ?

Monza fit écran avec sa main.

— Non, non, merci !

Il la dévisagea sans se départir de son sourire. Il avait l'impression de la connaître depuis une éternité. Il appréciait la gouaille de cette femme, et regrettait presque de la quitter. Il se tapa sur la cuisse pour se donner du courage.

— Faut que j'y aille. Au fait ! Je cherche un endroit pour dormir ? Quelque chose de correct.

— L'hôtel Vatosoa, si t'as les moyens, dit-elle sans hésiter.

— Vatosoa ?

— Oui, y'a pas mieux ici ! Tu descends vers le centre de la ville, sur la nationale. C'est le bon endroit pour déposer ta valoche. Elle est vraiment horrible, tu sais !

— Horrible ?

— Ouais, ça te va pas du tout. Ils ne vous refilent pas de sacs dans la police ?

Monza posa ses yeux sur son bagage, et rit de bon cœur. La cantinière avait raison. Il passerait d'abord à l'hôtel. Il ne pouvait quand même pas se présenter, valise à la main, devant le gradé responsable de la sécurité du fonkontany[1].

---

1. À l'origine, village traditionnel malgache. C'est aujourd'hui une subdivision administrative malgache, comprenant des hameaux, des villages, ou bien des quartiers.

*
* *

Monza avait tout d'abord demandé son chemin, puis avait fini par repérer l'endroit grâce au drapeau rouge, vert, blanc de la *Repoblika Malagasy* qui flottait au-dessus du toit. Ce n'était pas un véritable poste de gendarmerie. Du moins pas encore. Les autorités venaient juste de pallier les conséquences de l'explosion démographique d'Ilakak' en installant, à l'entrée sud de la ville, cette antenne provisoire dans une petite masure construite en planches disjointes. Ce modeste local servait à la fois de point de ralliement, de bureau, et de dortoir aux six hommes détachés par la brigade de gendarmerie de la commune rurale de Ranohira. Les mains sur les hanches, Monza s'immobilisa un court instant face à la maisonnette. La porte d'entrée était fermée ainsi que les battants des volets des deux petites fenêtres qui l'entouraient. Monza aurait pu en conclure que le poste était abandonné, mais il sentit que cette apparente inactivité ne prouvait rien. Il s'approcha et cogna trois coups fermes contre la porte en bois. Un étrange couinement métallique suivi d'un bruit de pas lui confirma sa première intuition. La porte s'ouvrit sur un grand échalas en débardeur, visiblement tiré de son sommeil, et qui ne cherchait pas à le dissimuler. Il tenait une kalachnikov et tentait, avec sa main libre, d'ajuster la ceinture de son pantalon kaki. D'un coup de menton, il signifia à Monza qu'il attendait sa question.

— Je suis inspecteur de police. J'ai besoin de m'entretenir avec le responsable du poste, dit Monza, les yeux rivés sur le fusil-mitrailleur.

Le grand échalas bâilla, leva la main pour se frotter le visage, et repoussa gauchement du coude le battant dont le retour venait de lui heurter le dos. La requête de l'inspecteur ne semblait pas avoir atteint son cerveau. Monza braqua ses yeux sur les siens, et renouvela sa question :

— Je peux voir le chef ?

— L'adjudant Bako ? Pas là, répondit le gendarme d'une voix empâtée de sommeil.

— Il revient quand ?

L'homme en treillis gonfla ses joues comme un crapaud buffle, émit un bruit incongru avant de répondre.

— J'sais pas trop.

— J'ai besoin de le voir. C'est important !

— Oooh...

L'homme de troupe gratouilla la barbe naissante sous son menton, laissant sa réponse en suspens.

— Peut-être aujourd'hui, conclut-il.

— Peut-être aujourd'hui ?

— Mouais, c'est ça.

Monza comprit qu'il n'obtiendrait rien de plus.

— Très bien. Je vais l'attendre ici.

Le gendarme tourna les talons, sans montrer plus d'intérêt pour son visiteur. La porte se referma lentement en grinçant sur ses gonds. Monza croisa les bras, s'absorba un instant dans la contemplation des planches qui lui faisaient face, puis pivota afin de balayer du regard les lieux environnants : un terrain vague écrasé de chaleur, parsemé de détritus, et bordé par les huttes misérables des prospecteurs. L'attente risquait d'être longue. Il repéra une pierre plate sous un épineux qu'il déplaça jusqu'au pied de la cabane, du côté ombragé, et s'y installa le plus confortablement possible, en s'adossant à une planche. Sa main fouilla dans la poche de son blouson à la recherche de son paquet de cigarettes. Une fois sa Boston allumée, il se mit à réfléchir à ce qu'il allait dire au sous-officier, ainsi qu' à la façon dont il allait le faire. Sa mission n'était pas si simple. Son supérieur hiérarchique, le commissaire Bien-aimé Rakotonanar, avait un don tout particulier pour lui fourguer les dossiers les plus embarrassants.

— Vous êtes un sacré veinard, Monza. Un sacré veinard !

Monza avait d'abord encaissé le coup, figé au garde-à-vous, puis s'était assis à la demande du commissaire, avec tout le poids d'un mauvais pressentiment sur les épaules.

— Ilakak', Monza, ça vous dit quelque chose ?

Comme Monza n'avait pas réagi, le Boss était revenu à la charge :

— Allons, inspecteur... Ilakak', la ville du saphir, des aventuriers, hum ! Et des filles dans les bars.

Les yeux cernés du commissaire s'étaient mis à briller d'un éclat malicieux.

— Avouez que vous en creviez d'envie !

— Des filles dans les bars ?

— D'une enquête à Ilakak', Monza. Votre première véritable enquête, avait poursuivi le commissaire sans relever l'impertinence. Un meurtre dans un petit village, au nord de la ville. Tout est dans le dossier.

Rakotonanar lui avait tendu une chemise cartonnée avec le sourire radieux d'un commerçant qui accueille son premier client de la journée.

— Une affaire qui remonte à la semaine dernière. Enfin, disons une dizaine de jours, avait concédé Rakotonanar d'un ton désinvolte.

Monza avait rapidement parcouru le formulaire qui constituait l'unique pièce au dossier. L'interligne le plus soigneusement rempli correspondait au paragraphe *Description des événements,* dans laquelle on pouvait lire : « Meurtre de M. Rangahyzo, doyen et chef du village de Kiliabo. »

Tandis qu'il notait l'information dans son petit calepin, le commissaire Bienaimé Rakotonanar lui avait joué son habituel numéro du patron bienveillant, toujours prêt à aider ses hommes.

— Vous savez où se trouve Ilakak', Monza ?

Sans attendre la réponse, Rakotonanar s'était penché derrière son bureau pour y secouer chaque tiroir, puis s'était redressé, tout transpirant, avec une carte routière de Madagascar dans la main droite. Il l'avait déployée, comme on jette une nappe sur une table, et avait fait glisser son index le long du trait de l'axe routier qui traversait le sud du pays.

— Ici, nous avons Ilakak', et le village de Kiliabo se trouve quelque part plus au nord. Tout près du massif de l'Isalo. Dans ce coin-là.

Son gros doigt avait tracé un cercle, qui devait représenter un diamètre de près de deux cents kilomètres à l'échelle de la carte.

À cet instant précis, Monza avait eu furieusement envie de lui faire avaler sa carte roulée en boule.

— Bon. Je vous explique, Monza. Dans un premier temps, vous vous installez à Ilakak', afin de prendre contact avec la gendarmerie. C'est sans doute là le point le plus délicat, parce qu'il vous faudra intervenir sur leur zone de compétence. Ils ont certainement déjà mené leur propre enquête en brousse. Sûrement une histoire classique de voleur de zébus. Donc, vous leur demandez gentiment de vous mettre au parfum et, une fois les renseignements nécessaires obtenus, vous revenez à la maison pour me taper un rapport digne de ce nom.

Il avait alors fait claquer ses larges mains comme on percute des cymbales. Le signal habituel qui marquait la fin de ses entretiens.

— Vous avez une semaine, Monza. Demain, vous foncez à Ilakak', et le lundi suivant, vous êtes dans mon bureau, vos conclusions ficelées sous le bras.

En l'entraînant vers la sortie, il lui avait donné ses dernières consignes, d'une voix murmurée, presque sur le ton de la confidence :

— Un boulot propre, Monza. C'est tout ce que l'on vous demande. Et n'oubliez pas ! Le plus important est de coopérer avec les gendarmes sur place. Je suis certain qu'ils peuvent fournir tous les éléments nécessaires. Ah, Monza ! Vous êtes un sacré veinard.

Monza ne parvenait pas à effacer de son esprit le sourire narquois que lui avait adressé le commissaire dans le couloir. Il avait hérité d'un dossier passionnant : une histoire de zébus. Dans ce pays, tout tournait autour des zébus ! Un couple se marie, on égorge un zébu. Un enfant naît, on en sacrifie deux. Le gamin meurt, on zigouille tout le troupeau. Les bovins étaient à la fois la richesse du pays et sa ruine. Pour la plupart des gens, la propriété d'un troupeau constituait le seul but honorable dans la vie. Du coup, les dossiers concernant les vols de zébus s'entassaient dans les postes de police, et venaient ensuite encombrer les tribunaux. C'était devenu une priorité dans la plupart des provinces du pays. Sa carrière de policier semblait définitivement liée au destin de ces ruminants.

Sous son crâne, la scène en compagnie de Rakotonanar repassait en boucle. Il secoua la tête. Parfois, il avait envie de tout laisser tomber ! Il se leva subitement pour mettre fin aux réitérations de son esprit, et commença à se soulager contre une planche du poste. Sa tête bascula en arrière, son regard se focalisant sur un faucon qui planait à la verticale de la baraque. Les cercles lents que décrivait le rapace aidèrent Monza à recouvrer son calme.

Il ne faut pas s'en faire, se dit-il, je vais me dégourdir les jambes. Une virée en brousse, ça me changera de la paperasse. Je suis à Ilakak' ! La ville du saphir et des aventuriers… Un faible sourire se dessina sur son visage. Il aurait bien suivi tous ces types venus tenter leur chance dans les mines d'Ilakak'. C'était certainement plus sain de se concentrer sur des petits cailloux que de penser toute la journée à des histoires de meurtres et de cadavres. Creuser n'était pas une idée aussi folle. Après tout, il suffisait d'une pierre pour faire fortune ! Une seule pierre, pensa-t-il en se rajustant, et adieu Rakotonanar. Finie, cette petite vie minable de fonctionnaire à bicyclette. Je pourrais revenir sur la capitale, avec du pognon plein les poches. Je retrouverais enfin Kintana. Et à nous la belle vie ! On irait au restaurant le vendredi soir. Et le week-end, je l'emmènerais sur la côte. J'aimerais tant lui faire découvrir Salary : un petit village de pêcheurs sur une plage, face au bleu turquoise, sans doute la plus belle baie du pays. On pourrait y faire construire une case ouverte à tous les vents. Il s'imagina sur une dune face à la mer. Kintana était à son côté. Doucement, les traits de la jeune femme s'affirmèrent. Sans son béret, ni son affreux chignon, son visage avait pris de la douceur. Sa lourde chevelure bouclée ondulait autour de son joli front bombé. C'est vrai, elle était sacrément jolie, une fois débarrassée de son uniforme qui la rendait trop autoritaire. Tous les copains lui avaient envié cette rencontre faite sur les bancs de l'école de police : une fille belle, intelligente. Elle réussissait tout ce qu'elle entreprenait. Ses notes obtenues aux examens lui avaient d'ailleurs permis de rester sur la capitale. Monza, lui, avait dû se contenter d'une nomination sur Ranohira. Un bien mauvais départ ! Peut-être même un enlisement de première. Ranohira était un bled endormi le long de la nationale 7, un trou à rats pour un jeune qui débutait dans la vie, loin de tous les divertissements et plaisirs qu'offrait une ville comme Tananarive. Le genre de poste que tous ses copains cherchaient à éviter : le grand sud malgache, loin de la famille et des amis d'enfance. Loin de Kintana.

Il ne la reverrait sans doute jamais, sauf dans ses rêves : sur cette dune de sable blanc, face à la baie de Salary. Une nouvelle fois, son esprit contempla au fond de lui-même le beau visage de la jeune femme. Il se laissa un instant bercer par cette douce sensation. Monza parvenait presque à entendre le bruit des vagues au loin sur la barrière de corail. Mais quand il se retourna et que son regard se heurta aux lieux environnants, son sourire tomba brusquement. Sa plage bordée d'eau turquoise avait fait place au sordide enchevêtrement des masures d'Ilakak'. Monza se figea, la mâchoire crispée.

Il éprouva à nouveau un fort ressentiment en se remémorant le faciès bouffi et satisfait de Rakotonanar.

Vous êtes un sacré veinard, Monza.

Les mots prononcés par son supérieur résonnèrent encore plus cruellement à ses oreilles. Son sang se mit à bouillir, ce qui se traduisit aussitôt par une forte montée de sueur, recouvrant son visage et lui picotant les yeux. Il ôta son blouson, s'en servit pour s'éponger le front.

— Ce gros lard de Rakotonanar, lâcha-t-il à voix haute.

Et pour cause. Le jeune policier n'entretenait pas de très bonnes relations avec son supérieur hiérarchique. Dès le premier contact, le courant n'était pas passé. Rakotonanar n'avait pas caché son mécontentement lorsque l'administration centrale lui avait envoyé ce jeunot, tout juste sorti de l'école. Pourtant, Monza n'y était pour rien. Ce n'était pas lui qui avait demandé ce poste au fin fond de la brousse !

Le regard du policier se riva sur ses rangers.

Depuis son arrivée au commissariat de Ranohira, il se tapait tout le sale boulot. Comme si cela n'était pas assez difficile de commencer sa carrière au milieu de nulle part. Son supérieur l'envoyait même participer aux interminables contrôles routiers à l'entrée de la ville. Des heures à battre la semelle sur la nationale, de jour comme de nuit. Il était presque heureux de revenir au poste pour taper les rapports du chef sur une ancestrale machine à écrire. Un bizutage qui s'éternisait. Déjà deux longues années. Jamais il n'aurait imaginé que le métier de flic eût été aussi barbant.

Ce boulot à Ilakak' constituait sans doute une nouvelle corvée, et en même temps, la manière la plus simple pour Rakotonanar de se débarrasser de lui. Monza savait qu'une partie de l'équipe travaillait en ce moment sur un assassinat commis à Ranohira. Il avait assisté à la réunion qui avait décidé des rôles assignés à chacun. Mais Rakotonanar ne lui avait même pas demandé de prendre part au travail d'investigation. On ne le prenait visiblement pas au sérieux. Son supérieur avait préféré l'envoyer jouer ailleurs. Monza releva la tête en inspirant profondément. Au bout du compte, il se retrouvait loin de tout, avec pour mission de ramper jusqu'aux bottes du responsable de la gendarmerie d'Ilakak', et de supplier pour qu'on lui remette le rapport établi sur l'affaire Kiliabo.

Une humiliation de plus.

Soudain une révolution s'opéra sur le visage du policier. Une puissante détermination venait de naître dans son esprit. Il était hors de question qu'il se contente des conclusions des gendarmes. L'idée de faire exactement ce que lui demandait Rakotonanar lui était de toute façon insupportable.

— Je suis inspecteur de police, s'emporta-t-il. Quel est l'intérêt de mon boulot si je ne peux pas mener des enquêtes sur le terrain?

Il fronça les sourcils. La rage flambait dans son regard.

Sa décision était prise. Il devait se faire sa propre opinion sur le meurtre du vieux Rangahyzo. Et personne ne l'empêcherait de mener sa propre investigation, pas même Rakotonanar. Monza exhala longuement l'air de ses poumons, comme pour mieux chasser ses derniers doutes. Après son entretien avec l'adjudant, il partirait à Kiliabo.

Sur le lieu du crime.

*

* *

Le militaire qui approchait du poste était un rude gaillard, solidement bâti. Monza le considéra un instant sans bouger. Contrairement à l'homme de garde, son allure était nette. Irréprochable. Une tenue kaki bien repassée, un béret noir vissé sur un crâne rasé, bien en accord avec son faciès brun et carré. Monza plissa les yeux et identifia les galons d'un adjudant-chef. Cela laissait présager une coopération difficile sur le dossier Kiliabo. Monza se mit debout et vint couper la trajectoire du gendarme. À la vue de cet inconnu qui lui barrait le chemin, le regard du militaire se durcit encore, et sa bouche forma un pli revêche. Monza lui tendit la main et se présenta. L'adjudant la lui serra sans répondre, puis se dirigea vers la baraque. Dans les secondes qui suivirent son entrée, les volets s'ouvrirent à la volée, et l'homme de garde déguerpit illico en faisant signe au policier d'entrer.

À l'intérieur, l'adjudant Bako désigna froidement une chaise face à une table étroite et gracile, qui semblait supporter avec peine le poids d'une énorme machine à écrire. L'adjudant prit à bras-le-corps l'encombrant outil de secrétariat pour le déposer sur un châlit métallique, installé contre le panneau du fond.

Monza laissa sa plaque d'inspecteur sur la table et lança deux, trois remarques sur la ville d'Ilakak'. Son entrée en matière, destinée à briser la glace, se heurta au silence du sous-officier. Monza se racla la gorge et enchaîna rapidement.

— Mon supérieur m'a confié un dossier pour lequel nous espérons la coopération de la gendarmerie.

— De quoi s'agit-il ?

La voix de l'adjudant paraissait normale, mais Monza décelait toujours autant de tension sur son visage.

— J'arrive tout juste du commissariat de Ranohira. Je dois établir un rapport sur une affaire concernant un village près d'Ilakak'.

Les sourcils de Bako grimpèrent sur son front.

— Quel genre d'affaire ?

— Un vol aggravé.

— Vol aggravé ?

— Un homicide qui aurait été commis par des voleurs de zébus.

— Dahalos ! rectifia Bako en traînant sur chaque syllabe prononcée, comme pour rendre ces bandits plus effrayants encore.

— Oui, des dahalos.

— Quel village ?

— Le village de Kiliabo, au nord.

— Kiliabo…

— Une affaire qui doit remonter à une dizaine de jours.

L'adjudant s'agita sur sa chaise, posa son regard sur Monza, s'en détourna, puis y revint.

— Écoutez, inspecteur, je ne peux pas vous cacher que je suis assez surpris de vous voir ! On parle bien d'une attaque en brousse, n'est-ce pas ?

— Une attaque en brousse, confirma Monza en hochant la tête.

— Bon, et ce type d'affaire n'est-il pas normalement du ressort de la gendarmerie ?

Monza inclina la tête de côté, avec une mine faussement embarrassée.

— Il n'empêche qu'une enquête m'a été confiée, et que je dois faire mon travail.

— Nous ne vous avons pas attendu pour mener une investigation et poursuivre les auteurs de cette attaque ! rétorqua l'adjudant en pointant vers le haut un menton offensif.

— Vous les avez arrêtés ? s'enhardit Monza.

— Pas encore. Au moment où je vous parle, nos hommes mènent une expédition contre eux au nord du massif de l'Isalo.

Bako discourait en fixant l'inspecteur dans les yeux. Monza soutenait son regard, tout en veillant à ce qu'il n'y voie aucune provocation.

— Dans ce cas, vous pourrez sûrement m'aider pour mon enquête, dit Monza d'un ton maintenant plein d'assurance.

— L'affaire est bouclée. Qu'avez-vous l'intention de faire de plus ?

— En savoir un peu plus sur cette histoire de meurtre. Et…

Monza marqua un temps d'arrêt pour bien insister sur le point suivant :

— … Et faire un tour à Kiliabo.

L'adjudant Bako agita négativement la main.

— Vous perdez votre temps !

Monza ne répondit pas, se contenta de lui sourire. La tension du sous-officier s'était encore accrue. Il se mit à transpirer abondamment.

— Avez-vous déjà eu affaire aux dahalos, monsieur l'inspecteur ? demanda-t-il avec une grimace hargneuse.

Monza ne cilla pas.

— Êtes-vous un spécialiste de la brousse ? Savez-vous identifier, suivre des traces au sol ? Dans la gendarmerie, nous sommes tous formés pour ce type d'intervention. Chaque homme est capable de pister les dahalos pendant plusieurs semaines, sur un terrain difficile, et dans des conditions que vous n'imaginez même pas.

Monza restait impassible. Il n'avait pas l'intention de se laisser impressionner.

L'adjudant se pencha en avant, les mains posées à plat sur la table, les yeux rivés sur Monza.

— Je vous le répète. Vous perdez votre temps ! À l'heure qu'il est, mes hommes s'occupent de ces dahalos.

Monza sentit qu'il n'avancerait pas. Il lui fallait mettre un terme à cette joute oratoire.

— Nous n'avons jamais eu l'intention de vous dessaisir de l'affaire, dit-il sur un ton apaisant.

Le silence se fit, jusqu'au moment où l'adjudant relâcha son souffle contenu.

— Qu'espérez-vous exactement ?

— Il ne s'agit là que d'une régularisation administrative, poursuivit Monza, mes supérieurs m'ont demandé de rendre compte lundi prochain. Cela me laisse une semaine. Et pour mon enquête dans le village de Kiliabo, j'espérais seulement profiter de votre expérience.

L'adjudant réfléchit puis joignit les mains devant la bouche, en forme de prière, pour bien montrer à son interlocuteur qu'il devait prêter une attention toute particulière à ce qu'il allait prononcer.

— L'affaire est on ne peut plus simple ! C'est un vol de zébus qui est à l'origine du meurtre commis à Kiliabo. Le vieil homme a voulu protéger les derniers bœufs qu'il possédait, et s'est interposé. Les dahalos ont eu sa peau. Voilà tout !

Nous savons de quoi nous parlons. Les vols de bœufs ne sont pas un phénomène nouveau dans cette région, conclut l'adjudant en s'adossant à son siège.

— Vous pensez pouvoir les rattraper ? demanda Monza.

— Les poursuites sont extrêmement longues et difficiles. Les cachettes sont innombrables en brousse. Mais on finira par les coincer !

L'adjudant continuait à suer à profusion. Il s'épongea le visage avec un mouchoir avant de poursuivre :

— Je vais vous dire où est le foutu problème aujourd'hui, grommela-t-il, en pointant l'index sur la table. Le problème est qu'aux voleurs de zébus se rajoute le cas des prospecteurs de saphirs ! Cinq cents types arrivent chaque jour pour creuser. Au final, la situation est devenue ingérable. D'un côté nous devons couvrir un territoire immense pour lutter contre les dahalos, et de l'autre, il nous faut faire face à l'arrivée de milliers de bonshommes dans la région !

L'adjudant se tut. Monza chercha quelque chose pour l'inciter à parler encore.

— La ruée vers le saphir rend les gens complètement fous.

L'adjudant Bako fit un petit geste, qui marquait tout à la fois son dégoût et son accablement.

— Et les gens fous sont dangereux ! Ils vont finir par tous s'entretuer pour ces foutues pierres.

Le sous-officier haussa les épaules de dépit avant de conclure :

— Nous manquons cruellement de moyens !

C'était un homme qui se sentait seul. Trop seul. Chef unique d'une petite troupe isolée, dans l'incapacité de faire face.

Monza réfléchit à ce problème chronique dont souffrait aussi la police. Il avait un point commun avec son interlocuteur, un sujet de conversation qui pouvait lui permettre d'améliorer l'échange.

— Dans la police, nous ne sommes pas mieux lotis, dit Monza calmement. Au commissariat, nous n'avons même plus de véhicule d'intervention. Tous en panne.

— Pour nous, c'est pareil ! s'exclama l'adjudant. En cas d'urgence, on se tourne vers l'ANGAP[1]. Parfois, ils nous prêtent un véhicule. Parce que chez nous, il n'y a plus aucun transport de troupes. Les poursuites que nous engageons contre les dahalos se font toutes à pied. Et certains de nos hommes n'ont même plus de quoi se chausser. C'est comme ça ! On attend la prochaine dotation, qui tombe juste avant la fête de l'indépendance.

Les dents serrées, l'adjudant retroussa les lèvres en une ébauche de sourire.

— Ils ne veulent pas nous voir défiler en savates !

Monza approuva en hochant la tête. Le visage de l'adjudant se détendit légèrement pour afficher l'esquisse d'un nouveau sourire. Son regard changea également d'expression.

Pour la première fois, Monza prit conscience qu'il ne le regardait plus en tant qu'adversaire.

---

1. Association nationale pour la gestion des aires protégées à Madagascar.

Le silence qui suivit se prolongea. Puis l'adjudant retira son béret, le lança sur la machine à écrire, et croisa les doigts derrière la nuque en s'appuyant au dossier de son siège. Monza sentait qu'il avait ouvert une brèche dans le bastion où Bako tenait position. Le sous-officier secoua la tête et siffla entre ses lèvres. Son regard revint sur Monza.

— Oui, ce n'est pas si facile de faire du bon boulot dans ces conditions.

Monza vit alors l'adjudant se lever énergiquement, ouvrir la porte d'entrée, et s'adresser à l'homme de troupe.

— Il me faut le rapport d'enquête sur le vieux tué à Kiliabo !

Monza se détendit, tira sur la fermeture de son blouson. Il venait de franchir un sérieux obstacle. L'adjudant Bako tourna le dos à la porte, qui se referma mollement, et enfonça les poings dans ses poches.

— Nous manquons cruellement de moyens. Mais pas les dahalos ! Pour la plupart, ces bandits ont échangé leur sagaie contre un fusil de chasse. Certains ont même réussi à se procurer des fusils-mitrailleurs ! lança-t-il en écarquillant les yeux.

— Des armes de guerre ? s'étonna Monza.

— Oui, inspecteur, des Kalachnikov.

L'adjudant vint frapper le pommeau de la porte avec sa main, visiblement satisfait de son effet. Il voulut en rajouter.

— Et on se fait de jolies bagarres en brousse. Ils nous donnent du fil à retordre, les salauds !

Il s'interrompit, comme s'il prenait conscience d'être allé trop loin, avant d'ouvrir la porte rageusement.

— Le dossier Kiliabo, bon sang ! cria-t-il.

Après quoi, il regagna son siège, l'air toujours aussi renfrogné. L'homme de troupe passa sa tête dans l'entrebâillement de la porte, visiblement peu surpris par le ton agressif de son chef, et désigna le fond du local.

— Il est dans mon paquetage, mon adjudant !

Le sous-officier Bako se figea. Le regard de Monza alla de l'adjudant à l'homme de troupe, et revint à l'adjudant.

— Bordel ! C'est pour aujourd'hui ou pour demain ? s'énerva ce dernier en fusillant son subordonné du regard.

L'homme de troupe traversa la pièce précipitamment, se jeta à plat ventre sous le cadre d'un lit et, après maintes gesticulations, en retira une grosse enveloppe, qu'il tendit à son supérieur. L'adjudant lui arracha le document des mains.

— C'est bon, foutez le camp !

Le gendarme sortit, légèrement penché, un bras tendu devant lui, comme le veut la politesse malgache lorsque l'on veut se faire pardonner de gêner. L'adjudant, passablement irrité, vida l'enveloppe, en vérifia le contenu, et remit le tout à Monza. Celui-ci sortit un petit calepin de sa poche, et commença à parcourir les deux pages du rapport. Il nota les faits qui l'intéressaient avec méthode, résistant à un sentiment d'urgence. L'adjudant s'était levé, avait contourné la table et Monza, pour aller se poster devant la fenêtre, le regard fixé au-dehors. Au bout de cinq minutes, Monza fit mentalement le bilan de ce qu'il avait appris. Le compte rendu des gendarmes avait été rédigé avec sérieux, et établissait que le vieux Rangahyzo avait été tué avec une arme blanche en voulant protéger son troupeau. Monza acheva sa lecture et déposa soigneusement le dossier sur le bureau. Le sous-officier se détourna de la fenêtre.

— Vous voyez, inspecteur, il n'y a là rien d'extraordinaire !

— Une affaire classique de voleurs de zébus, confirma Monza en prenant un air satisfait.

Manifestement soulagé, le sous-officier vint s'asseoir sur le rebord de la table. Monza rangea doucement son bloc-notes, se leva et fit mine de vouloir partir. C'était le moment qu'il avait choisi pour poser les questions les plus importantes. Un truc que lui avait appris un ami journaliste au journal *Tribune* à Antananarivo : poser les bonnes questions en feignant le détachement.

— Des villageois sont venus porter plainte chez vous ? Je n'ai vu aucun nom apparaître dans le rapport.

— Un de nos hommes en poste dans le village voisin a été prévenu.

— Il était sur place lors de l'attaque ?

L'adjudant contourna la table pour venir se placer face à Monza.

— Non, je vous l'ai dit, dans le village d'à côté, à environ une heure de marche.

— Je suppose que ce gendarme a participé à l'enquête ?

— Tout à fait, le rapport que vous avez lu a été rédigé à partir de ses propres observations sur le terrain.

Monza tira son carnet de sa poche, et relut ses notes.

— Le caporal Ramanda, c'est bien ça ?

— Le caporal Hery Ramanda, précisa l'adjudant.

— Est-il possible de le rencontrer ?

— Je peux faire mieux ! Il pourrait vous servir de guide à Kiliabo.

Monza retrouva le sourire. Finalement, l'adjudant lui facilitait grandement la tâche.

— Très bien ! Comment puis-je entrer en contact avec lui ?

— Rien de plus facile ! Vous le trouverez à Bereketa, le village voisin de Kiliabo. Le caporal et son binôme sont en charge de la sécurité de ce village. Vous pouvez même profiter du taxi-brousse qui part d'Ilakak' en fin de matinée. C'est un Karane[1] qui assure la liaison trois fois par semaine avec son propre véhicule. Il est également propriétaire d'une épicerie au sud de la ville, juste avant le pont. Demandez l'épicerie Jakyr. Sinon, vous pouvez toujours y aller à pied. Une jolie balade de vingt bornes en plein soleil !

L'adjudant tendit la main pour serrer celle de Monza.

— Tenez-moi au courant. Mais je pense que vous avez déjà tous les éléments pour votre rapport.

---

1. Karane ou karana : Indo-Pakistanais émigrés à Madagascar à la fin du XVIIe siècle.

— Je n'en doute pas. Je vous en remercie.

L'adjudant posa sa main sur l'épaule de Monza en le raccompagnant.

— Jevousdoisdesexcusespourl'accueil,concéda-t-il en adoptant un ton de repentir acceptable.

— Ce n'est rien. Je comprends votre réaction, dit Monza en haussant les épaules.

Le sous-officier rajouta également un salut militaire auquel répondit Monza.

Une fois dehors, l'inspecteur soupira avec volupté. Il ne s'en était pas si mal sorti, malgré ses propres maladresses et l'arrogance de son interlocuteur. La première étape était franchie. Il pouvait partir en brousse.

*

* *

Le démarreur émettait des sons stridents, mais le moteur du taxi-brousse ne démarrait pas. Monza, qui patientait depuis une heure, assis sur la banquette de la cabine avant, évitait le moindre mouvement. La chaleur l'enserrait d'un manteau insupportable. Mais il valait encore mieux rester à l'abri que s'exposer à l'impitoyable soleil d'Ilakak'. Abdul descendit sa vitre en la martelant du plat de la main, cracha un long jet de salive, et grommela un ordre à ses aides. Deux adolescents en guenilles se précipitèrent à l'arrière du véhicule pour s'arc-bouter contre le hayon. Le vieux Peugeot avança sur quelques mètres, s'ébroua et le pot d'échappement cracha une épaisse fumée noire. Le conducteur s'épongea le front avec un chiffon maculé de cambouis, puis enfonça progressivement l'accélérateur. Le taxi-brousse s'arracha de son immobilité, prit son élan pour passer un pont, et aborda, avec prudence, le début de la piste qui descendait le long de la rivière.

Les vingt kilomètres séparant Ilakak' du village de Bereketa constituaient un trajet facile s'il ne pleuvait pas. Comme la saison des pluies n'avait pas encore déployé son armée de nuages menaçants, le trajet s'annonçait comme une balade sans histoire. La voiture côtoya d'abord les terres verdoyantes bordées de pandanus et de palmiers, qui contrastaient avec les sols arides aux alentours. La piste s'écartait ensuite pour progresser sous la forme d'une étroite bande sablonneuse, à peine décelable au milieu d'une immense plaine piquetée de lataniers. De temps en temps, le conducteur quittait les ornières pour rouler en hors piste parmi les graminées à touffes, en évitant les termitières. Monza s'accouda à la portière. La tête à l'extérieur, il respirait à pleins poumons, laissant pendre sa main pour sentir l'air glisser entre ses doigts. De part et d'autre de la piste, de grands troupeaux de zébus aux cornes gigantesques, en forme de lyre, partaient pour les pâturages. Leurs jeunes gardiens les admonestaient en agitant leur bâton pour les regrouper. À mi-chemin, le chauffeur eut besoin de compagnie, et rompit le silence à l'intérieur de la cabine.

— Militaire ?

Monza tourna vers lui un regard sombre, et vit luire sa peau graisseuse. Son voisin désigna d'un coup de menton le plancher pour se justifier.

— Je dis ça à cause de vos pompes.

— Policier, rectifia Monza.

— Qu'est-ce que vous venez faire dans le coin ?

— Je viens enquêter sur un meurtre.

Les yeux du conducteur se braquèrent un court instant sur Monza, puis revinrent sur la piste.

— Ah ! Le vieux qui s'est fait buter à Kiliabo ?

— Oui, une histoire de zébus, paraît-il.

Le Karane dodelina de la tête.

— Bah, ici ce n'est pas compliqué ! Soit on se bat pour les saphirs, soit on se bat pour les zébus.

Monza esquissa un sourire, et prit un peu de temps pour étudier le propriétaire du taxi-brousse. Un homme d'une trentaine d'années, qui semblait bien engagé sur la route de l'obésité. Son salwar kameez[1], tendu à en craquer sur son torse rondelet, était surmonté d'un visage rond et potelé, avec un minuscule menton sous lequel pendait une boule de graisse. Ses petits yeux cernés de fatigue, encadrés par des cheveux noir de jais, s'accordaient mal avec une bouche épaisse qui s'anima pour relancer la conversation.

— Vous savez, pour les gens de la région, je veux dire pour le peuple bara, rien n'a plus d'importance qu'un zébu. Ils se volent souvent des têtes de bétail entre eux. C'est leur sport favori.

1. Vêtement traditionnel originaire du sud de l'Asie.

Sa main droite lâcha le volant, pointa l'index vers le bas en s'agitant.

— Ici, c'est comme ça. Vous n'êtes pas un homme si vous n'avez pas volé un bœuf.

Puis, sur le ton d'une personne qui dévoile un fait scandaleux :

— Il paraît même qu'un Bara doit voler un zébu pour pouvoir se marier !

Sous l'impulsion du moment, Monza eut envie de plaisanter. Il fronça les sourcils et força l'étonnement dans sa voix :

— Un zébu contre une femme ?

— Oui, et peut-être même plusieurs, si la fille vaut le coup !

Monza sourit : lui-même avait eu une vision un peu caricaturale de la culture bara, avant d'être affecté à son poste dans le grand sud malgache.

Le temps où de jeunes hommes bara volaient des zébus afin de constituer une dot et de prouver leur bravoure à leur futur beau-père et leur virilité à la femme désirée était révolu. Les razzias de bétail étaient maintenant conduites par de véritables bandits qui n'hésitaient pas à se servir de leurs armes.

Abdul eut un rire gras avant d'enchaîner :

— Mais je pense qu'un Bara préfère encore ne pas se séparer de ses bêtes.

Soudain, un pick-up surgit dans l'alignement du taxi. Le chauffeur donna un violent coup de volant sur la droite, et évita de justesse un choc frontal. Monza aperçut l'éclat d'une carrosserie bleue dans un nuage de poussière. Il fixa l'arrière du véhicule croisé dans le rétroviseur.

— Bordel, pesta Abdul. Il roulait à combien ?

— Du mauvais côté en plus, souffla Monza.

— Ce n'est pas la première fois que je croise ce dingue ! Vous devriez lui retirer son permis !

Sa frayeur passée, le chauffeur consacra toute son attention à la conduite. Le regard rivé sur la piste, il ne décrocha plus un mot.

Le taxi-brousse contourna un effondrement de la piste causé par les eaux de ruissellement, et se dandina en grinçant au pied d'une colline. La route montait en lacets entre des rochers couverts de suie et des tapias qui avaient résisté au dernier feu de brousse. Dans un virage, les yeux de Monza purent un instant embrasser le vaste panorama de la plaine qui s'étendait jusqu'à l'Isalo. Contrairement aux falaises exposées au sud et à l'est, le massif présentait, de ce côté-ci, un aspect moins rude, dû à la végétation qui avait recouvert ses escarpements. Plus au nord, des collines ceinturaient la plaine. Derrière ces collines, Monza imaginait qu'il y en avait d'autres, et au-delà d'autres encore. Le territoire des Bara paraissait infini. Ses yeux distinguèrent, plus bas, le ruban ocre qui rejoignait quelques cases rectangulaires coiffées d'un toit de chaume, disséminées sous des manguiers. Un petit hameau entouré de pâtures et de rizières. Le soleil était presque au zénith lorsque le taxi-brousse y parvint.

Sur les derniers mètres de la piste, le Peugeot geignit de douleur. Sa roue se cala un instant au fond d'un nid-de-poule dans un couinement terrible de l'essieu. Une poussée accrue du moteur le sortit du piège. Puis sa silhouette grise se remit à se dandiner mollement. Il fit un ultime effort jusqu'au village, comme un animal à l'agonie qui rampe en puisant dans le peu de forces qu'il lui reste. Le mugissement essoufflé de son klaxon provoqua la ruée d'une multitude de gosses qui sortirent des cases en criant, comme pour lui porter secours. Le grinçant coup de frein qui suivit souleva un nuage rouge de poussière. Le vieux broussard s'immobilisa dans une dernière secousse.

Le chauffeur avait choisi l'ombre d'un immense cotonnier pour stationner. Il coupa le moteur, tira le loquet de la portière et donna un coup de coude pour se délivrer. À sa descente, il fit s'écarter les gamins, puis releva la bâche du véhicule au-dessus des claires-voies. Les passagers n'étaient pas descendus que d'autres voyageurs assaillirent l'arrière du véhicule avec de lourds sacs sur les épaules. Des gens qui s'étaient improvisés charbonniers pour survivre. Comme partout dans le pays, le couvert végétal était en train de partir en fumée. Les longues colonnes de sacs de charbon alignés le long des routes témoignaient de l'incessante déforestation. L'érosion pouvait ensuite finir le travail : la couche de terre fertile, si précieuse, était emportée par les pluies jusqu'aux rivières, pour disparaître à jamais dans l'océan. De la merveilleuse île verte qu'elle avait été, Madagascar était devenue une grande île rouge, aux sols dénudés.

Monza vint s'adresser à un des charbonniers. Un grand-père en haillons qui avait déjà déposé son lourd fardeau dans le taxi, sous les instructions du Karane.

— Je cherche un gendarme en poste dans ce village.

Il attendait une réaction, mais n'en obtint pas. Il dévisagea deux ou trois visages avant d'insister :

— Un gendarme qui assure la protection de ce village. Il s'appelle Ramanda.

— Posez plutôt la question à ce type, répondit enfin l'un des passagers en lui désignant une silhouette en treillis, adossée au tronc grêle d'un papayer.

Monza le remercia et dirigea ses pas vers le militaire. À son contact, l'inspecteur s'identifia, et l'homme en kaki se présenta à son tour comme étant le gendarme Eugène. Un jeune type au visage poupin qui semblait tout juste sorti de l'adolescence. Ils échangèrent une poignée de main, et Monza se renseigna au sujet du caporal qu'il cherchait. Le militaire écarquilla les yeux et se fendit d'un large sourire.

— Vous n'allez pas être déçu, dit-il en se décollant du papayer.

Pressentant des complications, Monza fit la moue, puis suivit le jeune type en treillis. Le chemin poussiéreux sur lequel l'entraîna Eugène était bordé des deux côtés par un alignement de cactus raquettes. Une barrière naturelle qui délimitait les terrains occupés par de modestes habitations entourées d'enclos à bestiaux. Une succession de petites cases traditionnelles édifiées à partir de hampes de sisals, et recouvertes par de la latérite. Les rebords extérieurs de leur toit de chaume avachi reposaient sur des poteaux plantés de guingois dans le sol.

Monza s'engouffra à la suite de son guide dans l'ouverture sombre d'une boutique, où un vieux vendeur rabougri les accueillit. La modeste échoppe ne contenait qu'un banc, face à une étagère sur laquelle le regard pouvait balayer une rangée de boissons gazeuses des brasseries Star. Eugène souffla deux mots à l'oreille du vieux, et ce dernier leur ouvrit une porte brinquebalante qui donnait sur l'arrière-cour : un terrain poussiéreux occupé par un énorme cochon, immobile devant une auge vide. Le vieil homme claqua dans ses mains pour chasser l'animal, et fit signe à ses visiteurs de s'approcher. Monza poussa un long soupir en découvrant le corps inerte d'un homme, coincé entre la mangeoire et la palissade en bois.

— Le caporal s'est blessé avec le rhum, expliqua Eugène, tout guilleret.

Monza se passa la main derrière la nuque.

— Il faut le mettre à l'ombre et le laisser roupiller. C'est la seule chose à faire.

— On peut le porter jusqu'à ma case, proposa Eugène.

Le jeune militaire rajusta la bride de son fusil sur l'épaule, et agrippa les rebords de l'auge oblongue afin de la déplacer. Monza l'aida et, à deux, ils purent extirper Ramanda de son refuge en le saisissant sous les aisselles.

— T'as pris une sacrée biture, mon vieux ! l'interpella Eugène, sur le ton de la rigolade.

Le caporal Ramanda leva des yeux brumeux vers les ombres qui le surplombaient.

— Foutez-moi la paix ! grogna-t-il avant de donner une claque dans le vide.

Le geste surprit ses deux porteurs qui le lâchèrent. L'ivrogne s'affala dans la poussière. Il tenta de se relever, mais retomba sur son flanc.

— Il est mal en point ! reconnut Eugène.

Monza secoua la tête et lui lança un regard oblique.

— Très bien. On va essayer autre chose.

Il fit signe au jeune militaire d'attendre, avant de disparaître. Cinq minutes plus tard, Monza revint en compagnie du chauffeur de taxi-brousse, qui tenait un bidon à la main.

— On va lui faire cracher son rhum, déclara le Karane d'un ton jovial.

Le visage d'Eugène s'éclaira comme s'il s'agissait d'une bonne blague.

— Oui, oui, double ration de carburant !

Abdul s'accroupit à côté de Ramanda. Il lui barbouilla le visage d'essence, puis lui agrippa la tête par la racine des cheveux afin d'introduire son nez dans le goulot du jerrycan. Une méthode radicale. Dans les secondes qui suivirent, le poivrot, plié en deux, se vidait sur la terre battue. Le cochon se précipita pour profiter de cette fraîche pitance sous le regard attendri de son propriétaire. Après quoi, le chauffeur de taxi se tourna vers le policier, avec la mine satisfaite d'un homme ayant accompli sa tâche.

— C'est bon, je crois qu'il n'a plus rien dans le bide !

Monza tendit la main en avant pour lui signifier d'attendre encore un peu. D'un naturel peu patient, le chauffeur fit volte-face, et rejoignit son véhicule en levant la main pour les saluer.

Et comme si son départ eût servi de déclencheur, le poivrot entra dans une colère démente. Il se releva en vacillant. Ivre de rage, les yeux furibonds, avec de l'écume aux lèvres. Ses bras se détendaient en spasmes violents, comme s'ils voulaient se détacher de son corps. Sa bouche se mit à baver une suite incessante d'injures. Monza lança un coup d'œil accablé vers le ciel. Vu son état, le bonhomme n'était pas dangereux, mais l'inspecteur s'était lassé de ses errements. Il s'approcha et l'interrompit sèchement d'un coup de poing. En pleine gueule. La grande carcasse bascula en arrière et s'abattit sur le dos, les bras en croix. Eugène regarda alternativement Monza et son binôme à terre, avec des yeux grands comme des soucoupes.

— Il nous fera plus chier ! souffla Monza, en se penchant pour saisir les chevilles de Ramanda.

*

* *

Encadré par deux sacs de riz pour soutenir son corps flasque, Ramanda ne bougeait plus. Son binôme l'avait installé à l'intérieur de l'unique pièce de sa case, par terre, le dos calé contre un mur lépreux. Pour parfaire le tableau, Eugène avait posé une bassine en fer-blanc sur les jambes allongées de son collègue.

— En attendant qu'il dessoûle, je vais faire à bouffer. Ça vous dit ? demanda le jeune militaire.

Monza réfléchit brièvement.

— Pourquoi pas ! Cette histoire m'a creusé l'estomac.

Eugène posa son fusil-mitrailleur contre le mur, retira le chewing-gum de sa bouche et le colla contre la crosse. Dans l'angle de la pièce, il exhuma une marmite en aluminium sous un tas de fringues, puis sortit en sifflant.

Monza s'accroupit, s'alluma une cigarette et se mit à examiner le caporal. Cette andouille était dans un piètre état. À sa trogne de pochard aux paupières gonflées, s'était rajouté un nez qui saignait. Un long filet de salive coulait de ses lèvres pendantes et tuméfiées. Combien de temps faudrait-il avant qu'il ne reprenne ses esprits ? Monza expira lentement une bouffée de tabac, et promena son regard dans la case des gendarmes. Celle-ci était petite. L'absence de fenêtre la rendait un peu oppressante. Il se releva et sortit pour rejoindre Eugène assis à l'ombre d'un manguier. Désormais plus préoccupé par son ventre que par l'état de son équipier, le jeune militaire s'appliquait à préparer le repas. Il avait posé sa marmite en équilibre entre deux pierres plates, et contrôlait sa stabilité au-dessus du feu.

— Trois tasses de riz. Y'a rien d'autre aujourd'hui, dit-il un peu honteux.

Monza s'accroupit face au cuisinier en souriant. Sa cigarette terminée, il observa Eugène qui soufflait sous le cul de la marmite pour accroître la flamme en rajoutant quelques morceaux de charbon de bois. Ce n'est qu'au moment où il eut la certitude que l'ignition avait pris qu'il s'adressa au jeune militaire :

— Il est souvent dans cet état, le caporal ?

Eugène haussa les épaules, méfiant.

— Qu'est-ce que vous lui voulez à Ramanda ?

Monza passa de la position accroupie à la position assise.

— Je veux juste bavarder un peu avec lui.

Le militaire de fraîche date écarquilla les yeux.

— C'est marrant !

— Quoi donc ?

— De voir un policier courir après un gendarme.

— Il nous arrive aussi de collaborer, répondit Monza en inclinant la tête sur le côté. On m'a confié l'enquête sur le meurtre commis à Kiliabo. Et l'adjudant Bako m'a indiqué que le caporal pouvait m'aider à avancer sur cette affaire.

Eugène acquiesça sans chercher plus loin, puis souleva le couvercle de la marmite. Il y versa deux verres d'eau et mesura avec le bout de son index la hauteur au-dessus du riz.

— Rajoute de l'eau, lui conseilla Monza.

— Encore ?

— Oui, remets un verre d'eau, insista l'inspecteur. Tu connais le proverbe ?

Le gendarme fit une mimique d'ignorance.

— *L'eau est la compagne du riz, de la rizière jusqu'à la marmite.*

Eugène sourit en montrant une belle rangée de dents. C'était un jeune homme sympathique. Une bonne bouille, avec un nez aplati aux larges bords, des yeux en amande et une tignasse peu respectueuse du règlement militaire. Son regard d'enfant, le ton de sa voix. Tout en lui respirait l'innocence et la franchise.

— Vous venez de Tana ? demanda-t-il en rajoutant un verre d'eau dans sa cocotte.

— De Ranohira.

— C'est la première fois que vous venez ici ?

Monza acquiesça.

Le caporal tourna la tête et l'observa d'une manière étrange.

— Ça ne doit pas être facile pour vous, fit-il naïvement. Moi, je serais perdu si je devais travailler dans une ville.

L'inspecteur esquissa un léger sourire sans piper mot ni détourner son regard de la marmite. Au bout d'un moment, l'eau se mit à bouillir dans un doux ronflement, soulevant à peine le couvercle. Monza revint sur ce qui l'intéressait, les yeux toujours rivés sur la marmite.

— Vous étiez dans le coin au moment du meurtre ?

— Non, j'étais en opération dans le Nord.

— Des dahalos ?

— Oui, une vingtaine de jours à leur courir derrière. Une poursuite jusqu'au fleuve, indiqua-t-il, son bras gauche levé au-dessus de sa tête et orienté dans une mauvaise direction. Putain, c'était complètement dingue, ajouta-t-il tout excité.

Monza écouta alors patiemment Eugène lui raconter ses exploits, sans l'interrompre. Le jeune type n'était pas peu fier. Indulgent, l'inspecteur lui demanda même de reprendre son récit là où il avait senti que son jeune narrateur avait pris du plaisir à le raconter. Ses souvenirs de bidasse déversés, Eugène ne desserra plus les dents, poursuivant pour lui-même son aventure, les yeux vissés sur le couvercle de la marmite. Celui-ci dansait au rythme de la vapeur qui s'échappait en émettant un petit tintement métallique. Monza se tourna pour jeter un coup d'œil au caporal, qui n'avait pas bougé d'un cil, et revint sur le cuisinier.

— Le caporal était donc le seul gendarme présent à Kiliabo, la nuit du crime ?

— Ramanda non plus n'était pas sur place, répondit Eugène sur le ton déçu de quelqu'un qui remet les pieds sur terre. Tous les hommes avaient été mobilisés contre les dahalos.

Il souleva le couvercle et eut un léger mouvement de recul quand la fumée atteignit son visage. Le riz avait absorbé toute l'eau. Eugène dégagea la marmite brûlante du foyer, la balança sur le sable, et souffla sur ses doigts brûlés au contact du récipient. Le visage brillant de sueur, il empoigna une grosse cuillère, servit deux pleines assiettes. Les deux hommes attaquèrent leur platée conique de riz. Monza était affamé. Sans doute parce qu'il n'avait avalé qu'un beignet depuis le matin. Alors qu'il avait le nez plongé dans sa gamelle, il entendit Eugène s'esclaffer. D'instinct, il jeta un œil vers la case.

— Salut mon pote ! gueula Eugène dans la même direction.

Le pote se tenait debout à l'entrée de la case, et lui rendit son bonjour d'un geste vague de la main. Malgré ses efforts pour maintenir son corps de débauché sur ses jambes, le caporal Ramanda avait l'air penché d'un vieil aloalo[1] sur une tombe. Ses yeux tanguaient encore. Il tituba, se cogna au chambranle de la porte.

— Ramène-toi, tu vas bouffer un peu ! lui cria Eugène.

Le caporal rejeta son offre en secouant la tête. Il se dirigea d'un pas mal assuré vers une autre case. Eugène fixa l'inspecteur, hocha les épaules en rigolant, et replongea dans son assiette. Les deux hommes ne dirent plus rien, concentrés sur la nourriture, rassemblant le riz du bout des doigts pour en faire des boules compactes. Ils prirent leur temps, savourant chaque bouchée. Ils avaient achevé leur repas quand Ramanda reparut, torse nu, les cheveux mouillés, visiblement plus frais. Mais son visage gonflé portait encore les stigmates de sa beuverie.

— Comment tu te sens ? demanda Eugène, une cigarette au coin du bec.

Ramanda les regarda, tournant la tête de gauche à droite comme s'il essayait de soulager un torticolis.

— J'ai un peu forcé sur le rhum, convint-il d'un ton bourru, avant de venir s'asseoir un peu en retrait.

Eugène secoua la tête, versa deux tasses d'eau dans la marmite sur la croûte de riz brûlée, puis ajouta délicatement un peu de bois dans le foyer. L'eau se mit à bouillir, à prendre une

1. Aloalo : pièce en bois sculpté surmontant les tombeaux dans le sud de Madagascar.

couleur brunâtre. Eugène la versa dans un bol que les hommes firent tourner. Monza trempa ses lèvres dans le liquide réconfortant, tendit le reste à Ramanda, et lui expliqua sa présence en brousse. Le caporal avala sa part et posa le bol, apparemment indifférent aux paroles prononcées par son voisin. Il paraissait toujours enfoncé dans une sorte d'apathie cotonneuse. Il y eut encore un long silence, que l'inspecteur finit par rompre.

— Tout ce que je veux, c'est me rendre à Kiliabo.

— Vous êtes vraiment flic ? demanda Ramanda, sorti de sa prostration alcoolique.

Monza eut un sourire bon enfant, et tira de sa poche sa carte de policier. Ramanda agrippa le document. Il l'examina un long moment avant de s'exprimer.

— Qu'est-ce que vous comptez faire là-bas ?

Monza s'empressa de mettre les choses au clair.

— Poser quelques questions aux habitants. J'ai besoin de connaître certains éléments. Des éléments que je n'ai pas trouvés dans votre rapport.

Le visage de Ramanda se renfrogna. Monza préféra abattre tout de suite une nouvelle carte.

— Votre supérieur, l'adjudant Bako, a souhaité que vous me serviez de guide.

Ramanda jeta un regard exaspéré à son binôme, et revint sur Monza. Cette fois, le ton fut étonnamment clair et agressif.

— Très bien, je vais vous conduire à Kiliabo puisque ce sont les ordres.

— J'aimerais y aller maintenant ! s'exclama Monza en se redressant subitement, sous les regards abasourdis des deux gendarmes.

— Ça peut attendre, objecta le caporal.

— Non, je préfère m'y rendre tout de suite.

Le caporal Ramanda le regarda, d'abord incrédule, et échangea un rapide regard avec son binôme avant d'argumenter.

— Eh ! Mora mora[1], il fait une chaleur insupportable. On pourrait y aller ce soir.

— J'ai besoin d'y voir clair pour examiner la scène du crime, rétorqua calmement Monza.

Ramanda se leva d'un bond, visiblement à bout de nerfs. Une flamme de haine s'agitait devant ses yeux noirs. Face à Monza, il crispa nerveusement ses poings en le dévisageant.

— C'est vous qui m'avez frappé tout à l'heure ? articula-t-il, fielleusement.

Monza confirma d'un mouvement tranquille de tête, en soutenant son regard, prêt à toute éventualité. Il savait que le caporal avait envie d'en découdre. Il savait également qu'il n'était pas physiquement en état de le faire. Pourtant ce jeune type à l'expression butée ne lui inspirait rien de bon. Et l'alcool, encore présent dans ses veines, pouvait lui fournir la confiance nécessaire pour qu'il provoque un échange de coups. Les deux hommes continuaient à s'affronter du regard. Seul Eugène, désireux de se repaître d'une jolie bagarre, semblait goûter la situation. Ses yeux, luisants d'excitation, observaient l'index du

1. Doucement, en malgache.

caporal qui s'était pointé vers le visage de Monza. Le corps du caporal resta une longue minute sous tension, puis Ramanda finit par rabaisser son bras menaçant et se retira, en lançant un dernier regard hostile en direction de l'inspecteur. Monza exhala doucement tout l'air qu'il avait dans ses poumons, et se détendit en tirant ses épaules vers l'arrière. Eugène étira les coins de sa bouche. Il ne rit pas, mais se disloqua presque une côte dans l'effort qu'il fit pour se retenir.

*
* *

D'un geste de la main, Monza demanda à Ramanda de passer devant. Les deux hommes longèrent, l'un derrière l'autre, les potagers du village protégés par une haie d'aloès, et suivirent un chemin étroit qui serpentait entre de grands manguiers. Les feuillages épais des arbres, que les rayons du soleil ne parvenaient pas à percer, leur procurèrent une ombre fraîche, parfumée par les fruits qui jonchaient le sol. Ils franchirent ensuite les eaux peu profondes d'une rivière aux couleurs mordorées avant de fouler la plaine qui déroulait son tapis pelé jusqu'aux falaises de l'Isalo. Aux abords de Kiliabo, les deux hommes enlevèrent leurs chaussures, traversèrent sans peine les parcelles inondées des rizières, et atteignirent le village sous une chaleur écrasante. Ramanda repéra un petit banc meurtri, devant une case flanquée d'un appentis en bois qui servait d'abri à une charrette. Le caporal s'assit et s'alluma une cigarette. Monza resta debout, étudiant les lieux au pied d'un gigantesque tamarinier. Aucun mouvement aux alentours, excepté des poules qui picoraient des grains de riz à l'intérieur d'un mortier renversé. Monza sortit un mouchoir de la poche de son pantalon pour s'essuyer le visage avant d'interroger son guide.

— Ce village compte-t-il beaucoup d'habitants ?

Ramanda cracha la fumée de sa cigarette, et commença à compter sur ses doigts.

— Pas grand monde. Laha, sa femme et ses trois gosses…

Il s'interrompit, continua pour lui-même, en redressant les doigts au fur et à mesure de son énumération.

— Oui, c'est ça. En tout, six personnes, avec Marcelin, conclut-il.

Monza hocha la tête.

— Et ils sont tous aux champs à cette heure-ci ?

Sa cigarette au bec, Ramanda ne répondit pas. Il se contenta de désigner du menton quelque chose dans le dos de l'inspecteur. Monza pivota et plissa les yeux, gêné par le contraste entre les zones d'ombre et celles exposées à la lumière aveuglante du soleil. Derrière un puits, deux hommes les observaient, avec l'attitude méfiante qu'adoptent les paysans à l'arrivée des étrangers. Une forte carrure, au visage assombri par un chapeau de paille défraîchi, et un autre type plus âgé, qui paraissait terriblement gringalet à ses côtés. Les deux hommes étaient torse nu. Ramanda leva la main droite pour les saluer et leur fit signe d'approcher. Les formules de politesse échangées, le caporal joua son rôle d'intermédiaire en désignant Monza.

— Monsieur est inspecteur de police. Il vient enquêter sur la mort du vieux Rangahyzo et aimerait vous poser quelques questions.

Les deux paysans s'alignèrent, au garde-à-vous. Monza réprima un sourire, se plaça face à eux, les mains croisées dans le dos, les observant l'un après l'autre avec une expression d'officier passant les troupes en revue. Le plus grand avait un strabisme divergent spectaculaire, renforcé par deux globes oculaires protubérants qui semblaient se mouvoir totalement indépendamment l'un de l'autre. Il serrait son chapeau de paille entre ses mains, avec l'air de quelqu'un qui s'excuse.

— Lui, c'est monsieur Caméléon, souffla le gendarme. Tout le monde l'appelle comme ça ici.

Monza se planta devant lui et sortit son carnet de notes.

— Vous habitez à Kiliabo ? l'interrogea-t-il, la pointe du crayon au-dessus du papier.

— Non, au village d'Antanandava, de l'autre côté de la rivière, répondit-il en balançant son bras au-dessus de sa tête.

Sa main descendit pour se poser sur l'épaule de son frêle voisin.

— Je suis venu aider mon oncle. C'est lui qui habite ici.

— Vous étiez à Kiliabo la nuit du crime ?

— Non, je centre toujours dormir dans mon village, répondit-il d'une voix douce et profonde.

Monza considéra l'athlétique Bara quelques secondes, puis posa son regard sur le second villageois. Un homme qui devait être âgé d'une cinquantaine d'années. Un visage à la peau sombre et rugueuse comme l'écorce d'un vieil arbre, raviné par des rides profondes qui lui en faisaient paraître beaucoup plus.

— Tonton Marcelin ! s'exclama le caporal avec un grand sourire.

Le vieux bomba son torse maigre. Monza s'attarda sur lui. Des yeux rapprochés et éteints, sous des sourcils très fournis ; une bouche et un nez qui se rejoignaient pour pointer exagérément de l'avant, comme un museau. Monza se demanda s'il n'avait pas déniché une nouvelle espèce de lémurien.

— Comment s'est déroulée l'attaque des voleurs de zébus ? demanda l'inspecteur en le dévisageant.

Mais celui-ci avait l'air aussi détaché du monde qu'une vieille enclume.

Monza réitéra l'interrogation.

— Monsieur Marcelin, avez-vous vu ou entendu quelque chose la nuit où les dahalos ont attaqué ?

La question resta une nouvelle fois suspendue dans l'air. Tonton Marcelin triturait sa braguette, les yeux mi-clos. Sa bouche ouverte révélait une bouche garnie de chicots, pénible à observer. Monza se passa la main derrière la nuque, fit quelques pas sur sa droite, et croisa le regard de Ramanda. La mine radieuse du caporal provoqua chez l'inspecteur une bouffée de rage difficile à maîtriser. Mais il savait qu'une explosion de colère ne le ferait pas avancer d'un pouce dans son enquête. Bien au contraire. Il inspira donc une grande bouffée d'air, puis articula d'une voix basse mais très claire :

— Bon, reprenons. Il y a dix jours, le village a été attaqué par des bandits. Des animaux ont été volés, un homme a été tué et pourtant, personne n'a rien vu. Rien entendu.

Monza fixa alternativement les deux hommes qui restaient nichés dans un silence obstiné.

— Les habitants de Kiliabo ont eu trop peur. Ils sont restés enfermés toute la nuit, intercéda Ramanda, dans le dos de l'inspecteur.

Monza continua de s'adresser aux deux paysans, sans se retourner :

— À quel moment a été découvert le corps du vieux Rangahyzo ?

Là encore, ce fut Ramanda qui répondit, après avoir exhalé la fumée de sa cigarette :

— Le vieux a été retrouvé mort au petit jour. Les habitants ont attendu les premières lueurs de l'aube pour sortir.

Caméléon confirma de la tête. Les yeux du grand Bara tournaient nerveusement, et Monza n'arrivait pas à deviner dans quelle direction pointait son regard. L'inspecteur respira une nouvelle fois profondément, consulta son carnet de notes, et enchaîna comme si de rien n'était :

— Des bœufs ont été volés ?

Tonton Marcelin se mit à glapir comme un chien blessé. Stupéfait, Monza scruta le petit vieux, avant de revenir sur son voisin pour la question suivante.

— Les dahalos sont venus chercher les bêtes dans les enclos ?

Caméléon fit tourner le bord de son chapeau de paille entre ses mains, cherchant un instant les mots qu'il allait prononcer.

— Non, ils les ont volés là-bas.

Il accompagna ses paroles par un geste vague de la main.

— Là-bas ? s'étonna Monza.

— Oui, la nuit, nous dispersons les bêtes autour du village.

Il avait énoncé cela très lentement, d'une voix hésitante.

— Pourquoi les dispersez-vous ?

— Pour qu'elles soient plus difficiles à attraper.

— Apparemment cela n'a pas suffi.

Après un long silence, le caporal livra une explication :

— L'idée de disperser les bêtes peut quelquefois fonctionner. Mais les dahalos savent que le troupeau suivra les zébus meneurs. Ils s'emparent des grands mâles, et parviennent facilement à mettre la main sur l'ensemble du cheptel.

Monza opina et continua son interrogatoire, les yeux rivés sur Caméléon.

— Et tonton Marcelin n'est pas sorti durant l'attaque ?

Caméléon agita les mains devant son visage.

— Non, non.

Il se tut un instant puis rajouta :

— Qu'est-ce qu'il pouvait faire ?

Monza tordit les lèvres. L'arrivée d'une adolescente, coiffée de chignons pareils à de petits choux ronds et vêtue d'un paréo bariolé, fit baisser la tension d'un cran. Elle portait un marmot au nez morveux dans ses bras. Un autre, plus grand, aux cheveux hirsutes, s'accrochait à sa jambe et tenait un grand papillon au bout d'une ficelle, comme l'on tient un chien en laisse. Monza observa les enfants un instant, avant de revenir sur les deux paysans avec un regard adouci.

— Et où a-t-on retrouvé le corps de Rangahyzo ?

Caméléon attendait visiblement un signe du gendarme. Ce dernier invita Monza à se déplacer. Le petit groupe se dirigea vers un enclos qui formait un demi-cercle de deux à trois mètres de rayon, relié à une case d'allure des plus modeste.

— Montre-lui ! grommela Ramanda en s'adressant à Caméléon devant l'ouverture de l'enclos.

Celui-ci désigna le sol sous ses pieds sans conviction. Monza fit la moue.

— Qui a découvert le corps ?

L'inspecteur jeta un regard à la cantonade. Gênés, tous détournèrent la tête. Monza n'insista pas, mais son expression était de plus en plus sceptique.

— Vous venez de me dire que les zébus sont dispersés volontairement dans les prairies afin de compliquer la tâche des voleurs. Alors pouvez-vous m'expliquer pourquoi le vieux s'est fait assassiner devant un enclos vide ?

Un long silence s'installa. Tonton Marcelin continuait à sourire en silence, sans même essayer de chasser les mouches qui dansaient sur ses dents de guingois. Ramanda s'était un peu écarté, mais Monza sentait de temps en temps ses regards hostiles. La sueur envahit le visage de l'inspecteur et lui picota désagréablement la nuque. On se foutait de lui. Et ça, il ne le supportait pas. Il fit volte-face et longea l'enclos érigé à l'aide de branches entremêlées, dont certaines avaient été plantées dans le sol. Un ouvrage qui, à y regarder de plus près, lui paraissait bien fragile. Il secoua une branche. La clôture s'effondra en offrant peu de résistance. Je ne suis peut-être qu'un citadin, mais il ne faut quand même pas me prendre pour un imbécile, pensa-t-il.

Il désigna l'amas de branches par terre en se tournant vers le groupe.

— Cet enclos servait pour des zébus ?

Devant le mutisme général, Monza répondit à sa propre question :

— Non, il n'était pas fait pour des animaux de grande taille.

Il jeta un coup d'œil aux paysans, espérant une réaction et, n'en obtenant pas, il enjamba la partie de la clôture effondrée et parcourut la cour. Le buste penché en avant, ses yeux scrutèrent la terre sèche et fissurée. Il s'arrêta au centre et pointa le doigt.

— Moi, je vois seulement de petites marques, s'enfonçant peu dans le sol.

Il s'agenouilla et rapprocha ses yeux d'une des empreintes, la tête de côté pour changer d'angle avec la lumière.

— Ce sont des traces de...

Il s'interrompit et se retourna vers le caporal.

— Vous avez observé les traces au sol ?

— Non, non, répondit Ramanda, excédé. Je ne m'y connais pas.

Monza se releva doucement et sortit de l'enclos sous les regards convergents des villageois et du caporal.

— Ce sont des empreintes de cochons, affirma-t-il.

Il épousseta son treillis et passa en revue tous les visages qui l'entouraient. L'inspecteur allait tourner la tête quand tonton Marcelin se mit à marmonner quelque chose d'incompréhensible. Monza chercha du regard son grand compagnon, et leva des sourcils interrogateurs.

— Il dit que ce sont des traces de chèvres, dit Caméléon.

— De chèvres ?

— Oui, les traces de cochons, ce sont celles que vous avez près de votre pied droit, précisa-t-il en pointant ses lèvres vers le sol.

Monza fixa l'empreinte, hocha la tête et fixa le grand Bara.

— Vous vous y connaissez ?

— Pas moi ! Tonton Marcelin. Y'a pas meilleur que lui dans la brousse.

Monza fixa le villageois aux dents de travers avec plus d'intérêt. Celui-ci n'avait pas changé d'expression.

— En tout cas, pas des traces de zébus, lança Monza, autant pour ne pas perdre la face que pour ne pas laisser échapper le fil de ses idées.

— Où voulez-vous en venir, inspecteur ? demanda soudain Ramanda d'une voix qui semblait à bout de patience. Que cherchez-vous exactement ? Ce n'est pourtant pas compliqué. Le vieux a voulu protéger ses bêtes et s'est fait descendre. Point.

— Avec quelle arme ? enchaîna Monza, sans tenir compte des réflexions du gendarme.

Un rictus se figea sur le visage de Ramanda où se disputaient la nervosité et la fatigue. Il rumina un instant sa rancœur en silence, puis croisa les bras, sur la défensive.

— Avec une sagaie, répondit-il. C'est indiqué dans le rapport.

— Pourrait-on avoir affaire à un vol entre clans voisins ? s'enquit Monza.

Le policier savait qu'on pouvait y gagner en paraissant en savoir moins qu'on en savait. Le caporal secoua la tête.

— Les vols traditionnels entre familles bara ne sont plus d'actualité. Tout ça fait partie du passé. Maintenant, le vol de zébus est une pratique criminalisée. On se bat contre de jeunes types désœuvrés qui courent la brousse. Des types tellement pauvres qu'ils n'ont plus rien à perdre. C'est pour cela qu'ils sont si dangereux.

Ramanda forma un pistolet avec sa main, et visa l'inspecteur.

— Ils n'hésitent pas à vous massacrer.

Le militaire savoura un instant sa petite provocation, puis balança son bras en direction du massif de l'Isalo. Le lieu qui devait servir de repli pour les bandits.

— Après, ils disparaissent. Ils peuvent parcourir une centaine de kilomètres à pied par jour !

Le gendarme remonta ses lunettes sur son nez, et continua à fixer Monza derrière ses verres fumés. Monza soutint un instant son regard puis battit en retraite vers l'ombre du grand tamarinier. Le soleil l'incommodait et faisait mijoter à petit feu ses nerfs. Le policier était pourtant habitué aux températures élevées. Sûrement la conséquence de son enquête qui piétinait.

Une fois assis au pied de l'arbre, Monza resta un long moment silencieux. Il regrettait d'avoir mal évalué la situation en se faisant accompagner à Kiliabo. Avec ce gendarme aux allures de *bad boy*, il était impossible d'avancer dans l'enquête. La tête penchée, le policier rumina un long moment cette idée. Soudain, il releva la tête, et ses yeux se fixèrent sur la case du vieux Rangahyzo. Une petite case des plus communes, construite à partir de hampes de sisal et recouverte de latérite. Il se tapa sur les cuisses, et se mit debout. Son geste arracha un soupir de soulagement au caporal.

— C'est bon, on peut y aller maintenant ? pressa Ramanda en se rapprochant.

Avec un malin plaisir, Monza prit son temps pour allumer une cigarette, savoura lentement la première bouffée, et tourna vers lui un visage rayonnant.

— J'aimerais voir la case de la victime !

*

* *

Aucune serrure n'était visible sur la porte en planches vermoulues. Juste un gros clou tordu en guise de poignée. Monza l'agrippa du bout de l'index et tira sur le battant. Une toile d'araignée s'effila. Il hésita un court instant sur le seuil.

— Vous l'avez fouillée dans les règles ?

Le regard de Ramanda en dit long sur sa surprise. Monza tordit les lèvres et s'engagea dans l'étroite ouverture, de profil et les jambes fléchies. Un étrange effluve vint assaillir ses narines. Il essaya d'analyser cette odeur. En vain, sa mémoire s'y refusait. Ses yeux parcoururent rapidement la case. Elle était conforme à ce qu'il avait imaginé. Une pièce minuscule, sans meuble, et parsemée par un petit nombre d'objets abandonnés. Les yeux de l'inspecteur s'attardèrent sur chacun d'entre eux : un banc en bois étriqué sur lequel gisait un réveil hors d'usage ; une bassine en plastique éventrée ; une cuillère rouillée ; les pages jaunies d'un magazine. Il tourna sur lui-même en jetant un coup d'œil au caporal qui venait d'entrer. Celui-ci s'appuya contre le mur, avec l'air de quelqu'un qui ne se sent pas concerné. Constatant que Monza continuait à l'observer, il pivota vers le battant de la porte, et son ongle s'attaqua à une des planches, fibreuse comme la viande de zébu bouillie.

— Rien n'a été déplacé ici ? s'enquit Monza.

Le caporal secoua la tête négativement, les yeux toujours fixés sur le bois qu'il grattait, puis d'un coup annula cette dénégation d'un haussement d'épaules.

— Les gens ont dû se servir. On ne peut pas fermer de l'extérieur.

Monza considéra un instant le simple loquet de la porte, puis il continua son examen en silence. Au mur, il y avait un calendrier chinois, dont la date remontait à cinq ans, avec la photo très kitsch d'une fille aguichante posant au bord d'un lac couleur jade. À côté, une moustiquaire déchirée, encore clouée au mur, pendouillait jusqu'au sol. Monza s'en approcha, et ses doigts tirèrent sur l'un des bords du voilage en résille transparente. Il lâcha le tissu, et soupira.

— Je vous l'avais dit. Y'a rien à voir, souffla dans son dos le gendarme, exaspéré.

Monza hocha la tête. Le militaire remit son fusil sur l'épaule et sortit de la case en soupirant. Monza balaya une dernière fois le sol du regard, et décida qu'il avait assez perdu de temps. Sa frustration ne faisait que croître. Le rapport des gendarmes s'était contenté de bien trop peu d'éléments. Peut-être même que les gendarmes n'avaient pas dit toute la vérité. D'après le comportement de Ramanda, ce n'était pas exclu. Mais que pouvait-il apporter de nouveau de son côté ? Avant de franchir le seuil, il tira à lui la porte avec un geste plein de lassitude. Les planches du bas crissèrent sur les fibres de la natte, et le battant se coinça. Monza utilisa le bout de son pied pour aplatir le pli têtu. Mais le revêtement offrait plus de résistance que prévu. Décidément, tout était contre lui aujourd'hui ! Il se mit à piétiner rageusement la fibre rebelle. Et brutalement, sa mémoire olfactive vint apporter une réponse à la question qu'il s'était posée en entrant dans la case. Il inclina la tête et inhala à fond, retenant le puissant remugle dans ses sinus.

Comment cela avait-il pu lui échapper ? Cet entêtant parfum qui avait assailli ses narines provenait tout simplement de la natte en vannerie. Les pailles entrelacées dégageaient une forte odeur de plantes séchées. Une natte flambant neuve qui contrastait curieusement avec tous les autres objets usés de la pièce, et qui n'avait pas encore été déformée, ni élimée par les frottements de pieds. Monza se figea un instant, frappé par cette découverte. Peu probable qu'elle ait appartenu au vieux Rangahyzo, pensa-t-il. Alors pour quelles raisons avait-elle été installée ? Cette découverte et les questions qu'elle engendrait étaient à peine l'ébauche d'une piste. Mais Monza savait qu'une enquête pouvait progresser à pas de géant avec ce genre de détails. Il jeta un coup d'œil dehors. Le caporal discutait avec un des paysans. Monza posa un genou à terre, roula le bord de la natte et se pencha pour observer de plus près.

Il avait bien fait de venir à Kiliabo.

Sous ses yeux s'étalait une large tache brunâtre. De son ongle investigateur, Monza gratta la surface. Pour lui, cela ne faisait aucun doute possible, il s'agissait de sang séché ! L'ancien n'avait pas été tué devant son enclos. Il avait été assassiné à l'intérieur de sa propre case. La natte servait bien à dissimuler les traces témoignant de la tragédie qui avait marqué cet endroit. Cette découverte ébranla le policier. Il ne pouvait vraiment pas compter sur la coopération des gendarmes. Que se passait-il ici ? Pourquoi essayait-on de lui cacher la vérité ? Monza poursuivit son inspection. Une ombre attira son regard. Une petite forme ronde à moitié enfoncée dans la terre battue. Les doigts du policier l'extirpèrent délicatement et la portèrent devant ses yeux.

Une graine de tamarin. Il fronça les sourcils. Rangahyzo était-il ombiasy?

D'autres graines étaient disséminées un peu partout sur le sol. Le policier se releva, les yeux rivés sur ce qu'il tenait au creux de sa main. Si Rangahyzo pratiquait l'art divinatoire du sikily, il était peu probable qu'il ait été pris pour cible par un voleur de zébus. Selon ce qu'avait appris l'inspecteur, les dahalos ne s'attaquaient jamais à un devin-guérisseur. Au contraire, ces bandits de brousse cherchaient toujours une alliance avec des hommes aux grandes vertus avant de passer à l'action. C'était auprès d'eux qu'ils obtenaient des amulettes protectrices. Les ombiasy connaissaient des plantes pour lutter contre la peur, la fatigue, et même, disait-on, pour éviter les balles. Ils constituaient un appui trop précieux. Le policier ne pouvait pas non plus croire à une dispute qui aurait mal tourné. Les dahalos ont bien trop peur des pouvoirs des sorciers.

Monza inspecta une des graines dans un rayon de lumière. Elle était enveloppée d'une gangue. Peut-être une fine couche de sang. Malgré sa découverte, il lui fallait absolument contenir son excitation. Ne pas s'emballer. Le crime aurait-il été commis durant une séance de sikily? Impossible de répondre à la question sans l'appui d'une analyse en laboratoire. Au bout du compte, Monza ne pouvait rien prouver. Tout cela était très frustrant. Il releva la tête et s'imagina un instant entouré d'une équipe entière de la police scientifique, leurs mains gantées de latex saupoudrant de céruse le moindre centimètre carré de la case. Son visage esquissa un sourire sans joie. Au fond de la brousse, il n'obtiendrait jamais l'aide de spécialistes des empreintes. Et à quoi bon les relever, puisqu'à Madagascar le fichier du service de dactyloscopie était encore loin d'être opérationnel. Le policier exhala tout l'air de ses poumons, et quitta sa position accroupie pour se redresser. Qu'allait-il faire ? Prévenir son supérieur à Ranohira ? Pour lui dire quoi ? Qu'il avait découvert des graines de tamarin et quelques taches dans la case de la victime ? C'était plutôt mince ! Rakotonanar allait le descendre en flammes. Il devait absolument recueillir d'autres éléments s'il voulait prouver que Rangahyzo n'avait pas été assassiné par un voleur de zébus.

Monza remit discrètement la natte en place, et tenta de reconstituer dans sa tête la scène du crime. Le tueur était peut-être connu de la victime. Rangahyzo avait apparemment ouvert la porte à son bourreau puisque l'entrée n'avait pas été forcée. Ensuite le devin aurait fait asseoir son client. Pendant la séance, l'agresseur aurait profité d'un moment où toute l'attention du devin se portait sur ses graines pour fondre sur lui avec la lame d'un couteau ou d'une sagaie. L'utilisation d'une telle arme exigeait un geste plein de rage, mais également empreint de lucidité. C'était un geste qui ne laissait pas de place au doute. L'hypothèse d'un assassinat était alors plausible. Mais un homicide prémédité comportait beaucoup de risques. Il fallait une raison terrible pour planifier la mort d'autrui. Monza se passa la main derrière la nuque. Son pauvre cerveau devait donc se mettre en quête d'un mobile. Et ce n'était pas le plus facile. Sur cette planète, les gens s'étripaient pour de multiples raisons. Par passion, pour l'argent, par jalousie. À vrai dire, tout était envisageable. Certains cas pouvaient même dépasser l'imagination. Mais ici, à Ilakak', les gens s'entretuaient surtout pour des zébus ou des saphirs.

Monza se glissa hors de la case de Rangahyzo. Il cligna des paupières, un instant aveuglé par la lumière blanche du soleil, et traversa la place de Kiliabo en direction de la silhouette de Ramanda. Le caporal lui faisait face, arc-bouté sur son fusil, crosse au sol. Son arme lui servait de tuteur. Monza se planta devant lui, l'air provocateur. Ce gendarme ne lui revenait vraiment pas.

— Dans votre rapport, je n'ai lu aucune analyse des blessures infligées à la victime, articula-t-il sous son nez. Vous n'avez pas vu le corps ?

Le caporal Ramanda tira ses lunettes de soleil vers le bas.

— Quand je suis arrivé, les villageois l'avaient déjà emmené.

Le ton employé était toujours aussi mauvais.

— Où ça ? insista Monza.

Le militaire pointa du doigt la direction du massif de l'Isalo, l'index replié comme on avait coutume de le faire pour ne pas froisser les ancêtres. Monza analysa un moment cette information en scrutant les falaises de grès qui se dressaient contre le ciel, derrière le village. Comme le voulait la coutume bara, le défunt devait être placé dans un tombeau provisoire quelque part dans la montagne. Le corps serait exhumé plus tard, et placé de façon définitive dans une des nombreuses anfractuosités des falaises. Pensif, Monza s'essuya le visage, et continua d'observer le paysage au loin. De toute façon, que pouvait-il faire sans médecin légiste ? Encore une fois, il n'aurait aucune preuve sans l'appui d'une équipe de spécialistes du crime.

— Je rentre sur Ilakak', grinça Monza en adressant un regard terrible au caporal.

Ramanda porta deux doigts à sa tempe dans un salut désinvolte. Monza fit volte-face sans y répondre. Il marcha jusqu'au grand tamarinier de la place, qui avait donné son nom au village, et s'arrêta à la hauteur de Caméléon, qui attendait au pied de l'arbre.

Monza le fixa intensément, puis avança la main vers son cou. Ses doigts saisirent délicatement le petit sachet qui pendait au bout d'un collier en cuir. Monza voulait une réponse à la question qui lui taraudait l'esprit depuis la découverte des graines de tamarin.

— Cette amulette a été confectionnée par Rangahyzo ?

Le grand Bara confirma par un mouvement de tête.

Monza savoura un instant l'information avant de poursuivre :

— Connaissez-vous un autre ombiasy ?

Le policier ne savait pas si cela le mènerait quelque part mais au point où il en était, il pouvait toujours essayer de glaner quelques informations complémentaires auprès d'un de ces ombiasy. Ces hommes de grande vertu étaient au centre de la vie de brousse. C'était sans doute le meilleur moyen d'apprendre quelque chose de nouveau sur Kiliabo.

— J'ai mal au ventre, expliqua Monza en se frottant l'estomac. J'ai besoin d'un bon guérisseur. Mais ici, je ne connais personne.

Caméléon bougea légèrement les épaules, regarda le sol pour marmonner une réponse.

— Mamatsara. Elle habite au bord de la piste qui mène à Ilakak'. Après une carcasse rouillée de camionnette, il faut tourner comme ça.

Le grand Bara fit un geste nerveux avec son bras pour indiquer sa droite, et ajouta :

— Deux petites cases. On les voit tout de suite. C'est là qu'elle vit, Mamatsara.

Monza le remercia, puis s'engagea sur la piste qui longeait les rizières. Derrière lui, Caméléon le regarda s'éloigner jusqu'à ce que sa silhouette disparaisse derrière une colline.

*
* *

Monza avait quitté la piste en direction de l'ouest à la hauteur d'une épave rouillée d'estafette, comme le lui avait indiqué Caméléon. Il marchait sans forcer l'allure. Les muscles de ses jambes commençaient à renâcler, lui rappelant qu'il n'avait pas effectué de longues marches depuis longtemps. Ce fut donc avec soulagement qu'il aperçut une petite cour délimitée par des cactus et deux étroites bicoques. Mais en se rapprochant, la bouche du policier se raidit. C'était un coin désolé et déprimant : deux cases misérables perdues au milieu d'une broussaille épineuse. Il signala son arrivée à haute voix. Comme il ne voyait pas un signe de vie, il se dirigea doucement vers l'entrée de la plus grande case, et souleva le rideau qui tenait lieu de porte. Il y faisait sombre, mais une bougie insérée dans le col d'une bouteille conférait une clarté suffisante pour distinguer le corps d'une vieille femme, allongée sur une natte à même le sol. Sa tête reposait sur une couverture repliée. Ses mains décharnées gisaient inertes le long de son corps. Debout dans l'encadrement de l'entrée, Monza observa les mouvements de sa poitrine. Un mouvement infime indiquait qu'il lui restait un souffle de vie. La vieille femme ouvrit les yeux, tourna son visage au menton saillant pour fixer Monza, l'air hagard. Elle voulut parler mais une toux sèche lui souleva le torse. Elle grimaça puis se remit à tousser en tendant vers la porte des yeux paniqués. Monza restait immobile sans savoir comment agir. Soudain une main légère toucha l'arrière de son coude, et une voix douce résonna à ses oreilles.

— Azafady[1].

Monza s'écarta du passage en s'excusant. Une silhouette féminine le frôla, et vint s'accroupir à

1. Azafady : pardon en malgache.

côté de la vieille dame. Elle avait apporté un verre d'eau. Mais le vieux visage se détourna en signe de refus. Sa soignante se figea avec un air préoccupé mais n'insista pas. Elle se releva, puis invita Monza à sortir de la case. Le policier la suivit, les yeux rivés sur ses talons. Dehors, il constata que les chevilles de la femme flottaient au milieu de gigantesques baskets. Des chaussures plusieurs pointures au-dessus de la sienne. Il pensa aux petites filles qui prennent plaisir à essayer les chaussures de leur père. Monza avait encore les yeux rivés sur ces pieds quand elle l'interrogea :

— Vous êtes venu pour la consulter ?

Monza releva brusquement la tête. En découvrant son visage, il en eut le souffle coupé. Il ne s'attendait pas à ce genre de rencontre. Surtout en pleine brousse, au milieu de nulle part. Une beauté exceptionnelle. Sans doute, le paysan qui avait découvert le premier saphir dans la région avait ressenti la même chose que lui. Un ébranlement dans tout le corps. D'un coup, des sentiments qui vous submergent et que l'on ne peut même pas définir. Pour Monza, c'était identique. Il avait repéré le plus beau des joyaux d'Ilakak'. Un bijou éclatant sous le soleil, reflétant dans ses prismes des lacis de lumière. Mais à la différence du paysan bara qui avait su saisir l'opportunité d'une telle trouvaille, Monza était incapable de réagir. Même dans ses rêves les plus fous, il n'aurait pas imaginé une telle beauté. Cela le dépassait. Empli de trouble et de confusion, il restait là, sans voix, à la contempler. À ses yeux, son visage incarnait la perfection, et sa silhouette était superbe en dépit de son lamba[1] sale et blanchi par le soleil. Le policier pensa à ces femmes sophistiquées qu'il fréquentait en ville. Toutes ces folles de la mode ne pourraient jamais concurrencer la fille qui se trouvait là, devant lui, mal nippée, sans maquillage, et pourtant si désirable. Monza en avait perdu toute sensation de l'existence du monde réel autour de lui.

— Vous vouliez la voir ? demanda la jeune femme, tout en sortant un grand mouchoir.

Elle tordit de côté son nez fin, et se moucha bruyamment.

Monza sortit de son extase, tenta de rassembler ses idées comme on rassemble un troupeau de zébus dispersé.

— Oui, je voulais... Enfin, je pensais pouvoir lui parler, balbutia-t-il.

Elle acquiesça, lui tourna le dos, et partit s'asseoir sur un petit tabouret face à une bassine remplie de brèdes manioc.

— Ce ne sera pas possible, dit-elle en tirant le récipient entre ses pieds.

— Oui, oui, je comprends. Je repasserai.

Mais comme il ne bougeait pas, elle releva le menton, le considérant avec une expression d'incompréhension.

— Vous vouliez autre chose ?

Elle avait une voix chaude et assurée.

— Vous êtes courageuse de vous occuper d'elle, reprit-il en cherchant un moyen de prolonger cette rencontre.

---

1. Lamba : pièce de tissu rectangulaire constituant, pour les hommes et les femmes, l'élément essentiel du costume traditionnel malgache.

Elle eut un geste de main qui fit tintinnabuler ses fins bracelets de bronze.

— C'est ma mère.

Il voulut rajouter quelque chose pour se rattraper, mais aucun mot ne lui vint. Il y eut un long silence. Parler lui paraissait aussi naturel que de faire de la pirogue dans une rue de la capitale. Il inspira profondément, tentant de ramener sa conscience à la réalité, à ce mardi de janvier et à son enquête. Devant lui, la jeune femme se mit à trier ses brèdes, mettant de côté les tiges trop raides pour ne garder que les parties tendres de la feuille.

— Si vraiment vous avez besoin d'un remède, je peux le concocter pour vous.

— Vous êtes aussi…

— Sorcière ? reprit-elle en complétant sa phrase. Elle eut un petit rire bref qui incurva ses lèvres charnues, et le regarda par en dessous.

— Eh bien, oui ! La nuit, il m'arrive même de courir la brousse à la recherche d'âme à ensorceler. Je m'enduis aussi le corps d'huile pour que l'on ne puisse pas m'attraper.

Les paroles vibrèrent dans les tympans de Monza, mais son cerveau fut incapable d'interpréter leurs sens.

— C'est vrai ? lança-t-il de façon idiote.

Elle releva vers lui un visage sidéré.

— Mais non, je suis quelqu'un de tout à fait normal.

Elle secoua la tête, et ses larges créoles oscillèrent, attirant le regard de Monza sur la peau ambrée de son cou. Elle était effectivement ensorcelante. Debout, devant elle, paralysé et les bras ballants, Monza la couvait des yeux. Elle le fixa à son tour et éclata de rire.

— Moi, c'est Sahondra.

Il déglutit.

— Jery Monza.

Elle lui adressa un beau sourire. Il aurait pu être aux anges, mais il était conscient de s'être conduit, depuis le début, en parfait imbécile. Elle se leva pour installer sa marmite sur le foyer. Ses gestes, même les plus simples, étaient empreints de sensualité.

— Beaucoup de gens viennent se faire soigner par ma mère. Elle est connue jusqu'à Tulear.

Monza ne la lâchait pas des yeux et se laissait bercer par le son de sa voix.

— Je suis vraiment désolée, poursuivit la jeune femme. Ça fait plusieurs semaines qu'elle ne travaille plus. Pour quelle raison êtes-vous venu la consulter?

Au moment où il prit conscience qu'elle lui parlait à nouveau, le policier réalisa aussi s'être assis devant le feu.

— Pardon?

— Qu'est-ce que vous lui vouliez? s'enquit la jeune femme.

— Je suis inspecteur de police, dit Monza, avant de chercher une suite à ce qu'il avait prononcé.

Il se passa la main sur la nuque.

— J'enquête sur la mort du vieux Rangahyzo. Le vieux assassiné à Kiliabo. C'est la raison pour laquelle je voulais parler à votre mère.

Sahondra se figea. Ses yeux le sondèrent dans un long silence que Monza eut beaucoup de peine à rompre.

— La piste des dahalos paraît la plus vraisemblable. Et comme ces voleurs de zébus ont souvent recours aux ombiasy avant de commettre leurs méfaits, je voulais absolument rencontrer un guérisseur dans la région.

Sahondra le laissait parler. Elle s'était saisie d'un bout de bois et dessinait dans le sable.

— Les dahalos consultent souvent des ombiasy, insista-t-il. Ils viennent leur demander des amulettes qui les protégeront des dangers. On raconte même que certains guérisseurs confectionnent des gris-gris contre les balles.

Monza marqua un arrêt. Sahondra avait esquissé un léger sourire, sans relever la tête.

— Ou des drogues que l'on fume pour ne pas connaître la fatigue lors des courses-poursuites. Il paraît que les dahalos prennent aussi des bains préparés par les guérisseurs, à base de plantes, pour vaincre la peur, rendre invincible.

Elle releva soudain la tête, puis pointa Monza avec le bout de son bâton.

— Vous en savez des choses sur les ombiasy ! Mais ma mère a appris à connaître les plantes pour les utiliser comme des médicaments. Et son pouvoir de guérison est réservé aux villageois qui tombent malades.

Monza marqua une pause avant de reprendre :

— De toute façon, pour tout vous dire, je ne crois pas à un meurtre perpétré par de simples voleurs de bétail.

Sahondra le regarda, impavide. Le policier récupéra un peu de lucidité.

— Vous le connaissiez ?

— Qui ?

— Le vieux Rangahyzo.

— Tout le monde connaissait ce vieux bonhomme dans le coin.

— Qu'est-ce que vous saviez sur lui ?

— Rien de spécial, répondit-elle avec une petite moue désarmante.

— J'ai cru comprendre qu'il pratiquait le sikily, indiqua le policier d'une voix grave, presque inaudible.

— Oui, il était même très réputé pour ses prédictions. Tout ce qu'il avait appris, il le tenait de son père qui avait demandé à Ratsikiloly, l'un des plus grands maîtres du Menabe, de l'initier contre cinquante zébus.

Sahondra s'arrêta de jouer avec son bâton et fixa le policier.

— Mais le vieux Rangahyzo était surtout connu pour ses talents de guérisseur.

— Recevait-il beaucoup de visites ?

— Beaucoup, confirma la jeune femme. Cet homme pouvait tout soigner ! Enfin, c'est ce que les gens racontaient en brousse.

Monza se mit à réfléchir à ses révélations quand la toux sonore de la vieille femme reprit au fond de la case. Le policier se retourna en même temps que Sahondra se leva pour aller au chevet de sa mère. Il la suivit du regard puis scruta le bout de ses rangers.

— Il vaut mieux que je m'en aille.

La jeune femme s'arrêta devant la porte de la case, hocha la tête et disparut dans l'embrasure.

*

* *

Monza avança dans le courant de la rivière jusqu'aux mollets. Ses rangers à la main, il longea un instant la berge, accompagné par les cris des lémuriens qui rejoignaient la cime des arbres. Il frissonnait de plaisir. L'eau lui procurait une délicieuse sensation de fraîcheur. La terre sableuse était douce sous ses pieds. Le policier fit une centaine de mètres et n'aborda l'autre rive qu'au moment où ses yeux distinguèrent l'affleurement d'une roche plate. Il s'assit sur la surface lisse de la pierre, renfila ses lourdes rangers et demeura avachi là, à savourer le calme ambiant. Les yeux fermés, il se laissa bercer par le murmure apaisant des remous de la rivière, contemplant au fond de lui-même le doux et beau visage de Sahondra. Il ne pouvait le nier, cette rencontre l'avait totalement bouleversé. Il s'allongea sur le dos et respira plusieurs fois profondément. L'endroit était parfait pour évacuer un peu de la tension qui l'habitait. Au-dessus de lui, les étoiles brillaient déjà de tout leur éclat. Il était tard. Tout était sombre alentour. S'il continuait à traîner, il n'arriverait jamais à Ilakak' avant l'aurore. Lesté par ses émotions, Monza se releva péniblement, et évalua la direction qu'il fallait prendre pour rejoindre la ville. Un petit sentier lui permit de sortir du lit de la rivière et de rejoindre la plaine. Ses points de repère établis, le policier chemina plein sud. Sur sa gauche, la lumière de la lune traçait l'ombre lugubre et imposante du massif de l'Isalo. Il accéléra dans un silence seulement troublé par le bruit de ses pas sur le sentier. Soudain, son regard fut happé par une forme mal définie sur le talus, à une trentaine de mètres devant lui : vraisemblablement la silhouette d'un homme accroupi. Monza ouvrit un peu plus les paupières. La forme se dressa lentement, et se déplaça jusqu'au milieu du chemin. Il reconnut aussitôt Caméléon et l'approcha avec le pressentiment que l'homme allait enfin lui permettre d'avancer dans son enquête. Au contact du policier, le paysan baissa la tête.

— Je voulais vous parler, confia-t-il, toujours aussi mal à l'aise.

Monza laissa un moment le silence s'installer, et donna un coup de menton.

— Je vous écoute.

— Je ne pouvais rien dire au village, avoua Caméléon en balançant son bras épais en direction de Kiliabo. À cause du gendarme.

Monza resta immobile, à le regarder sans mot dire.

— Les bérets noirs ne valent rien, poursuivit le paysan.

Monza recula, s'assit sur un rocher qui s'y prêtait.

— Le gendarme est pourtant là pour vous protéger !

Caméléon fixa le policier avec des yeux d'une droiture étonnante. Ses traits se durcirent comme s'il faisait des efforts pour se retenir de parler.

Monza s'impatientait. Il espérait tellement obtenir une révélation.

— Qu'est-ce que tu sais sur le meurtre du vieux Rangahyzo ?

Le paysan se détourna.

— Je ne sais rien. Personne ne sait ce qui s'est vraiment passé.

Monza soupira. Il fouilla dans sa poche, extirpa son paquet de cigarettes et en proposa une au paysan. Caméléon secoua négativement la tête.

— J'aimerais comprendre pourquoi Ramanda paraissait si nerveux lors de ma visite à Kiliabo, lança le policier.

— Le caporal n'aime pas que l'on vienne fourrer son nez dans ses affaires.

— À quoi joue-t-il exactement ?

Caméléon s'accroupit et arracha une herbe. Ses doigts triturèrent un moment la feuille. Puis il exhala tout l'air de ses poumons.

— Il nous demande de l'argent, révéla-t-il enfin.

— En échange de quoi ?

Caméléon resta silencieux quelques instants, puis il se releva brusquement et les mots jaillirent de ses lèvres en un torrent précipité.

— Il nous promettait de l'aide contre les dahalos. En contrepartie, il voulait toujours plus d'argent. Il affirmait pouvoir protéger nos troupeaux, surveiller nos rizières. Mais il ne fait rien du tout ! Ce type nous rackette, et s'en va boire un coup dans le village voisin avec notre pognon.

Le grand Bara s'interrompit, le temps de reprendre son souffle.

— Et quand le vieux a été tué, les gendarmes n'étaient même pas à Bereketa. C'est toujours la même chose ! Ils ne sont jamais là quand on a besoin d'eux.

Monza le regardait de côté, franchement déçu. La révélation n'était pas à la hauteur de ce qu'il attendait. Il se releva et jeta son mégot sur la piste.

— Bon, je retourne à Ilakak'.

— Et pour les dahalos ? Qu'est-ce que vous allez faire ?

Monza haussa les épaules. L'autre agrippa son bras, et éleva le ton :

— Il faudrait arrêter ces bandits !

— Les gendarmes sont sur leurs traces.

Caméléon fit osciller sa large main aux doigts écartés.

— Ils ne les rattrapent jamais !

L'inspecteur tut d'emblée les protestations de Caméléon en levant le bras. Puis il prit une grande inspiration.

— Les dahalos sont nombreux, et armés de fusils. Ils connaissent toutes les cachettes dans les canyons de l'Isalo. Ce sont des groupes organisés avec des veilleurs. On ne les approche pas comme ça !

Caméléon se frotta le visage, visiblement pas convaincu. Le paysan lança un coup d'œil fiévreux vers l'ombre lointaine du massif, puis revint sur Monza.

— Ils m'ont pris toutes mes bêtes ! Je n'ai plus rien.

Monza fit un pas de côté pour le contourner.

— Désolé, l'ami, ce n'est pas de mon ressort.

— J'ai vu des traces sur la piste, insista Caméléon. Des traces de camions à l'endroit où s'arrêtaient celles de mes bêtes.

Monza s'arrêta de marcher et laissa errer son regard sur l'étendue crépusculaire de la plaine.

Le paysan n'avait pas besoin d'en raconter davantage. La suite était facile à deviner. Les faits étaient courants dans le pays. Les dahalos étaient réputés jouir de solides appuis. Si les voleurs de zébus n'étaient pas inquiétés, c'était parce qu'ils bénéficiaient d'une protection en haut lieu. Les dahalos travaillaient de plus en plus pour des organisations puissantes, installées au cœur des grandes villes, qui s'occupaient du recel des bovidés. Le trafic pouvait profiter à quelques gros commerçants, des élus, des hauts fonctionnaires, ou même certains magistrats en place dans la région. Des dahalos en col blanc qui tiraient toutes les ficelles en coulisse. Un véritable réseau mafieux. Avec la crise politique et économique qui s'installait dans le pays, les abus de pouvoir étaient monnaie courante, la corruption grandissante. Plus l'État central s'affaiblissait, plus les hommes de pouvoir de certaines localités profitaient de la situation.

Monza posa sa main sur l'épaule du grand Bara pour mieux communiquer.

— Laissez-moi vous expliquer ! Les dahalos cachés dans les montagnes ne sont sûrement que des pauvres types qui travaillent pour de gros trafiquants, bourrés de pognon. Il n'y a pas grand-chose à faire pour les têtes de bétail que l'on vous a volées. Mais des moyens existent pour que les attaques cessent. Vous êtes loin d'être le seul concerné par ce problème. Dans certaines régions, les éleveurs parviennent à lutter contre les vols et l'insécurité. Un dina[1] entre villages voisins permet d'organiser une surveillance à grande échelle de la circulation des troupeaux. La coopération est primordiale. Pourquoi ne pas faire comme eux? Cela peut s'avérer très efficace. Dans la plupart des cas, ça fonctionne! Souvent la crainte d'une confrontation suffit pour imposer la paix.

Il y eut un long silence. Alors que toutes les pensées du grand Bara étaient mobilisées par les conseils du policier, celles de Monza bifurquèrent subitement sur une question qu'il avait oublié de poser aux villageois.

— Dites-moi, n'avez-vous rien remarqué d'autre à Kiliabo? Je veux dire, n'avez-vous pas noté la présence d'étrangers, des types qui viendraient, pour une raison ou une autre, traîner autour du village?

Caméléon se raidit, bouche fermée et sourcils froncés au-dessus de ses yeux agités.

— Avec tous ces prospecteurs qui affluent, poursuivit le policier, j'imagine que certains essayent de temps en temps de creuser dans les parages?

Caméléon fit non de la tête.

— On ne voit jamais personne à Kiliabo.

Monza tordit les lèvres, soutint un instant l'étrange regard du paysan, se focalisant sur un seul œil à la fois.

1. Dina : convention collective traditionnelle à Madagascar.

— Vous devriez réfléchir à mon histoire de dina, conclut Monza.

Après un signe de la main, le policier s'éloigna sur le cordon sableux et clair de la piste. Il était temps pour le policier de revenir sur Ilakak'. Il était persuadé que le meurtrier de Rangahyzo se trouvait en ville.

*
* *

Monza couvrit rapidement les derniers kilomètres pour rejoindre Ilakak' et parvint, tout haletant, aux premières baraques longeant la nationale 7. La lumière blafarde de la lune éclairait la ville dans son décor mal foutu, lui rendant son aspect inquiétant et glauque. En gravissant le dernier raidillon qui débouchait sur la route, Monza réalisa à quel point Ilakak' n'était qu'un bled sordide, un amas déprimant de planches grises et de tôles ondulées au milieu de nulle part. Il riva son regard sur le bout de ses chaussures et accéléra encore le pas, impatient de retrouver le confort de sa chambre d'hôtel.

— Tiens ! V'là le plus beau qui se radine.

Surpris par cette voix qu'il connaissait, Monza s'immobilisa et scruta les alentours. C'était bien Mamabé, la vendeuse de café de la gare routière.

Son énorme silhouette trapézoïdale se tenait là, de l'autre côté de la chaussée, les bras surchargés de sacs, un petit tabouret posé en équilibre sur la tête. Monza traversa pour la saluer. À son approche, elle posa son fardeau et l'accueillit les poings calés contre les hanches.

— T'étais où, tout ce temps ?

— J'enquêtais en brousse, se justifia Monza, le souffle court.

Elle le sonda d'un œil inquisiteur.

— Et qu'est-ce que t'as bouffé là-bas ?

Monza se figea, quelque peu surpris par la question. Elle se balança d'une jambe sur l'autre pour venir lui écarter le revers de son blouson.

— T'es chou, mais t'es un peu maigrichon. Faudrait que tu penses à becqueter de temps en temps. Regarde-moi ça ! T'as que la peau sur les os.

Mamabé secoua la tête en ronchonnant, se pencha vers ses paquets pour fouiller parmi ses gamelles, et se redressa en dénouant le tissu d'un vieux torchon dans lequel étaient enveloppés deux beignets aplatis.

— Tiens, c'est tout ce qui me reste, dit-elle en les lui tendant.

Monza n'esquissa aucun geste vers la nourriture. Mamabé fronça les sourcils et lui asséna un violent coup de torchon sur l'épaule.

— Tu veux me foutre en colère ou quoi ?

Il plongea ses mains dans ses poches, et secoua la tête de gauche à droite.

— Pas normal ! gronda-t-elle. Quand on n'a pas envie de bouffer, c'est que quelque chose ne tourne pas rond.

Elle plongea son regard dans le sien.

— Qu'est-ce qui t'arrive, mon chou ? Y'a une bonne femme là-dessous ?

— Non, pas du tout, répondit-il, incapable de dissimuler sa gêne de façon acceptable.

Ses yeux se levèrent vers le ciel nocturne comme pour y chercher de l'aide. La cantinière afficha une moue navrée en tordant ses grosses lèvres.

— Alors c'est quoi ton problème ?

Il sortit une cigarette pour se donner une contenance, et resta un long moment sans rien dire, fixant pensivement le sol. Après un long silence, il répondit finalement par un petit geste qui marquait tout à la fois son accablement et sa fatigue. La cantinière posa son tabouret au beau milieu de la chaussée, et s'y installa en faisant crisser les fibres de l'assise en paille sous son poids. Puis elle enfourna ses deux beignets, en regardant Monza avec sa manière franche et pensive.

— Y'a un truc qui te chiffonne ? demanda-t-elle la bouche pleine.

— Ouais, on peut dire ça, soupira-t-il en arborant un sourire désabusé, les yeux toujours rivés sur sa clope.

Mamabé poussa du pied le plus gros de ses sacs vers l'inspecteur.

— Assieds-toi, lui lança-t-elle avec un soupçon de tendresse dans la voix.

— Mon enquête se complique un peu, dit-il en posant doucement ses fesses.

Mamabé abattit la paume de la main sur son genou.

— Moi qui croyais qu'avec des flics comme toi, on pouvait dormir tranquille. Que tous les sales types étaient sous les verrous.

Monza alluma enfin sa cigarette, et se passa une main derrière la nuque.

— Tous, sauf un.

— Un type dangereux ?

— La pire espèce.

Mamabé balaya l'obscurité d'un regard méfiant.

— Qu'est-ce qu'il a fait ?

— Il a tué un vieux.

Elle fronça les sourcils. La pâte à beignet broyée tournait dans sa bouche, comme un mélange de sable et de ciment dans la gueule d'une bétonnière.

— Qu'est-ce que t'attends pour le foutre au gnouf ?

— Ce n'est pas si facile.

— Pourquoi, il se cache ?

— Il n'en a pas besoin. Il n'est pas recherché !

Mamabé en resta comme deux ronds de flan. Elle vissa son poing contre l'un des bourrelets de sa hanche.

— Pourquoi que tu me dis qu'il n'est pas recherché, s'il a buté le papi ?

— Parce qu'ici, c'est un voleur de zébus qu'on soupçonne !

— Ah, bon... Et toi, t'en penses quoi ?

Un puissant coup de klaxon retentit. Mais aucun d'eux n'en tint compte. Il y eut un deuxième coup de klaxon, plus prolongé, et les phares éblouissants d'un camion qui les contourna au ralenti. Mamabé attendit simplement que le rugissement du moteur s'éloigne pour relancer la discussion.

— C'est vrai que les dahalos zigouillent sec. Alors pourquoi toi, tu dis que c'est pas un voleur de bestiaux qui l'a tué ?

Monza haussa les épaules, se figea dans cette position.

— Pour moi…

Il s'interrompit une seconde, baissa les épaules et secoua la tête tout en poursuivant :

— … Pour moi, ce n'est pas un simple voleur de zébus qui a fait le coup. Le vieux n'a pas été tué en voulant protéger son troupeau. Je suis pratiquement sûr qu'il a été assassiné à l'intérieur de sa case. Le tueur avait une autre raison de le supprimer.

D'un coup de langue, Mamabé roula la pâte à beignet dans un coin de sa bouche.

— Et maintenant, après quel cul tu renifles ? postillonna-t-elle.

Monza tira une longue bouffée de sa cigarette, jusqu'à sentir la chaleur entre ses doigts.

— Celui d'un mineur.

— Tu crois que c'est un mineur qui l'a refroidi ?

— Juste une hypothèse. L'idée m'est venue en croisant un véhicule en direction de Kiliabo. Un pick-up chargé de matériel. Les outils classiques utilisés par les prospecteurs de saphirs.

Les beignets s'arrêtèrent de tourner dans la bouche de Mamabé. Elle attendit la suite, sachant qu'il y en aurait une.

— Peut-être des mineurs qui cherchaient en brousse un nouveau gisement. Et on peut très bien imaginer que le vieux ne voulait pas les voir prospecter sur ses terres.

Mamabé rota sans vergogne.

— Les mineurs auraient alors décidé de se débarrasser du vieux, poursuivit Monza sans prêter attention à la cantinière qui l'accompagnait de nouveaux renvois prolongés et sonores. Pour moi, c'est un mobile valable. Les saphirs rendent fous, et les gens fous sont dangereux, murmura-t-il en se remémorant son entretien avec l'adjudant Bako.

— À quoi y ressemblent tes mineurs ? s'enquit la cantinière.

— Je sais juste qu'ils se déplacent dans un Dangel Peugeot, de couleur bleue.

L'imposante femme se tapa sur le genou.

— Stavros et ses copains ?

— Tu les connais ?

— Tu parles ! Le propriétaire du Dangel n'est pas le genre d'homme à passer inaperçu. C'est un costaud, aux cheveux blonds et courts, qui boite de la guibóle. Un type fort en gueule, aussi aimable qu'un croco du Mangoky ! Ici, tout le monde l'appelle le Grec. Je sais pas pourquoi. Peut-être qu'il est vraiment grec ! En tout cas, je te peux dire que partout où il passe, il sème une sacrée pagaille.

— Tiens donc !

Le policier marqua une pause, observant sa cigarette finir de se consumer entre ses doigts, le regard absent, l'esprit absorbé.

Mamabé inclina son buste en avant.

— Alors, qu'est-ce que tu comptes faire ?

Monza laissa tomber son mégot, l'écrasa du bout du pied.

— Comme je n'ai aucune preuve contre ces mineurs, et pas assez de temps pour me lancer dans une enquête compliquée, il ne me reste plus qu'à valider la thèse selon laquelle des voleurs de zébus ont assassiné le vieux. Je ne peux de toute façon rien apporter de plus aux conclusions de la gendarmerie.

Mamabé pouvait à présent lire sur sa bouche un sourire qui évoquait une espèce de résignation tranquille. Il s'était penché en avant, ses coudes sur les genoux, sa tête ployant vers le sol. La cantinière inclina son corps imposant, cherchant à intercepter le regard du policier.

— Et tu laisses courir l'autre salopard ?

La tête de Monza s'enfonça dans ses épaules.

— Ben, je n'ai pas trop le choix, avec une semaine devant moi.

— Si tu veux apprendre rapidement des trucs sur ces mineurs, faut aller voir les filles.

Les yeux de Monza exprimèrent un immense scepticisme.

— Je ne compte pas là-dessus ! Il y a sûrement autant de putains ici que dans la capitale. Et comment je vais faire pour dénicher une fille qui accepte de me parler de ce Stavros ?

Mamabé continuait à le dévisager, un œil à demi clos. L'inspecteur soupira.

— Il ne me reste plus qu'à tirer un trait sur cette idée, conclut-il en se relevant de manière théâtrale. Je rentre à l'hôtel.

Il s'écarta du sac, fit quelques pas en tournant le dos à la cantinière, et laissa errer son regard dans l'obscurité. Il y eut un long silence que finit par rompre la cantinière d'une voix claire et bien modulée :

— Tiana, qu'elle s'appelle !

Monza ne réagit pas tout de suite. Ses yeux se fixèrent un instant sur un point imaginaire, puis il pivota sur ses talons et observa l'énorme femme en silence, ne sachant pas très bien comment accueillir cette information.

— Je te dis que la poule que tu cherches s'appelle Tiana ! répéta Mamabé, sur un ton plus appuyé.

— Tiana ?

— Oui, Tiana ! éructa-t-elle. Tu le fais exprès ou quoi ?

Le visage de Monza changea soudainement d'expression.

— Tu connais la fille qui sort avec ce mineur ? s'emballa-t-il.

Amusée par ce changement d'humeur instantané, Mamabé eut un chaud rire de gorge.

— Un peu, mon chou ! Une petite épaisse comme un cure-dent, avec une marque de fer à repasser sous le bras gauche, précisa-t-elle en se tapotant du doigt l'arrière du coude. Un joli petit oiseau de nuit qui nous vient de Tana. Je l'ai vue traîner avec ce zanatany[1]. Il a mis la main sur cette petite, ou plutôt, c'est elle qui l'a cramponné quand il est arrivé à Ilakak'.

Monza la scruta un moment, bouche bée, avant de se ressaisir.

— T'es plus efficace qu'un fichier de la police !

La cantinière étouffa un petit rire qui secoua toute sa chair.

1. Personne née à Madagascar de parents étrangers.

— Tu sais où je peux la trouver? demanda Monza, enthousiaste.

— T'es un homme, et un flic ! Tu dois savoir où on trouve ce genre de fille.

Monza écarta les bras.

— Je ne suis pas d'ici.

— J'le crois pas ! s'étrangla-t-elle. De toute façon, il est encore un peu tôt. Elle doit être en train de se pomponner avant de sortir.

Monza fit un pas vers la cantinière.

— Ouais, mais faudrait peut-être lui mettre la main dessus avant qu'elle ne commence à bosser.

— Bon, je veux bien te montrer où elle crèche, accepta-t-elle en secouant son index sous le nez de l'inspecteur. Mais vas-y mollo ! C'est une gentille petite.

— Juste deux ou trois questions sur son chéri, pas plus ! promit-il en levant la main droite.

Elle se retourna, enfonça deux gros doigts boudinés à l'intérieur de sa bouche, et siffla en direction d'un gamin accroupi à une vingtaine de mètres, devant l'une des rares boutiques encore ouvertes. Le môme approcha. Elle l'entoura de son bras court et volumineux, puis lui glissa subrepticement un billet dans la main.

— Tu portes mes paquets près de la boutique, et tu ne les quittes pas des yeux avant que je revienne. Et ne t'endors pas, mon trésor ! Sinon je t'écrabouille les doigts à coups de pilon.

Le môme lui renvoya un large sourire et serra le poing autour de son pécule. Mamabé se leva énergiquement malgré son colossal embonpoint, et tira Monza par le bras.

— Eh ! Si tu veux dégotter Miss Ilakak', faudrait peut-être bouger ton cul, suggéra-t-elle. À mon avis, tu ne dois pas être le seul bonhomme à chercher une fille à cette heure-ci !

*

* *

Monza emboîta le pas de la cantinière pour s'enfoncer dans l'enchevêtrement des masures d'Ilakak'. La nuit avait recouvert la ville de son grand lamba noir. Monza lançait des regards furtifs, essayant de percer, à travers le voile opaque, les mystères de ces taudis où des milliers de crève-la-faim, abusés par le mythe du saphir, étaient venus s'entasser pour vivre. Les cahutes étaient pitoyables. Certaines ressemblaient à des niches pour chiens. À mesure qu'ils avançaient, l'air se chargeait d'une odeur âcre d'urine et d'immondices qui rappelait l'effroyable réalité atténuée par le crépuscule.

— Pouah, ça chlingue dans le quartier ! lança Monza, accroché aux talons de son guide.

— Laide le jour et puante la nuit, confirma Mamabé. Pas le genre d'endroit où on a envie de foutre les pieds.

— Sauf pour venir y chercher une jolie pierre !

— Ouais, tu parles !

— Ça vaut quand même le coup de tenter sa chance.

La cantinière s'arrêta subitement.

— Tu vois, c'est ça le pire. Ilakak' attire toujours plus de nigauds, prêts à y croire.

Elle leva son bras droit et le maintint en l'air.

— Non, mais vise-moi ça ! Ils sont de plus en plus nombreux.

Les yeux de Monza glissèrent sur l'horizon ondulé, formé par les toits des cabanes. Il frissonna légèrement, ressentant un mauvais courant d'air froid dans le bas du dos, comme s'il contemplait les vagues d'un océan sombre et lugubre.

— J'imagine qu'il y a peu de billets gagnants, admit-il en remontant la fermeture de son blouson. La plupart des prospecteurs sont condamnés à retourner chez eux aussi pauvres qu'avant.

— Ilakak' est une putain qui n'a rien à offrir à ses enfants, déclara Mamabé.

Elle fit encore quelques pas, s'immobilisa, et tourna sur elle-même, perdue. Des plis creusèrent son front.

— Merde, tout a encore changé ! Y'a plein de nouveaux qui se sont installés. On y comprend plus rien.

Elle fit demi-tour et revint sur Monza qui était resté immobile, envahi par la douleur de constater que Mamabé avait raison. Toutes les conditions étaient ici réunies pour conduire à la déchéance. Comment préserver dans cet univers sordide ne serait-ce qu'un lambeau de dignité ? Autour d'eux, des voix assourdies résonnaient. Les voix des mineurs qui devaient, maintenant que le soleil était couché, lutter contre la faim et le découragement. Monza parvenait aussi à distinguer des ombres qui glissaient vers le centre de la vénéneuse cité. Même la nuit ne pouvait plus leur servir de repos. C'était l'heure des règlements de compte, des trafics en tout genre, des viols et des petites combines. Les ténèbres réveillaient la folie d'une humanité démunie. Quand on n'a pas gagné à coups de pelle, on veut gagner à coups de queue ou de pistolet. Les perdants n'auront plus qu'à s'abrutir d'alcool pour dépasser leur propre souffrance. Monza soupira. C'était partout pareil dans la grande île rouge. Les conditions de vie étaient à la limite du supportable. La situation paraissait même se dégrader d'année en année. Il se frotta le visage, puis remonta la main dans ses cheveux jusqu'au sommet de son crâne, marquant inconsciemment à quel point tout cela le dépassait.

— Ça ne va pas, mon chou? demanda Mamabé, alarmé par son silence.

Monza serra les dents, et secoua la tête.

— Y'a pourtant tout ce qu'il faut dans ce pays !

— On trouve autre chose que des saphirs?

— Or, platine, nickel, cobalt, mercure, uranium, pétrole, énuméra mécaniquement Monza.

Il leva le doigt pour allonger la liste des richesses naturelles de son pays.

— Sans oublier le bois de rose.

Mamabé renifla un grand coup.

— À t'entendre, on dirait qu'il suffit de balayer devant sa porte pour trouver un trésor. En tout cas, tu m'enlèveras pas de la tête qu'ici, c'est comme partout, y'a qu'une poignée de pourris qui en profite, et qui se gave en regardant les autres crever de faim.

— Horrible ! commenta Monza, en laissant une nouvelle fois son regard errer sur le campement.

Elle lui agrippa la manche du blouson.

— Qu'est-ce que tu ferais, toi, si tu étais président de ce pays ?

Monza esquissa un triste sourire qu'elle ne put voir.

— Ils ont tous plein d'idées quand il s'agit de serrer des mains, poursuivit-elle. Mais une fois leur cul bien calé au fond de leur fauteuil à Tana, ils sont tous pareils, peau de balle !

Elle cracha par terre et tendit le menton vers un autre groupement de cahutes.

— Ramène-toi, je crois que Tiana crèche dans le coin.

Ils se faufilèrent entre deux cabanes et descendirent une légère pente, aspirés par l'obscurité. En contrebas, Mamabé s'arrêta devant une hutte érigée à partir de branchages, de palmes séchées et de sacs en plastique. Un minuscule ouvrage qui pouvait accueillir tout au plus deux personnes recroquevillées sur elles-mêmes. À l'intérieur, une lumière promettait une présence humaine. La cantinière fléchit les jambes avec une souplesse surprenante et tira sèchement sur un des pans de la bâche qui servait de rideau de porte. La femme assise à l'intérieur se mit la main sur la poitrine, comme si elle avait vu un esprit de la forêt. Elle faillit hurler.

— Mamabé, tu m'as foutu une de ces trouilles ! dit-elle, en soufflant tout l'air de ses poumons.

— Bah, elle est où Tiana ? demanda la cantinière.

La femme haussa les épaules, visiblement chagrinée. Mamabé lui tendit une main épaisse et, tout en se redressant, l'aida à s'extirper de son trou. Monza et la femme se trouvèrent alors nez à nez. Pendant un instant, elle resta pétrifiée, essayant de distinguer les traits du visage de l'homme qui lui faisait face. Puis elle le pointa du menton en s'adressant à Mamabé.

— Et lui, c'est qui ? demanda-t-elle, en renouant son paréo sur sa poitrine.

La cantinière haussa les épaules.

— Un type qui a le béguin pour Tiana. Ça fait une plombe qu'il la cherche partout.

— Qu'est-ce qu'il lui trouve à cette salope ?

Mamabé et Monza se jetèrent un regard en coin. La jeune femme ajusta une nouvelle fois son paréo, soutenant le regard de Monza avec un air hostile.

— Tu t'es fâchée avec elle ? demanda Mamabé en croisant les bras.

— Je veux plus rien savoir de cette pouffiasse !

— Qu'est-ce qui s'est passé ?

— Elle m'a piqué toutes mes fringues. J'ai plus rien à me foutre ce soir.

— Tu les as peut-être perdues.

— Tu parles ! Moi j' te dis qu'elle est venue ici avec ses pétasses de copines, pendant que j'lingeais à la rivière, et qu'elles ont fouillé dans mes affaires !

Monza fixait la fille avec une expression indulgente. Elle était d'une maigreur choquante. Il l'aurait bien prise par la main, conduite dans un bon restaurant, où il aurait commandé toute la carte. Il lui tendit une cigarette, puis de quoi l'allumer. La jeune femme souffla nerveusement la fumée vers le sol. Elle était sous tension et tremblait comme une palme de ravenale.

— Tu peux pas nous dire où on peut trouver Tiana ? reprit Mamabé, d'une voix doucereuse.

Le tabac fit rapidement son effet. La fille se calma et laissa son regard errer dans les ténèbres.

— Vous avez essayé le LovaSaphir Bar ?

— Et si on ne la trouve pas ? intervint Monza.

— Faudra faire un tour au casino. C'est là-bas que les filles finissent la soirée. Vous pouvez être sûr qu'elle y sera ! À moins qu'elle soit déjà entre de bonnes mains, dit-elle en ralentissant le débit de sa voix sur la fin de la phrase.

Des chiens aboyèrent. Une bête galeuse et décharnée apparut, poursuivie par la meute. Ils se coursèrent dans la pénombre du campement. La cantinière pinça gentiment le bras de la jeune femme.

— Tu ferais mieux de te barrer d'ici, de t'installer dans une vraie ville. Tu pourrais te dénicher un vazaha dans un bar. Un type qui te remplumerait un peu.

La fille haussa une épaule, et détourna un regard lourd de douloureuses expériences.

— Ça va ! J'ai eu ma dose avec tous ces gros vieux porcs.

Mamabé écarta les mains devant la hutte misérable.

— Qu'est-ce que tu espères de plus ici ?

La jeune femme proféra un très léger son en claquant de la langue.

— Ce que j'espère de plus, c'est simple. Ici, les hommes cherchent des saphirs. Et moi, je cherche les hommes qui ont trouvé des saphirs.

— N'empêche que tu flottes dans ton paréo comme une crevette dans un seau, nota Mamabé, presque sans remuer les lèvres.

La jeune femme inclina la tête et laissa glisser ses mains sur le tissu qui la couvrait, comme si la remarque la surprenait.

— Le matin je prépare le café et des beignets à la gare routière, rajouta Mamabé.

— Ouais, je sais bien que t'es là-bas tous les matins.

— Comment ça, tu sais bien ? T'es jamais venue prendre le jus. Passe me voir ! Pas grave si t'as les poches vides. T'auras qu'à m'aider un peu. C'est un sacré boulot de préparer la bouffe pour tous ces nazes qui partent creuser. Crois-moi !

Pour la première fois, la fille avait esquissé un léger sourire. Monza saisit son maigre poignet pour lui glisser un billet au creux de la main. Elle ouvrit la bouche, mais se ravisa. Mamabé désigna la lampe à huile dans la hutte, dont la flamme léchait dangereusement la bâche.

— Fais gaffe, ma petite reine ! Tu vas foutre le feu à ton palais.

La jeune femme s'accroupit, glissa sa main sous le rideau en plastique et déplaça la lampe en fer-blanc recyclé au centre de la cabane. Quand elle se releva, ses visiteurs avaient déjà disparu dans l'obscurité.

*

* *

La route qui traversait Ilakak' était encore passante à cette heure tardive. Des hommes, pour la plupart, baguenaudaient sans motif apparent dans le noir. Leurs pas nonchalants suivaient la route balisée par les lampes à pétrole des commerçants n'ayant pas encore fermé boutique. Il fallait de bons yeux pour dénicher quelqu'un parmi toutes ces ombres. Mamabé tournait parfois la tête, pour voir si, au hasard des visages croisés, elle ne rencontrait pas celui de Tiana. À son côté, l'inspecteur Monza se contentait de mettre un pied devant l'autre. Ils parvinrent ainsi à la limite sud de la ville, devant quelques débits de boissons qui offraient un divertissement nocturne. Sous le néon mauve et criblé de moucherons de l'enseigne du LovaSaphir Bar, la cantinière adressa un coup de coude à Monza. Trois filles, attifées de mini-jupes et de minuscules bustiers, étaient en train de médire sur leurs amants, en riant à tue-tête. Mamabé vint s'adresser à la plus petite d'entre elles, accotée au montant de la porte d'entrée. Malgré la pénombre, Monza constata qu'elle était vulgaire mais plutôt jolie. Une fille très jeune, très fine, avec des cheveux lissés et coupés au carré, qui encadraient un joli minois aux traits asiatiques, dominé par un regard coquin et un petit nez retroussé. Mamabé lui saisit le coude.

— Je peux te voir un instant, ma puce ?

La fille congédia ses amies, puis se tourna vers Mamabé avec des sourcils interrogateurs.

— Qu'est-ce que tu me veux ?

Mamabé attrapa le poignet de l'inspecteur et l'obligea à faire un pas de côté.

— T'es en veine aujourd'hui ! Regarde ce que je t'ai amené...

Monza se laissa faire. Après tout, son imposante amie avait réussi à lui dégotter cette fameuse Tiana.

— Je vois ça. Tu l'as trouvé où celui-là ? interrogea la fille en se composant un masque blasé.

— Qu'est-ce que tu crois ! C'est lui qui est venu me chercher, attesta la cantinière en faisant jouer ses grosses hanches contre Monza.

La fille toisa le mâle, puis le gratifia d'un sourire étonnamment mignon.

— Il aimerait juste causer un peu avec toi, avança Mamabé en posant sa tête contre l'épaule de son protégé.

— Si c'est juste pour causer, ça ne vaut pas le coup !

— Disons plutôt qu'il aimerait te poser quelques questions.

— Il est flic ou quoi ? railla Tiana en le désignant du menton.

— Ouais, intervint Monza, je suis flic.

— « Ouais, je suis flic », le singea Tiana en imitant sa voix grave.

Puis elle tordit les lèvres de sa petite bouche boudeuse, et lança un regard en coin à sa camarade.

— Juste quelques questions. Il n'a rien contre toi, insista Mamabé.

La jeune femme eut une mimique dubitative charmante.

— Ça ne sera pas long, promit Mamabé, l'air suppliant.

— OK, mais il nous paye d'abord un verre ! exigea la fille en croisant les bras.

Mamabé tapa sur l'épaule de l'inspecteur avec tout le poids de son corps.

Tiana éclata de rire, et pivota vers la lumière qui jaillissait par l'embrasure de l'entrée du bar. Elle posa une main fine et délicate sur l'encadrement de la porte, promena son regard connaisseur sur les clients et entra, suivie dans son sillage par l'inspecteur.

Du dehors, le bar avait l'apparence d'une cabane minable, comme toutes celles de la rue principale. Une fois à l'intérieur, saisis par l'ambiance, les clients oubliaient vite le décor de ce saloon bricolé à la va-vite. L'endroit était bondé de types aux gosiers blindés, qui carburaient au rhum. Tiana passa derrière une rangée de dos voûtés qui cachait le comptoir. L'un d'eux, déjà plein à ras bord, tourna sa tête bouffie d'alcool pour la reluquer, et se tapa sur la cuisse en lui faisant signe de venir s'y asseoir. Tiana passa à côté de lui avec un parfait dédain et trouva à s'attabler au fond de la salle, à un emplacement normalement réservé pour deux personnes. Mamabé dénicha un siège supplémentaire, le colla à celui de l'inspecteur, et força sa voix pour couvrir le bruit d'un groupe électrogène qui haletait derrière la cloison.

— Qu'est-ce que tu nous offres, mon mignon ?

— Vous voulez une bière ? demanda Monza, également obligé de hausser le ton.

Mamabé grimaça et leva le bras pour effectuer elle-même la commande.

— Hé, patron ! Apporte-nous du rhum, brailla-t-elle.

Puis elle se justifia en clignant de l'œil :

— Faut prendre des forces, la nuit va être longue !

Monza leva les yeux au plafond comme pour une prière. Dans l'instant qui suivit, un jeune serveur aborda leur table, un lourd bidon à la main, et versa le rhum en remplissant les verres jusqu'à ce qu'ils débordent. Mamabé posa une main ferme sur son bras au moment où il voulut tourner les talons.

— Laisse le bébé ici, on s'en occupe !

Le jeune acquiesça, puis les abandonna, après avoir posé l'alcool sur la table. Tiana pêcha avec un geste désinvolte une cigarette dans l'étui proposé par Monza, et posa une main sur la sienne quand il approcha une allumette. Son regard de velours le fixa intensément. Elle aspira sur le filtre, puis exhala doucement la fumée vers son visage. Malgré son jeune âge, cette fille avait une lueur de vécu fascinante dans les yeux. Monza laissa son regard glisser plus bas, sur le bustier qui soulignait impudiquement sa poitrine menue mais attirante. La couleur rouge de son haut bordait sa délicate peau de miel où luisaient quelques gouttes de sueur. Monza resta un bref instant hypnotisé, et encaissa, entre les côtes, un coup de coude assené par sa délicieuse voisine. Mamabé secoua l'index sous son nez.

— T'es un vilain petit garçon !

Tiana gloussa, et pointa son menton vers l'inspecteur pour lui signifier qu'il pouvait poser ses questions.

— J'aimerais en savoir davantage sur l'un de vos… L'une de vos fréquentations, amorça Monza d'une voix creuse.

Tiana le dévisagea à travers la fumée de sa cigarette, et lança un regard d'incompréhension vers sa voisine.

— Il cause foutrement bien, mais on comprend que dalle.

— C'est un inspecteur, que je te dis !

— Les flics, y causent pas tous comme ça.

— Il n'est pas flic, il est inspecteur !

— C'est pareil !

— Ah non ! Ce n'est pas le même costume.

— Moi, je craque pour les mecs en uniforme ! s'exclama Tiana en rejetant la fumée de sa clope vers le plafond, des images plein la tête. Surtout les mecs en uniforme bleu, tu sais, avec leur chapeau qui brille. Ils me fout' le feu !

— T'es qu'une dinde sans cervelle ! ricana la cantinière. Ce sont des pompiers, et le feu, y le fout' pas ! Ils l'éteignent.

Tiana reporta son regard sur le blouson de Monza.

— Les inspecteurs, y portent pas d'uniforme ?

Monza resta un petit instant sans rien dire, suspendu dans le vague.

— Allez, fais pas ton timide. T'es pas bien avec nous ? s'inquiéta Mamabé.

Monza tenta une réponse sans être convaincu de ce qu'il disait, cherchant comment reprendre la main.

— Je suis souvent habillé en civil, ça facilite les contacts lors des enquêtes.

Elles le scrutèrent avec des yeux ronds.

— Tu n'aimes pas porter ton uniforme ? récidiva Tiana, au bord de la déception.

— Ce n'est pas ça !

— On dirait que tu le fais exprès de ne rien comprendre, s'énerva Mamabé en s'adressant à sa voisine. Il le porte pas tout le temps, son uniforme !

Tiana soupira et réclama une autre cigarette, en mimant le geste de ses deux doigts posés devant sa bouche.

Monza sortit son paquet de cigarettes, et secoua la tête.

— J'ai un peu de mal à vous suivre.

— C'est parce qu'elle raconte n'importe quoi ! intervint Mamabé, en claquant la main sur le rebord de la table. Pour moi, avec ou sans uniforme, t'es quand même mignon !

Monza soutint un instant le regard de Mamabé, sans rien dire.

— Allez, bois un coup ! reprit la grosse cantinière.

Monza vida son verre cul sec et frissonna légèrement en l'avalant. Tiana le regarda faire avec curiosité, et vida le sien d'une longue goulée voluptueuse avant de balancer sa question :

— Alors ? J'ai fait quelque chose de mal ?

Monza dénia en secouant la tête, et essuya ses lèvres humectées d'alcool.

— Il voulait savoir si tu connaissais un zanatany, enchaîna Mamabé en regardant Monza d'un œil sévère. Stavros, tu te souviens, ton grand blond, qui est venu ici pour chercher des saphirs.

— J'aimerais apprendre quelques petites choses sur lui, reprit l'inspecteur.

Tiana croisa ses bras nus sur le bord de la table. Son visage délicat tourné vers Monza, ses grands yeux bruns en amande s'agrandirent et regardèrent l'inspecteur par en dessous.

— Quoi par exemple ? La longueur de son bâton ?

Elle gloussa, secouée par un fou rire. Monza se laissa aussi gagner par l'hilarité et perdit encore une fois le fil de sa pensée. Suspicieux, il posa son regard sur le bidon juché sur la table et l'observa comme on jauge un ennemi. Mais il n'eut pas le temps de s'interroger sur ses capacités de résistance au méthanol. Mamabé fit le tour des verres en servant une autre sérieuse rasade. Son rhum ingurgité, Monza se sentit d'un seul coup très détendu. Sa tête commençait à lui tourner. Il avait envie de se relâcher et de profiter de cette soirée. En face de lui, les yeux de Tiana se mirent à briller. Elle agrippa un dessous-de-plat sur la table voisine pour s'éventer, et dévisagea Monza en riant.

— Tu tiens pas l'alcool, inspecteur !

Monza se contenta de sourire, et reprit un rhum, crânement. Il se surprit à penser à Sahondra, puis décida d'effacer cette image formée dans son esprit en reprenant un autre verre. Au quatrième, il oublia définitivement son enquête. Après le cinquième, il balbutia quelques souvenirs sur son adolescence à Tana, sa relation difficile avec ses parents le jour où il avait commencé à fréquenter Kintana, une fille de Tamatave. Au sixième, il chassa ses idées noires et se mit à rire bêtement sans pouvoir s'arrêter. Et quand il eut retrouvé un peu de sa contenance, il y eut une explosion de joie dans le bar. Mamabé, les yeux pétillants, l'empoigna par les épaules.

— C'est Jaojoby[1] !

Le patron du bar avait poussé à fond le volume des enceintes de sa chaîne compacte. La musique déferlait sur les clients. Un vague de bonne humeur submergea le bar, s'infiltrant dans les moindres recoins. Les clients se levaient pour danser tout en continuant de s'abreuver. Ça trinquait de tous les côtés. Une bonne humeur contagieuse redessina les traits de tous les visages. C'était une chanson qui ne quittait plus les ondes depuis sa sortie. Un titre du dernier album du roi du salegy. Une musique chaude, débordante d'énergie. Mamabé plongea ses yeux globuleux dans ceux de Monza, et fredonna un couplet de la chanson, avec la même voix épaisse et généreuse que celle de Jaojoby.

Nous voici réduits à ne pas oser nous enlacer
Pourtant dans nos yeux chacun désire encore
Dans la poitrine on entend le cœur qui bat fort
E e e tiako (Eh ! mon amour)

Monza la regardait avec des yeux vitreux. Le refrain reprit, plus fort, poussé par les voix joyeuses du chœur de tous les occupants de la salle. Une clameur dense capable de faire taire un instant le grondement convulsif du groupe électrogène. À la fin du morceau, sentant que l'ambiance s'y prêtait, le patron s'empressa d'enchaîner et de

1. Eusèbe Jaojoby, album « E tiako », mai 1998.

choisir une autre piste de l'album. Quand le son jaillit des enceintes, aidés par la chaleur du rhum, tous les clients du bar se mirent debout. Mamabé empoigna une bouteille de THB[1] vide sur une table voisine, la posa en équilibre sur sa tête, et se mit à danser en effectuant des mouvements de hanches qui faisaient tressauter ses fesses au rythme de la musique. La mini chaîne hurlait. Mamabé enserra le cou de son favori. Monza bascula et s'imbriqua dans le corps de la cantinière, comme dans un énorme fondant au chocolat. Elle le fit virevolter le temps d'un couplet, puis le libéra en lui prodiguant une tape sur le derrière, assez forte pour le soulever de terre. Monza sentit son cœur se réveiller et pomper le sang avec plus d'énergie. Il s'agrippa à son verre et le leva au-dessus des têtes.

— Aux filles d'Eusèbe[2] ! gueula-t-il avec conviction.

— Et nous alors, on ne compte pas ? s'offensa Mamabé.

Monza vida un autre verre à la santé de Mamabé, et de Tiana. Cette dernière tanguait devant lui, assurée de l'action de ses charmes. Des mèches de ses cheveux collaient à ses joues luisantes de sueur. Ses mains voletaient autour de sa tête. Les yeux de plus en plus voilés de l'inspecteur les suivaient comme un maki suit des yeux le vol de deux papillons comète. Puis il commença à chanter à gorge déployée, en

---

1. *Three Horses Beer*, bière de la brasserie Star à Madagascar (une institution dans le pays).

2. Filles et danseuses du chanteur Eusèbe Jaojoby.

martelant le plancher qui se mit à branler au rythme du couplet.

Chauffez, les gars,
Battez des mains, frappez des pieds
Un homme n'est pas comme un dindon
Une femme n'est pas comme un bananier

Monza éclusa deux autres verres, et finit par s'affaler lamentablement sur sa chaise, les yeux rivés vers le plafond festonné de petites guirlandes d'ampoules multicolores. Tiana le regarda en se déhanchant, et le désigna du doigt en reprenant plusieurs fois le refrain.

Aero malemilemy !
(Vous êtes mou !)

Et tout s'enchevêtra au milieu de cette mêlée transpirante : la musique, la chaleur, les cris avinés des types en transe, la chair bondissante de Mamabé et le corps ondulant de Tiana.

Monza attrapa le bidon, et but au goulot.

Tout devint vague et confus. Son cerveau se retourna comme une pirogue mal équilibrée. Monza s'abandonna au fort courant et aux terribles remous. Le fleuve sombre l'emporta vers une mer d'engourdissement.

*
* *

Monza tournait sur lui-même, balayant d'un regard effaré le paysage, un horizon stérile constellé de crevasses, bordées d'autant de monticules de terre ocre. Il fit un pas en avant, buta contre une roche, et se retint de tomber en rétablissant de justesse son équilibre au bord d'une profonde cavité. Ses yeux s'étrécirent. Il chercha en vain une présence dans ce décor sans vie. Sur quelle planète avait-il atterri ? Mamabé et Tiana vinrent le rejoindre. Les deux femmes s'immobilisèrent dans son dos, un étrange sourire aux lèvres. Soudain, un bruit se fit entendre : un vacarme croissant qui semblait sourdre des tréfonds de la terre. Le sol trembla. Monza sentit les vibrations monter le long de ses jambes. Sous ses pieds, des pierres roulèrent jusqu'à disparaître au fond d'un entonnoir géant. Interdit, Monza resta là, à observer la bouche sombre du cratère en contrebas. L'angoisse le prit à la gorge. Il se tourna vers ses amies et découvrit tout à coup leur affreuse métamorphose. Les corps des jeunes femmes étaient chacun surmontés d'un bucrane aux cornes gigantesques. Les monstres le fixèrent un instant de leurs orbites vides et opaques. Monza détourna son regard fiévreux avec une envie irrésistible de se cacher, comme une bête peureuse. Il voulut fuir, mais ses jambes ne lui obéissaient plus. Il perdit subitement l'équilibre et dévala la pente vers le cratère. Une course folle et désarticulée. Au dernier moment, il sentit qu'il ne parviendrait pas à redresser sa trajectoire, et voulut sauter par-dessus le trou noir et béant qui s'ouvrait devant lui. Il poussa sur ses pieds, mais ses muscles n'avaient plus de ressort.

Il bascula la tête la première, aspiré par la noirceur de ce puits d'épouvante.

Une chute vertigineuse dans le néant.

Quand il toucha le fond du gouffre qui l'avait happé, cela lui causa une douleur atroce au crâne. Un choc qui le ramena dans sa petite chambre louée à l'hôtel Vatosoa. Monza se redressa sur son lit, ouvrit les yeux, avec la respiration haletante d'un athlète au terme de sa course. Sa main se porta à son front. Il avait une masse de plomb à la place du cerveau. L'image trouble de sa chambre se forma sur sa rétine, puis se mit à tournoyer dans son œil, comme un satellite en orbite. Afin de surmonter son haut-le-cœur, il fixa un point devant lui en exécutant des mouvements de la mâchoire pour chasser le bourdonnement de ses tympans. Le décor continuait à tanguer. Il voulut se rafraîchir et chancela jusqu'au seau posé dans l'angle de la pièce. Le goût âcre du tabac sur sa langue pâteuse lui donnait l'impression d'avoir léché des fonds de cendrier toute la nuit. Après s'être aspergé et rincé la bouche, il revint s'asseoir sur le bord de son lit pour remettre un peu d'ordre dans ses idées. Il s'épongea le visage avec le drap, puis fixa son regard sur le volet en bois d'où filtraient les rayons du soleil. Ses yeux luttaient pour rester ouverts, quand il entendit des bruits. Les coups se renouvelèrent, plus forts, et Monza comprit que quelqu'un cognait à la porte. Il se traîna pour aller ouvrir. Par l'entrebâillement, il reconnut la face ronde et réconfortante de Mamabé. Elle lui prit le menton entre l'index et le pouce. Sa voix contenait un sourire rayonnant.

— On est venues prendre de tes nouvelles, mon mignon. Quelle soirée !

La mâchoire de Monza fit une nouvelle gymnastique pour permettre à sa gorge d'émettre un son.

— Je ne me souviens de rien.

La cantinière lui tapota la poitrine et dodelina de la tête.

— Ça ne m'étonne pas ! Avec tout ce que tu t'es fourré dans le coffre.

Monza ouvrit la porte en grand, et fut plus étonné de revoir Tiana, accrochée au flanc de l'imposante cantinière, comme un poisson-pilote.

— On s'est donné du mal pour te ramener ! s'esclaffa Tiana en entrant à la suite de sa camarade.

Monza referma la porte d'un coup de talon, s'y adossa, puis se laissa glisser lentement pour finir assis sur le plancher, les jambes repliées. Elles s'assirent côte à côte sur le matelas, et examinèrent en silence tous les recoins de la chambre. Une petite pièce dotée d'un lit à moustiquaire et d'une table de nuit sur laquelle gisait une bible. Une chambre qui ne payait pas de mine mais qui, à leurs yeux, paraissait un véritable palace. Tiana se pencha légèrement. Elle poussa un petit cri de ravissement en découvrant un seau d'eau.

— Je peux ? demanda-t-elle en désignant du doigt le récipient vert.

Monza fit oui de la tête. Sans pudeur aucune, Tiana commença à se déshabiller devant eux. Elle enleva son haut, se tortilla pour retirer son jean, comme un insecte qui se débarrasse de sa mue, et une fois complètement nue s'accroupit pour une rapide toilette. Pendant ce temps, Mamabé avait ouvert un thermos pour verser un café à Monza. Sa tasse tremblante entre ses doigts gourds, le policier se mit à siroter le liquide brûlant.

— Comment tu te sens ? demanda Mamabé sur un ton badin.

— Comme un rat piétiné par un troupeau de zébus ! mâchouilla-t-il, avec une petite grimace.

Tiana se planta devant un étroit miroir accroché à la cloison, ramena ses cheveux en arrière pour examiner son visage. Monza posa sur elle un regard éteint. La jeune femme tourna vers lui des yeux qui n'étaient plus soulignés de mascara, et qui paraissaient moins grands que la veille. Mamabé claqua dans ses mains.

— Bon, tu l'interroges quand, cette petite ?

Monza haussa les épaules.

— Oh, moi je n'interroge plus personne !

— Comment ça ? s'étrangla Mamabé.

— Je vais simplement m'en tenir aux conclusions de la gendarmerie, un point c'est tout, poursuivit-il, sur le ton de l'aveu renfrogné.

Les yeux de la cantinière se durcirent dans sa face ronde.

— On trime pour te tuyauter, et toi tu laisses tomber !

— Ouais, c'est vrai, nous on se donne du mal ! renchérit Tiana, qui ne voulait pas non plus lâcher le morceau.

Monza, qui subissait une nouvelle danse des sagaies sous son crâne, leva une main en signe de reddition.

— C'est bon ! OK, on y va.

Les deux femmes échangèrent un regard de contentement triomphant. Monza poussa un long soupir, but une nouvelle gorgée de café, et attendit un petit moment avant de s'exprimer.

— Alors, il est comment, ce Grec ?

Il se frotta le visage pour apporter une précision et éviter toute ambiguïté.

— Je veux dire, dans sa tête.

Tiana agrippa la minuscule serviette de l'hôtel pour l'enrouler autour de son buste, sans se presser.

— Un peu dingue, répondit-elle en tapotant sa tempe du bout de l'index.

— Dingue comment ? poursuivit Monza pour bien montrer qu'il faisait un effort.

Tiana vint s'allonger près de sa camarade, à plat ventre sur le lit, les deux coudes plantés dans le matelas, le menton calé au creux de ses paumes. Elle fit tourner un moment ses yeux au plafond avant de répondre à Monza. Elle semblait prendre un réel plaisir à ce petit jeu.

— Plutôt marrant. Toujours à vouloir faire des blagues.

— Qu'est-ce que tu sais sur lui ? Donne-moi le plus de détails possibles.

Tiana gonfla ses joues.

— Pas grand-chose. J'aime pas raconter ma vie, alors je demande rien non plus aux autres.

Mamabé lui fit les gros yeux.

— Ben, quoi, c'est vrai, chacun sa merde ! gronda Tiana.

Mamabé n'insista pas, consciente que sa jeune camarade ne plaisantait pas. Certaines frontières demeurent infranchissables. Le passé de Tiana faisait partie de ces territoires mystérieux et inaccessibles. La jeune femme ne s'épanchait jamais sur sa vie. Elle repoussait tous ses souvenirs du pied, dans un endroit sombre de sa mémoire. Une manière pour elle de se protéger psychologiquement. Le présent était déjà suffisamment difficile à vivre ! À quoi bon vouloir s'encombrer des sales moments vécus. Au bout du compte, la jeune femme avait même fini par ne plus se souvenir de la paysanne betsimisaraka[1] qui l'avait élevée toute seule à Isotry, l'un des quartiers les plus misérables de Tananarive. Il ne lui restait plus la moindre image des longues journées de mendicité passées à califourchon dans le dos de sa mère, maintenue dans un pli du lamba, à la sortie du tunnel routier reliant le lac Anosy à Analakely. Ses premiers clients, racolés dans les bars de nuit, avaient également sombré dans l'oubli, même les plus généreux, ceux qui avaient consenti à la payer au-delà du prix fixé par le taxi qui la ramenait à l'aube en périphérie de la ville aux mille collines. Non, Tiana n'avait vraiment pas envie de traîner ce lourd fardeau sur le chemin de l'existence.

Monza temporisa, laissant le silence calmer les esprits.

— Vous le voyiez souvent ? reprit-il, les lèvres au-dessus de sa tasse.

— Au début, j'étais accro !

Elle tendit une main menue en montrant deux doigts collés.

— On était comme ça.

---

1. Betsimisaraka : un des peuples occupant la majeure partie du littoral oriental de Madagascar.

Monza se sentit la tête un tantinet plus claire. Il finit son café, posa sa tasse sur le plancher, et revint sur Tiana.

Elle avait reposé sa joue au creux de sa main, tricotait avec ses jambes, ses talons venant tambouriner ses fesses.

— On est restés scotchés l'un à l'autre pendant des mois.

— Un mois, rectifia la cantinière en levant le doigt.

— Qui c'est qui te cause ? demanda Tiana en donnant une petite tape à sa voisine.

— Personne ! Mais j'aime bien donner mon avis.

— Il m'a même offert une bague, reprit Tiana en tendant la main gauche sous le nez de sa voisine.

Mamabé tordit les lèvres avec une expression faussement impressionnée.

— Et des extensions pour mes cheveux, rajouta-t-elle. Des copines m'avaient aidée pour faire des tresses avec des perles.

— Où alliez-vous ? l'interrompit Monza.

— Presque toujours au casino. Il aimait jouer aux cartes. Ensuite on descendait au bar.

— Au bar du casino ?

— Oui, ça fait bar et boîte de nuit. Stavros buvait des bières avec ses potes, et moi j'allais danser, dit-elle en tirant sur sa frange. Après on allait s'amuser un peu à l'arrière de son pick-up. Et une fois, il m'a même emmenée dans un grand hôtel sur la route de Ranohira. C'était super classe. Encore mieux qu'ici.

Il décela au fond de ses prunelles un soupçon de tendresse pour cet homme, et lui adressa un regard clément. Elle lui renvoya un sourire polisson.

— Parle-moi de ce qui s'est passé récemment, enchaîna Monza en passant une main derrière sa nuque.

— Qu'est-ce que tu crois, ils ont fini par se bouffer le nez, intervint Mamabé en ricanant.

— Ouais, on s'est pris la tête, concéda Tiana en laissant choir son front sur le matelas.

Et contre toute attente, elle releva un visage illuminé et hilare.

— Un soir, il faisait du rentre-dedans à une des serveuses du casino, alors pour le faire chier, je me suis barrée avec son pote, Timon, le Vezo[1]. On est allés chercher sa voile, et il m'a emmenée à sa mine.

— Sa voile, répéta Monza, intrigué.

— Ben oui, les pêcheurs vezo ont l'habitude de dormir dans la voile de leur pirogue. Et lui, même quand il est loin de la mer, il emporte toujours la sienne. Alors, pour faire l'amour, on s'est roulés à l'intérieur, comme dans un grand drap blanc.

— Comme c'est romantique ! ironisa Mamabé.

Tiana se tortillait dans tous les sens sur le lit. Elle ferma les yeux comme si l'homme eût touché son corps. Elle s'étira, et prit la pose avant de s'adresser à sa voisine :

— C'était super bon, ma vieille ! Il m'a fait l'amour comme s'il ne l'avait pas fait depuis des mois.

— Des années, tu veux dire, avec la tronche qu'il se paye !

— Et après ? relança Monza dans un souffle.

1. Vezo : un des peuples de Madagascar occupant principalement la côte ouest de la grande île et vivant essentiellement de la pêche.

— Ben, Stavros nous a retrouvés. Il était très en colère.

Son visage esquissa une petite moue coquine, puis elle fut prise d'un nouveau fou rire.

— Il lui a aplati sa main sur le pif !

— Ils se sont bagarrés ? s'étonna l'inspecteur.

Elle pivota et se redressa sur son séant, visiblement très excitée.

— Ouais, comme deux gros porcs ! Moi, je me suis mise dans un coin en attendant que ça se passe. Ils se sont foutus de sacrés gnons sur la gueule.

Elle agita ses poings dans le vide en les ponctuant de ridicules onomatopées. Puis elle se tourna vers Mamabé en rajustant sa serviette, les épaules secouées par un rire laissant apparaître de petites dents blanches et pointues.

— T'aurais vu ça, ils étaient tous les deux par terre en train de s'étriper. C'était trop bidonnant à regarder. Et tout à coup, ils se sont arrêtés. On aurait dit deux statues. Puis ils ont tous les deux éclaté de rire.

Monza écarquilla les yeux, attendant la suite.

— Après, ces salauds se sont cassés, bras dessus, bras dessous, reprit Tiana. Ils m'ont laissée toute seule...

Mamabé roula des yeux vers le plafond.

— Et toi, t'as pas moufté ?

— Sur le coup, j'ai bien gueulé, mais tu parles !

Monza secoua la tête.

— Depuis, je ne les ai pas revus, conclut Tiana sur un ton indifférent.

— Ça s'est passé quand ? s'enquit Monza.

Tiana fit un geste vague avec la main.

— Ça remonte !

— Début décembre, que ça s'est passé ! précisa Mamabé.

Monza tourna ses paumes vers le plafond, fixant la cantinière droit dans les yeux.

— Si je comprends bien, elle ne sortait plus avec Stavros quand le vieux de Kiliabo a été assassiné.

— Y'a pas à tortiller ! confirma la cantinière.

Tiana les dévisagea l'un après l'autre avant de réagir :

— C'est qui, le vieux de Kiliabo ?

Monza reporta son regard sur la petite.

— Stavros ne t'a jamais parlé de sa mine, de ses projets ?

— Il ne m'a rien dit, ou plutôt si, se ravisa-t-elle, qu'il allait faire fortune et qu'on irait vivre en Amérique.

— Ouais ! Ouais ! Ouais ! coassa Mamabé. Encore un de ces types qui promet la lune et qui ne décroche que des emmerdes.

Tiana lui retourna une claque sur le bras.

— Bon, vous ne m'avez toujours pas dit qui c'est, ce vieux de Kiliabo !

— Un vieux que ton Stavros a buté en brousse, cracha Mamabé tout de go.

Tiana tressaillit.

— Buté ?

— Couic ! confirma Mamabé, en passant son pouce sous le cou.

Diverses émotions fugitives se reflétèrent dans les yeux de Tiana. Monza, plutôt embarrassé, alluma une cigarette et laissa le silence se prolonger. Il n'en revenait pas. Mamabé avait balancé cette hypothèse comme un fait avéré. Mais comme il était trop tard, et qu'il n'avait pas la force de se lancer dans des explications, il attendit que les mots prononcés produisent leur effet chez Tiana.

Celle-ci remonta les jambes sur le bord du lit, noua ses mains autour de ses genoux, et posa sa tête contre l'épaule moelleuse de son imposante camarade.

Elle paraissait sincèrement accuser le coup.

— Pas Stavros, ce n'est pas possible, ajouta-t-elle de manière presque inarticulée.

— Et pourquoi ça ? demanda Monza, soudain sur le qui-vive.

— Ça ne peut pas être lui ! Il est taré, mais c'est pas un criminel, et je m'y connais en bonshommes, murmura-t-elle les yeux dans le vide.

Monza prit le temps de chercher les mots justes.

— Stavros arpente souvent la brousse du côté de Kiliabo. Il aurait eu une prise de bec avec le vieux parce qu'il voulait chercher des saphirs sur ses terres.

Elle se redressa, hocha les épaules.

— Bon, en tout cas, moi j'ai dit tout ce que je savais.

Elle afficha subitement un large sourire, paraissant avoir chassé cette histoire de sa tête, comme on balaie la poussière devant chez soi.

— Alors, tu vas me laisser dormir dans ton grand lit ? poursuivit-elle en coulant un regard libidineux à l'inspecteur.

Monza exhala un léger soupir, puis lui lança un regard souriant.

— Et qu'est-ce que tu comptes faire ensuite ?

Elle caressa le traversin lentement, du bout des doigts.

— Ce que j'aimerais vraiment, c'est me tirer d'Ilakak' !

— Pour aller où ?

— J'en sais trop rien, dit-elle en observant ses ongles comme si elle les voyait pour la première fois. Peut-être chez une tante à Tamatave.

Son regard toucha le sol pour s'y fixer tristement. Sa voix devint étrangement lente.

— J'ai assez pleuré de faim dans ce bled.

C'était une phrase sincère, sans ambiguïté. La cantinière la couva du regard et lui caressa le dos. Tiana lui renvoya un doux sourire, puis se tournant vers Monza, lui demanda avec ingénuité :

— Et toi, inspecteur, qu'est-ce que tu vas faire, maintenant ?

Monza se mordit la lèvre, incapable de répondre.

— Tu devrais essayer d'en savoir plus sur ce Stavros ! lui conseilla Mamabé.

— Et comment je vais m'y prendre ?

La cantinière lui jeta un oreiller à la tête.

— C'est pourtant pas compliqué ! soupira-t-elle. T'as qu'à partir creuser avec lui !

Monza la dévisagea. Puis il se mit à scruter l'espace devant lui, le regard fixe.

— L'idée n'est pas si mauvaise, admit-il.

— Ici, c'est facile de se faire embaucher, reprit Mamabé. Les patrons de mine ont toujours besoin de bras.

— Sur une journée de travail, en posant des questions à droite et à gauche, je devrais pouvoir engranger pas mal d'informations sur ce Stavros, reconnut l'inspecteur.

La figure de Monza avait changé d'expression. Son esprit se retrouva tout d'un coup rempli de pensées d'action. Il se releva et sentit qu'il avait récupéré un peu de tonus. Après quelques pas de long en large, il saisit sa chemise sous le lit, la tourna de tous les côtés, pour comprendre dans quel sens l'enfiler.

— Tu vas pas mettre ça ! l'avertit Mamabé en lui arrachant des mains. Faut que tu ressembles à un mineur.

Elle prit Tiana à témoin en lui tendant le vêtement.

— Ça pue le rhum ! nasilla Tiana en se pinçant le nez.

— Ça par contre, c'est un bon point ! Un mineur, ça sent pas la citronnelle.

Monza s'immobilisa torse nu au milieu de la chambre, les bras tendus, les paumes des mains tournées vers le plafond.

— Il ne me reste que mon blouson, bredouilla-t-il.

Mamabé lui tendit un lamba. Un tissu imprimé d'un gros ananas, auquel le soleil d'Ilakak' avait retiré une partie des couleurs.

— Avec ça, t'auras l'air d'un vrai loqueteux qui cherche du boulot.

— Faut aussi enlever ton futal, fit remarquer Tiana. Et tes groles ! Ici, la plupart des types n'en portent pas.

Monza fit la grimace en dégrafant sa ceinture de pantalon.

— T'as pas le choix, sinon tu vas te faire tout de suite remarquer, approuva la cantinière.

Le policier enleva ses rangers, mit un short sous les ricanements de ses nouvelles copines, et se redressa pour ajuster son lamba, un pan rejeté sur son épaule gauche. Puis il interrogea les filles du regard en prenant un instant la pause avant de sortir. Les rires des filles s'amplifièrent et le poursuivirent longtemps après qu'il eut quitté l'hôtel.

*
* *

La corde crissa sur le tambour enrouleur, et se tendit à la verticale du puits. Un boyau large d'à peine un mètre de diamètre. Le mineur qui actionnait la manivelle héla son compagnon resté assis en retrait : remonter un type du fond de la mine nécessitait deux personnes au treuil. Au prix d'un violent effort, une chevelure couverte de poussière rouge émergea enfin du trou étroit et sombre. Les yeux hagards d'un être qui revient du néant se braquèrent vers ceux qui le hissaient. Avec la sueur, la terre collée à son visage lui avait formé un masque rouge et grotesque. Les mineurs l'aidèrent à poser pied à la surface avec ses sacs remplis de terre. Libéré des entrailles de la terre, le mineur leva des yeux soulagés vers le soleil. Puis il s'essuya le front avec l'avant-bras, et demanda à fumer. Les trois hommes s'assirent au pied d'un tumulus de terre pour partager la dernière cigarette qui leur restait. Le plus vieux d'entre eux la porta à ses lèvres, en tira une bouffée, et fixa soudain son regard sur la silhouette qui s'approchait de leur mine. Un jeune type drapé dans un paréo ridicule, qui semblait un peu perdu. Parvenu près du puits, le visiteur jeta un œil sur l'ouverture lugubre et écarquilla les yeux, visiblement surpris par ce qu'il découvrait. Les mineurs restèrent un instant à le considérer, dans un silence méfiant.

— Ça m'a l'air très profond, constata Monza, penché au-dessus du vide.

Les prospecteurs continuaient à l'observer sans piper mot. Monza recula d'un pas et pivota vers eux, la main en visière au-dessus de l'arcade sourcilière.

— Faut être courageux pour descendre dans ce trou !

Le vieux mineur haussa les épaules.

— Ou complètement fou !

Monza scruta l'homme qui lui avait parlé : un type rachitique, la cinquantaine, des cheveux crépus recouverts de terre, vêtu uniquement d'un bermuda déchiré. À côté de lui, son compagnon affichait un air absent. Son visage semblait aussi inexpressif que le cul d'une marmite, comme si le travail trop rude de mineur l'avait définitivement brisé. Le troisième devait avoir à peine seize ans. C'était un jeune type au corps sec et endurci, avec des bras noueux aux veines gonflées par l'effort.

Assis sur un tamis couleur plomb, il se reposait après avoir livré son terrible combat sous terre.

— Quelle profondeur ? demanda Monza, en inclinant légèrement la tête pour désigner l'excavation derrière lui.

— Une vingtaine de mètres environ ! répondit le vieux.

Monza hocha la tête, puis leva les yeux vers le ciel, comme pour implorer l'arrivée d'un nuage. Les sagaies brûlantes du soleil lui transperçaient la peau. Il se demanda si, finalement, il ne valait pas mieux être au fond du trou pour y échapper. Cette pensée le fit sourire. En même temps, il réalisa que les mineurs l'étudiaient. Il était temps de passer au sujet qui l'intéressait.

— Je cherche un type qui s'appelle Stavros, dit-il d'une voix neutre.

Les mineurs restèrent muets sans cesser de le dévisager. Monza renouvela sa requête.

— Il s'agit d'un vazaha qui possède une mine dans le coin. Ici, tout le monde l'appelle le Grec.

Le jeune réclama une nouvelle cigarette, et comme son compagnon de droite secouait négativement la tête, il s'adressa à Monza :

— T'as une clope, mon frère ? Ça aide pour réfléchir.

Monza s'approcha et présenta son paquet ouvert à la ronde. Le jeune mineur se ficha une cigarette entre les dents, tira de longues bouffées, et souffla un nuage de fumée en ouvrant le coin du bec.

— Je vois de qui tu parles, mais il ne creuse pas de ce côté.

Monza attendit la suite en essayant de cacher son impatience. Le jeune continuait à inhaler le tabac. La cigarette dansait entre ses lèvres. Il semblait y puiser une jouissance infinie.

— Si tu me files tes Boston, je veux bien t'y conduire, dit-il d'une voix nasillarde.

Monza ne put réprimer un sourire en l'aidant à se relever. Il scella le marché en posant son paquet de cigarettes au creux de la main raide et calleuse du mineur. Puis les deux hommes s'éloignèrent en suivant l'étroit chemin de latérite zigzaguant entre les mines.

Le long de la pente, dans le grouillement des exploitations, des centaines d'hommes convergeaient vers le bas de la colline. Une longue file qui rejoignait la rivière comme si elle lui servait d'affluent. La terre des ancêtres tassée dans des sacs de jute était ainsi transportée à dos d'homme pour être triée dans la source d'eau la plus proche. Monza s'arrêta un instant pour embrasser du regard ce panorama dantesque, frappé par la réminiscence de son rêve. En contrebas du village d'Ilakak' et des habitations précaires des prospecteurs, des centaines de petits monticules de terre ocre bordaient autant de trous creusés dans la terre. Les mêmes images que dans son cauchemar, à la différence près que l'espace déformé sous ses yeux était ici envahi par une multitude d'hommes et de femmes. Ilakak' grouillait comme une gigantesque fourmilière. Seulement ici, les puits dans le sol n'étaient pas reliés entre eux pour déboucher sur un centre névralgique, avec la chambre de la reine et des stocks de vivres pour toute la colonie. On était loin de l'organisation où chaque acteur avait un rôle à jouer pour la communauté. À Ilakak', c'était chacun pour soi. Chaque trou était l'aboutissement d'un travail purement individualiste. Et, en définitive, le site s'apparentait à un véritable chaos, offrant le terrible spectacle d'une nature dévastée, où l'homme avait également perdu.

Après la chaleur accablante, Monza et le jeune mineur côtoyèrent les bords de la rivière, avec son ombre et sa végétation luxuriante. D'un seul coup, le paysage leur offrit un contraste surprenant. Une fois encore, le lieu surprenait par l'exubérance de l'activité. Dans une agitation frénétique, toute une population travaillait en essaim, de l'eau jusqu'aux chevilles. À l'ombre des pandanus et des vacoas, les nouveaux habitants d'Ilakak' profitaient de cette eau qui courait, et les corvées étaient compensées par cette oasis de fraîcheur. Ici, les rires et les chants remplaçaient le bruit des barres à mine. Les femmes s'activaient en frottant le linge au milieu de leurs enfants qui jouaient. Les couleurs de leurs habits faisaient oublier la terrible misère qui régnait plus haut dans le village. À proximité, les mineurs triaient leurs pierres. Ils effectuaient cette tâche le plus souvent à deux, penchés sur un tamis rectangulaire qui ressemblait à une grande râpe à fromage. Leurs yeux de rapace examinaient les pierres débarrassées de leur gangue de latérite, roulant sur les cribles métalliques.

Monza suivit le mineur sur un sillon ocre qui longeait la berge vers le nord, puis son guide l'invita à bifurquer vers la plaine. Le policier quitta à regret l'odeur douceâtre qui venait de l'eau et des végétaux, pour marcher en bordure d'une large piste sablonneuse.

Les deux hommes n'avaient pas parcouru cent mètres qu'un coup de klaxon résonna derrière eux. Ils s'écartèrent du chemin pour laisser passer un pick-up bleu : un vieux Peugeot Dangel. En le voyant dépasser, le jeune mineur se mit soudain à lever les bras et à crier. Le pick-up pila devant eux. Le conducteur, un type massif, blond et torse nu, attendait, le coude posé sur l'appui de la vitre. Un bandeau dans les cheveux lui donnait une allure de pirate. Le policier comprit tout de suite, et se mit à transpirer. Il n'avait pas eu le temps d'échafauder une véritable stratégie pour entrer en contact avec Stavros. Lorsque Monza arriva à la hauteur de la portière du véhicule, l'homme au bandeau secoua la tête.

— Désolé, les gars, je m'arrête après le virage. Je ne vais pas plus loin.

Monza tendit la paume de sa main vers lui.

— Attendez ! Je voulais vous parler.

Le geste ne plut pas au conducteur, qui lui renvoya le regard d'une bête traquée.

— Pas le temps ! Je ne suis pas ici pour piqueniquer.

Monza était un peu nerveux. Il ne doutait pas des intentions qui l'avaient conduit jusqu'à ce type, mais il savait aussi que cette rencontre serait son unique chance d'intégrer le groupe des mineurs. Il fit un effort pour se ressaisir.

— Serait-il possible de m'entretenir un instant avec vous, si vous le permettez ? s'enquit-il avec un débit rapide et une voix claire.

Surpris, le mineur toisa l'étrange bonhomme enveloppé dans son lamba. Il ne s'attendait pas à entendre quelqu'un parler de la sorte au milieu de la plaine.

— Qu'est-ce que tu veux ?

Le type était impressionnant : un physique de brute ; une tête de boxeur à la mâchoire lourde ; des yeux clairs avec un regard difficile à soutenir. Une sorte d'autorité naturelle exsudait de toute sa personne. Le genre de prédisposition qui pouvait lui assurer une position de chef dans n'importe quel groupe. Monza résolut de lui exposer sans détour ce qu'il voulait.

— Je cherche du boulot…

Le mineur n'attendit pas la fin de sa phrase.

— Tsy misy[1], coupa-t-il. Ne te fatigue pas. J'ai rien à te proposer aujourd'hui.

Monza plaida du regard.

— Les choses ne sont pas faciles en ce moment !

Stavros soupira et lui décocha un coup de menton.

— Tu sors d'où, mon gars ?

Faute d'avoir préparé sa rencontre, Monza improvisa.

— Antsirabe. Je fais des études à l'université.

Stavros jeta un regard étonné en direction du jeune type qui se tenait devant lui.

— Des études de quoi ?

1. « Il n'y en a pas », en malgache.

— Des études de droit. J'ai presque terminé mon troisième cycle.

— Je n'ai pas besoin d'un avocat !

— Je sais aussi tenir une pelle, rétorqua Monza en soutenant le regard du conducteur.

— C'est une compétence plus recherchée dans le coin, confirma Stavros avec un sourire entendu.

L'homme au bandeau se détourna pour saisir une gourde sur la lunette avant du véhicule. Il la déboucha, but une gorgée en prenant tout son temps. Après avoir réfléchi à ce qu'il allait dire, il reboucha sa gourde, la cala contre le pare-brise, et sur son visage une sorte de douceur apparut, dont Monza n'avait pas vu la trace jusque-là.

— Je vais voir ce que je peux faire, dit-il en rebouchant sa gourde. Mais ça ne dépend pas que de moi.

— C'est entendu ! Merci, monsieur !

Stavros le pointa de l'index. Ses yeux délavés se rapetissèrent.

— T'as bien compris, ajouta-t-il. Je ne t'ai rien promis !

Monza confirma en hochant la tête. Le Grec eut un petit sourire carnassier, puis riva son regard sur la piste en indiquant du pouce l'arrière du véhicule.

— Allez, saute dans la benne !

Monza ne se le fit pas dire deux fois. Il abandonna son guide en lui donnant une tape amicale sur l'épaule, et grimpa lestement dans la benne arrière du véhicule. Son visage affichait un large sourire. Il était plutôt fier de son coup.

*
* *

Timon passait et repassait avec un air sinistre devant les types venus pour être embauchés à la mine. Sept loqueteux qui s'étaient jetés à corps perdu dans cette ruée pour le saphir. Sous une chaleur écrasante, ils attendaient alignés au pied d'une minuscule colline éventrée par l'érosion.

Au bruit de moteur qui s'annonça sur la piste, Timon tourna les talons et se précipita au-devant du véhicule. En voyant l'expression bourrue de son associé qui arrivait au pas de charge, Stavros pressentit les ennuis. Il freina brusquement son pick-up, et descendit de la cabine en claquant la porte.

— Qu'est-ce qui ne va pas ?

— T'es sûr de vouloir tous les embaucher? demanda Timon en levant le bras vers le groupe d'hommes resté en retrait.

Stavros étrécit les yeux pour mieux observer les gueules des mineurs.

— Faut des bras ! justifia-t-il en se fichant une cigarette au coin des lèvres.

Timon cracha une longue giclée de salive sur le côté, et poussa une gueulante :

— Non, mais zieute-moi ça, le Grec ! Un banc de tilapias. Ils tiendront que dalle !

En observant le véhicule au-dessus de l'épaule de son acolyte, Timon vit un autre type qui descendait de la benne.

— Et lui, qu'est-ce qu'il vient faire ici ?

La tête massive du Grec pivota vers l'arrière du véhicule.

— Il cherche du boulot. M'a l'air moins idiot que les autres.

Les deux associés échangèrent un bref coup d'œil, puis se dirigèrent vers le jeune homme enveloppé dans son lamba décoloré. Timon se planta bien en face de Monza, avec un air mauvais. Le col détendu de l'ancien marin s'évasait sur un cou robuste et des trapèzes puissants. Comme tous les Vezo, c'était un type bien balancé, et sûr de lui. Malgré son attitude hostile, Monza ne se sentait pas menacé. Il était même plutôt excité par cette confrontation.

— Fais-moi voir tes bras ! ordonna l'ancien piroguier.

Monza soutint un instant son regard rude, puis rejeta lentement un pan du tissu sur son épaule, du côté gauche, et dégagea une partie de son torse nu.

Tout en mâchant nerveusement le filtre de sa cigarette fichée au coin de ses lèvres, Stavros donna un coup de coude à son associé.

— Au moins lui, il est capable de tenir une pelle sans se démettre une épaule ! s'exclama-t-il en examinant Timon du coin de l'œil.

Mais le Vezo cherchait la faille.

— Tes mains ! Montre-moi tes mains.

Monza s'exécuta, les paumes tournées vers le ciel. Le marin lui saisit les avant-bras, et fit la grimace. Il y avait à la fois de la jubilation et de la cruauté dans son regard, comme dans celui d'un tueur enfonçant progressivement ses pouces dans le larynx de sa victime. Monza lui renvoyait un sourire tranquille, et semblait visiblement goûter la situation. Cela mit rapidement le Vezo hors de lui. Il se remit à gronder.

— Pas des mains de mineur ! Tout juste bonnes à frotter le linge.

— Il vient d'Antsirabe, plaida Stavros ! C'est un étudiant qui a besoin d'un peu de fric. Je suis sûr qu'on peut en tirer quelque chose. C'est plutôt rare de croiser des mecs qui réfléchissent, dans le coin. On pourrait le former. Il ferait certainement un bon chef d'équipe.

Timon étudiait toujours le nouveau d'un œil scrutateur.

— M'a l'air vicieux comme une anguille !

— Tilapia, anguille, tu commences à me chauffer avec tes histoires de poissons ! s'énerva Stavros en extirpant son mégot d'entre ses lèvres.

— Si t'es pas content, le Grec, je mets les voiles ! protesta Timon en le pointant du doigt.

Stavros écarta les bras devant lui.

— Oh, ne t'emballe pas ! Tu sais bien que le boulot doit avancer aujourd'hui. Alors si à chaque fois tu me fais des remarques sur leurs bobines en rapport avec un poisson, on ne va pas y arriver !

Timon détourna la tête, les maxillaires contractés, cherchant une autre cible.

— Et celui-là, brama-t-il en désignant le vieux assis à l'avant du pick-up. Tu nous l'as encore ramené !

Le vieux, Antely de son nom, leur fit un petit signe de la main par la vitre ouverte de la cabine. Timon se rapprocha de lui.

— Pourquoi t'es revenu, vieux rafiot ? On est là pour creuser une mine, pas pour creuser ta tombe !

L'ancien fit jouer son dentier avec l'air de quelqu'un qui n'avait rien entendu. De profil, sa pomme d'Adam anguleuse escaladait son cou maigre. Stavros posa sa main sur l'épaule frêle du vieux, et le secoua gentiment.

— T'inquiète pas pour lui, le vioque est solide comme un roc !

Le Vezo secoua la tête de gauche à droite, d'un air dégoûté.

— Tu parles d'une équipe !

— Quand t'auras fini de chialer, on pourra peut-être commencer ! s'impatienta Stavros.

Le Grec claqua dans ses mains et fit signe aux mineurs qui attendaient au pied de la colline. Les sept types approchèrent en traînant la patte et firent cercle autour de leurs nouveaux patrons. Stavros s'empressa de mettre les choses au clair, d'une voix caverneuse, à la fois intimidante et autoritaire.

— Écoutez-moi bien tous, articula-t-il lentement, chacun d'entre vous sera payé trois mille cinq cents ariarys. Le fric est distribué seulement après le travail, en fin de journée. Et pas la peine de le réclamer avant. Celui qui n'est pas d'accord, il peut se barrer tout de suite !

Il fit une pause pour les regarder dans les yeux l'un après l'autre.

— Autre chose, poursuivit-il, chaque bonhomme est responsable de l'outil que je lui prête.

Il pointa son index sur son front.

— Faut bien mettre ça dans vos caboches, les gars ! Parce que ça veut dire que si on perd un outil, on paye l'outil.

Il les regarda encore une fois un par un, avant d'insister :

— Si on casse le matos, on rembourse le matos.

— Et on prend une beigne ! rajouta son associé, en grimaçant un sourire.

Stavros tourna sur ses talons et vint se poster en quelques enjambées à l'arrière de son pick-up. Monza remarqua qu'il marchait avec le pied légèrement déjeté. Il correspondait tout à fait à la description de Mamabé. Le policier ne pouvait maintenant plus le quitter des yeux. Il l'étudiait comme on espionne quelqu'un par le trou d'une serrure. Ce type trapu, au torse disproportionné, avec les épaules tirées en arrière et une énorme mâchoire prête à mordre. Il y avait, chez lui, quelque chose qui suscitait un sentiment étrange de folie et de liberté à la fois.

Au moment où Stavros tira d'un coup sec pour dégager la bâche qui couvrait une partie de la benne du Dangel, Monza lâcha le mineur du regard. Devant un groupe électrogène s'entassait un fourbi de planches, de câbles électriques, de sacs et d'outils en tout genre. Tout le matériel nécessaire pour l'exploitation d'une mine artisanale. Stavros plia la bâche et fit mettre les hommes l'un derrière l'autre. Son associé brandit une pelle au-dessus de sa tête.

— Par ici, messieurs, chacun son tour !

Le premier à se présenter avait les bras aussi décharnés qu'un moribond. Timon l'accueillit avec un regard méprisant.

— Toi, tu mettras juste la terre dans les sacs.

N'obtenant aucune réaction, Timon roula vers lui des yeux furibonds.

— T'as pigé ?

Le mineur se contenta de lui retourner un regard morne. Le marin explosa.

— Mous, mous comme des éponges. Putain, le Grec ! T'engages que des mollassons.

Son acolyte s'approcha au pas de charge, en fronçant les sourcils. Il était en nage.

— C'est quoi encore le problème ?

— Je dis qu'on n'arrivera à rien avec eux ! Tu choisis n'importe qui.

Stavros tira sur le lobe de son oreille en direction de son équipier.

— Pas compris !

Le Vezo se retourna, et lui cria dessus :

— Ça ne m'étonne pas. Tu ne comprends jamais rien !

Les deux hommes se firent face, le torse bombé, comme deux lutteurs pour une ringa[1]. Leurs nez se touchaient presque.

— T'as embauché que des tarés ! gronda Timon.

— On n'a pas besoin de réfléchir pour creuser des trous !

— Alors pourquoi veux-tu engager un étudiant ?

— Faut toujours que tu viennes m'emmerder quand je supervise.

— Tu crois que tu m'impressionnes avec tes grands mots ?

---

1. Ringa : lutte traditionnelle malgache.

Stavros secoua la tête, sans relâcher l'étreinte de son regard.

— Moi, je dis que t'es de mauvais poil !

Une nouvelle expression naquit sur la face sombre du Vezo.

— C'est parce que j'ai soif, avoua-t-il.

— Moi aussi je crève de soif ! grogna Stavros, les lèvres écartées par un demi-sourire.

— On va boire un coup ? demanda Timon dans un sursaut de pragmatisme.

Stavros empoigna l'épaule dense et musclée du marin.

— On va boire un coup ! T'as raison. Ici on devient dingue avec tout ce boulot !

Son acolyte se fendit d'un large sourire.

— Toi, t'es vraiment mon pote !

Après s'être échangé un regard de connivence, les deux compères marchèrent bras dessus bras dessous jusqu'au pick-up.

Monza avait observé la scène avec intérêt. Le comportement de ces deux hommes en disait long sur leur personnalité. Et l'inspecteur savait combien cela pouvait se révéler significatif pour son enquête.

Avant de claquer la portière, Stavros s'adressa au vieil Antely :

— Tu t'occupes de la mine pendant notre absence. Mets les gars au travail ! À mon retour, je veux voir tout le monde creuser !

Monza interrogea du regard le vieil homme.

— C'est toujours le même cinéma, soupira Antely en haussant les épaules. On ne les reverra pas de la journée.

Le pick-up Dangel démarra en trombe. Une poussière rouge, projetée très haut, dressa un rideau épais et écarlate qui retomba derrière le véhicule, semblant le faire disparaître derrière une porte de l'enfer.

*

* *

La mine de Stavros occupait le centre d'une plaine cernée de collines pelées. Le trou creusé n'avait rien de comparable avec les boyaux étroits observés à proximité d'Ilakak'. L'exploitation se faisait ici à ciel ouvert, dans une cuvette en espaliers de près de trente mètres de diamètre. Aucun moyen mécanique n'était utilisé. Une dizaine d'hommes travaillaient en rythme, se repassant, d'une plate-forme à l'autre, de grosses pelletées de terre.

Antely lut la surprise sur le visage de Monza, penché au-dessus de la fosse.

— Ici, on voit les choses en grand, déclara le vieux mineur. Nous travaillons depuis près d'un mois. Le décapage des couches stériles demande bien sûr plus de temps. Mais c'est le prix à payer si l'on veut mettre la main sur plus de pierres.

— On peut déjà trouver des saphirs ?

Antely secoua la tête.

— Pas encore, mais ça ne devrait pas tarder. La couche la plus intéressante vient d'être atteinte. Il s'agit d'un tapis de graviers qui occupe le lit d'une ancienne rivière. Pour le suivre, nous avons déjà commencé à percer une galerie horizontale. Tu vois ? Là, tout au fond, c'est là que ça devient dangereux. Creuser un tunnel comporte d'importants risques d'effondrement. Au fur et à mesure de la progression, le plafond et les parois doivent être consolidés. S'il le faut, nous achèterons de grosses planches bien épaisses pour étayer. Je pense qu'il sera également nécessaire d'aménager le fond de la mine.

Monza était justement en train d'observer le puits dans sa partie la plus étroite, la plus profonde. Une ride se creusa sur son front.

— Il y a de la flotte en bas.

— Oui, à cause de la nappe phréatique.

— On va bosser les pieds dans l'eau ?

— Ne t'inquiète pas ! Le patron a investi dans une motopompe. Je vais l'installer dans la journée.

Monza hocha la tête, songeur. Il avait entendu parler des nombreux accidents dans les mines d'Ilakak'. Il ne se passait pas une semaine sans qu'un type y laisse sa peau.

D'un geste de la main, Antely invita les nouveaux à le suivre. Les hommes entamèrent alors la descente le long de la pente. L'exercice était périlleux. Chacun d'entre eux devait glisser les pieds au creux des encoches taillées dans la paroi pour rejoindre, plus bas, un premier gradin étroit. De là, il fallait marcher en équilibre jusqu'aux encoches suivantes afin d'accéder aux paliers inférieurs.

Aucune échelle n'avait été posée pour faciliter cette plongée au cœur de la mine. Seules quelques pierres stabilisaient, par endroits, les passages au-dessus du vide. Durant sa progression, Monza réalisa une nouvelle fois à quoi il s'exposait en voulant se mêler à un groupe de mineurs. Le policier se demanda s'il n'y était pas allé un peu fort cette fois-ci. Dans quelle situation s'était-il encore fourvoyé ? Tandis qu'il réfléchissait, un homme l'approcha, et lui tendit une angady[1]. Dans la foulée, Antely lui indiqua l'endroit où il allait travailler. Monza s'avança pour intégrer une longue chaîne humaine. En une fraction de seconde, il comprit qu'il devait envoyer vers le haut la terre qu'on lui balancerait de l'étage inférieur. Le policier se mit en position quand, subitement, sans avoir eu le temps d'exécuter la moindre esquive, il reçut un gros tas de sable sur les pieds. Il tordit la bouche, mais se dépêcha de l'évacuer vers l'équipier suivant. Antely eut un petit rire dans son dos :

— Tu verras… Tu prendras vite le coup. Ce n'est pas un boulot bien malin ! Le plus difficile est de tenir la cadence et de ne pas se donner un coup sur le pied quand on commence à fatiguer. Surtout n'oublie pas ! Fais travailler tes jambes, pas ton dos, sinon tu ne tiendras pas la journée.

Monza poursuivit sa tâche sans ménager sa peine. Il sentait qu'Antely était resté derrière lui pour l'évaluer. Le visage de l'ancien n'exprimait rien, mais ses petits yeux vifs semblaient prêts à relever la moindre faille chez les nouveaux. Le

1. Pelle traditionnelle malgache.

policier accentua encore ses efforts. Le plus difficile était de suivre le rythme imposé par ses camarades. Tous ces hommes semblaient rompus au maniement de la pelle. De temps à autre, il jetait un œil sur son voisin installé un rang plus bas, afin d'analyser ses gestes. Le type faisait aussi partie de la troupe fraîchement embauchée. Plutôt maigrelet, il se révélait pourtant très efficace. Fléchi sur ses jambes, il soulevait des montagnes de sable, avec un mouvement de bascule fluide et continu : un geste exempt de fatigue; aucun mouvement inutile. Sans doute un paysan habitué à un travail pénible dans les champs, pensa Monza. À Madagascar, les techniques de plantation étaient le plus souvent manuelles. La plupart des cultivateurs n'avaient pas encore les moyens d'acheter un motoculteur. Dans les champs, on utilisait encore le zébu, et l'araire. Ce travail exténuant vous forgeait un corps sec et noueux, apte à l'endurance.

Pour Monza, c'était une autre histoire. Il prit tout de suite conscience de la raideur de ses muscles. Le temps passé assis dans le bureau d'un commissariat constituait une piètre préparation au métier de prospecteur. Et comme il compensait sa médiocre technique par une plus forte implication physique, il sentait ses forces diminuer à chaque pelletée. Ses mains s'étaient rapidement recouvertes de nombreuses ampoules, et paraissaient à présent soudées au manche de son outil. Le pire se situait peut-être au niveau de ses tendons qui semblaient lui faire signe que le point de rupture n'était pas loin. Monza serrait les dents pour ne pas se plaindre. Malgré les douleurs qui s'accumulaient, il ne flancherait pas !

Tout en remuant de la terre, il ne put s'empêcher de lancer un regard noir vers le disque incandescent du soleil, comme pour lui reprocher tant d'acharnement.

— Couvre-toi le crâne, sinon ton cerveau va se mettre à bouillir.

Monza pivota en direction du mineur hilare qui lui avait adressé la parole : un gamin d'une quinzaine d'années, tout au plus. La transpiration s'écoulait le long de son torse rouge de latérite. Monza fit une courte pause pour s'enturbanner le front avec son paréo, puis renvoya un large sourire à l'adolescent. C'était le premier témoignage de camaraderie qu'il recevait. Cette marque d'attention était toujours bonne à prendre, surtout s'il voulait, par la suite, poser quelques questions. Monza se remit au travail, et réalisa soudain l'absurdité de la situation : cette idée de se faire passer pour un mineur était vraiment stupide. Comment conduire une investigation, enchaîné toute la journée à ce travail de forçat ? Il n'aurait jamais le temps de se consacrer à l'objectif qu'il s'était fixé avant de venir. Ses mouvements se ralentirent. Il observa un instant les contours de la mine qui le surplombaient, avec la curieuse sensation d'avoir été condamné au bagne.

La seule solution envisageable était d'attendre l'heure de la pause. Ce moment de repos lui permettrait sûrement de tisser des liens à l'intérieur du groupe. Alors seulement, au gré des discussions, et en comptant un peu sur sa chance, il pourrait collecter quelques informations. Ses yeux balayèrent les visages de ses compagnons d'infortune. Pouvait-il réellement apprendre quelque chose des hommes qui l'entouraient ? Sceptique, il ne put s'empêcher de soupirer : il n'y avait sans doute pas grand-chose à espérer de tous ces mineurs. Son attention glissa alors vers Antely. Pourquoi ne pas s'en faire un allié ? À bien y réfléchir, le vieux était sans doute la seule personne pouvant lui permettre d'avancer dans son enquête. Stavros avait l'habitude de lui confier la direction pendant ses absences. Non seulement Antely devait être le moins abruti de la bande, mais il pouvait être également la personne la mieux renseignée sur le patron.

Monza décida de suivre cette piste, et si aucun élément nouveau ne se laissait entrevoir d'ici deux jours, alors il laisserait tout tomber. Deux journées à creuser, ce n'était pas le bout du monde !

Entre deux coups d'angady, Monza se redressa pour soulager son dos. L'outil paraissait de plus en plus lourd, et le soleil de plus en plus accablant. Il prit une longue inspiration, et éternua à plusieurs reprises. L'air s'était chargé de poussière. Les fines particules de terre s'immisçaient partout, collaient à la peau et encrassaient déjà ses poumons. Il s'essuya le visage et se remit prestement à l'ouvrage, avec des gestes répétitifs et douloureux.

Au bout d'un temps qu'il ne put lui-même déterminer, sa fatigue devint si grande que toutes sortes d'idées saugrenues s'entrechoquèrent dans son esprit. Et si c'était vrai… Si la fortune était là sous ses pieds ? Si lui ou l'un de ses camarades découvrait le plus gros saphir jamais trouvé à Ilakak' ? Un cabochon de saphir étoilé se forma dans son cerveau. La pierre taillée recouvrit ses pensées d'une douce lumière bleutée.

Le gamin qui le surplombait planta sa bêche dans le sol, et positionna ses mains en porte-voix.

— Hé ! Tu rêves, ou quoi ? cria-t-il en direction de Monza.

Oui, Monza rêvait. La nuque renversée, les yeux fermés, il ne faisait plus aucun effort pour contrôler son esprit, et songeait à Tananarive, la ville où il avait grandi.

Il se remémora tous ces petits plaisirs simples enfouis dans un coin de sa mémoire. Des bruits parvinrent même à ses oreilles : le claquement des roues des voitures sur les pavés des rues en lacet. Au coin d'une rue, une brèche profonde s'ouvrit à travers la capitale. Un courant d'air frais remontait le long des escaliers d'Ambondrona. C'était une brise chargée des parfums libérés par le marché en contrebas. Son esprit refit le trajet de l'université vers la maison de son enfance. Cette vieille bâtisse Merina à étage, en briques rouges, accrochée au flanc d'une colline. Sa mère qui l'attendait sur le perron. Sa pauvre mère ! Si elle le voyait creuser au fond de cette mine... Elle en mourrait de chagrin.

*

* *

Le mineur empestait le rhum. Une odeur âcre qui retournait le cœur. Pourtant, Monza accepta en souriant le bidon qu'il lui tendit. Soucieux de jouer son rôle jusqu'au bout, le policier ne refusait pas de boire un coup de temps en temps. L'alcool favorisait l'intégration chez les prospecteurs. Et en cette fin de journée, Monza sentit qu'il avait réussi à se fondre dans ce petit groupe. Il posa son piolet, but une gorgée, et constata d'un regard circulaire qu'il n'était pas le seul à s'être arrêté de pelleter. Les autres mineurs remontaient le long de la pente. Il suivit le mouvement avec soulagement.

À la surface, ils convergèrent tous vers l'ombre d'une gigantesque bâche, tendue sur une dizaine de piquets. Lorsqu'il s'assit, Monza se rendit compte qu'il était totalement vanné. Combien de tonnes de terre avait-il retournées sous ce soleil tyrannique ? Il se frotta le bas du dos en prenant soin d'étirer sa colonne, le menton tendu vers le haut.

— Les premiers jours sont difficiles.

Monza sursauta. La voix dans son dos était sonore comme celle d'un jeune type, mais c'était bien celle d'Antely.

— Tu vas t'habituer, poursuivit le vieil homme. Au début, tes muscles pensent que tu es devenu fou de leur imposer ce boulot. Ils te le font comprendre. C'est pour cela que tu as mal. Mais avec le temps, tu verras, ils finissent par te laisser tranquille.

Monza était ravi qu'Antely soit venu s'asseoir à ses côtés. Le moment était tout trouvé pour sonder le vieux et en savoir un peu plus sur Stavros. Monza posa la main sur l'épaule du mineur.

— Je n'ai pas réussi à remuer plus de terre que toi, grand-père !

— Question d'habitude, dit le vieux en lui montrant ses mains disproportionnées et fermes. Moi, j'ai tenu une bêche toute ma vie !

Monza lui montra les siennes, paumes tournées vers le ciel, et compta ses ampoules. Antely pencha la tête en souriant.

— Ne t'en fais pas ! On arrête de creuser pour aujourd'hui.

Le regard de Monza se fixa sur le visage de son nouveau compagnon. Il devait avoir près de soixante-dix ans. L'érosion du temps avait creusé de profonds sillons sur son visage oblong à la peau cuite. Mais le temps n'avait pas tout à fait anéanti la finesse de ses traits. Et par-dessus tout, il y avait ce sourire toujours accompagné par un regard tendre qui semblait pouvoir calmer la fureur d'un zébu sur le point de charger. Antely posa une main sur sa poitrine où chaque côte saillait.

— Je suis antandroy[1], du pays des épines. Je possède une maison dans le village de Tongobory. Tu sais, là où le grand pont en fer enjambe le fleuve Onilay. Toute ma famille habite là-bas.

Un sourire illumina le visage de Monza.

— Beaucoup de bouches à nourrir, je suppose ?

— J'ai une grande famille, confirma Antely, d'une voix remplie d'allégresse. Douze enfants,

1. Antandroy : un des peuples de Madagascar, occupant le sud aride de l'île.

trente-deux petits-enfants, et déjà seize arrière-petits-enfants.

Monza prit un air sincèrement impressionné, et inclina la tête entre ses genoux. Il laissa s'écouler quelques gouttes de sueur dans la poussière avant de poser sa question :

— Et tu travailles pour le Grec depuis longtemps ?

— Ça fait des années.

Monza fronça les sourcils, scrutant longuement le vieux, comme si son but était de déchiffrer un message inscrit sur son front.

— Il m'a l'air plutôt spécial comme patron.

— Spécial ? Il est complètement dingue, précisa Antely, en faisant un moulinet avec son doigt à côté de sa tempe.

Puis il laissa son regard errer sur la mine, et répéta en souriant « complètement dingue », comme s'il voulait le remercier pour ce qu'il avait vécu à ses côtés.

Monza se pétrit le menton, pensif.

— Et son associé, le Vezo ?

— Timon, c'est son grand copain !

Antely lui raconta comment les deux hommes s'étaient connus. Stavros venait juste d'abandonner son activité de guide de chasse dans le Menabe. À l'époque, il avait envie de prendre le large, et passait le plus clair de son temps à discuter avec des piroguiers de la côte ouest. De son côté, Timon n'avait même plus les moyens de sortir en mer, faute de pouvoir se payer une nouvelle voile pour sa pirogue. Ces deux nomades, sans véritable attache, s'étaient mis d'accord pour tenter l'aventure ensemble. Avec ses économies, Stavros avait alors acheté un vieux boutre, et le Vezo en était devenu le capitaine. Pendant quatre années, ils avaient acheminé du riz, des fruits et des tonnes de poisson séché dans le canal du Mozambique. Antely avait fait leur connaissance juste avant que l'aventure ne prenne fin en 1984, lorsque le bateau avait été détruit par le cyclone Kamisy, dans le port de Mahajanga.

Le vieux mineur riva ses yeux sur le sol, visiblement perdu dans ses souvenirs. Il secoua la tête en se remémorant la dernière folie de Stavros.

— Dès que le Grec a entendu parler de la découverte d'un saphir à Ilakak', il s'est précipité à l'institut géologique de Tulear pour se procurer un permis. Ensuite, il est venu nous chercher, le Vezo et moi. Il ne nous a même pas demandé notre avis. Le jour même, on a été obligés de monter dans le Dangel pour venir ici, à Ilakak'.

— Vous les aimez bien, ces deux types, dit Monza avec une moue perplexe.

— Avec eux, on ne s'ennuie jamais ! répondit le vieux d'une voix plus appuyée et riche de sous-entendus.

Monza resta un moment à l'observer, réfléchissant à l'orientation qu'il voulait donner à la conversation.

— Ils ne repasseront plus à la mine ?

— Cela m'étonnerait beaucoup de les revoir. Le soir, ils aiment profiter des animations d'Ilakak'. Et, pour la paye, faudra attendre demain.

Il fit une courte pause, puis donna un petit coup de coude à Monza.

— Toi aussi, tu peux partir. Va t'amuser un peu en ville, je n'ai plus besoin de toi jusqu'à demain.

Monza le remercia avec un large sourire. Mais avant de partir, il espérait amener le vieux à parler plus longuement.

— Stavros n'a jamais essayé de creuser ailleurs ? demanda-t-il, l'air de rien.

— Ailleurs ?

— Oui, j'imagine que dans cette région, il existe d'autres gisements, d'autres sites où l'on peut découvrir des saphirs.

Antely haussa les épaules.

— Si c'était le cas, ça se saurait !

— Pourtant, j'ai entendu dire que du côté de Kiliabo…

— Kiliabo ?

Le vieux mineur claqua la langue, un peu comme un parent réprobateur face à un adolescent dévoyé.

— Il ne faut pas écouter tout ce que racontent les gens, mon petit. Qu'est-ce que tu veux aller creuser à Kiliabo ? Les saphirs sont là, juste sous nos pieds. On a déjà assez de boulot comme ça. Rien ne sert d'aller fouiller jusqu'au Bongolava.

Monza l'écouta sans mot dire, surpris par cet emportement soudain.

— Demain, tu descendras au fond du trou, reprit le vieux. Tu verras ce que c'est de descendre dans un de ces tombeaux d'Ilakak', de travailler dans une galerie souterraine. Et dis-toi bien que t'as de la chance, parce qu'ici, on ne descend qu'à vingt mètres sous terre. Pas besoin d'aller plus profond. Mais si tu veux prospecter ailleurs, il faut être prêt à creuser deux à trois fois plus sous la surface.

Le vieux mineur fixa un instant Monza avec un petit sourire, avant de conclure :

— Demain, dans le boyau, tu auras tout le temps de penser à ce que j't'ai dit.

Sur la fin de sa phrase, Antely toussa à s'en déchirer les poumons.

— Cette poussière va m'faire crever, enragea-t-il entre deux contractions spasmodiques.

Il se mit debout, avec des gestes lents et saccadés.

— Allez, file ! ronchonna-t-il. Moi, je vais attendre que les patrons reviennent, et m'occuper des outils. Je dois m'occuper de tout ici !

— À demain, grand-père, dit Monza en se relevant à son tour.

Le policier était conscient qu'il n'en apprendrait pas plus sur ses patrons. Avant de partir, il considéra un instant Antely avec une profonde tristesse. C'était un homme fatigué, usé. Un pauvre type qui n'avait plus sa place au fond d'une mine. Malgré les paroles un peu dures du vieux mineur, le policier arbora le sourire satisfait du gars qui rentre chez lui, et leva la main avant de tourner les talons.

Antely lui rendit son salut, agrippa un tamis dont le crible métallique ne tenait plus que par un clou, et s'attela aussitôt à sa réparation. Ses coups de marteau claquèrent contre le lourd cadre en bois. Monza les entendit résonner longtemps dans la plaine.

*

* *

Après un détour à la rivière pour se laver, Monza chemina lentement vers Ilakak'. De sombres pensées s'amplifiaient dans sa tête au fur et à mesure qu'il regagnait la ville. Son moral déclinait aussi vite que le soleil sur la ligne d'horizon. Les débuts de sa prétendue enquête étaient bien laborieux. Une mise en route d'autant plus difficile qu'elle était compromise par le peu de liberté dont il disposait. Il fallait se rendre à l'évidence, sa journée passée au fond de la mine ne lui avait rien apporté de nouveau. Tout cela n'était-il pas une pure perte de temps ?

Tout à ses réflexions, le policier déboucha devant l'hôtel Vatosoa. Au moment de franchir le portail d'entrée, une voix aiguë de femme le héla dans la rue. Monza se retourna et vit une petite silhouette qui agitait la main. Tiana fit quelques pas empressés sur ses hauts talons pour le rejoindre. Elle portait toujours la même jupe courte et son fameux bustier rouge. Mais elle lui parut tout à fait différente. Il lui fallut du temps pour comprendre qu'elle avait seulement changé de coiffure. Ses cheveux étaient tressés et dessinaient de savantes arabesques plaquées sur son cuir chevelu.

— S'il te plaît, je ne sais pas où crécher ce soir. Je me suis fait jeter par ma copine.

Monza détourna ses yeux vers la nationale déserte. Harassé par sa terrible journée de fouilles, il n'avait pas très envie de compagnie. Tiana lui agrippa la main, et lui lança un regard implorant.

— Dis-moi oui ! J'ai pas envie de passer la nuit dehors, dit-elle en se trémoussant contre lui.

Drapé dans son lamba plein de sueur, Monza lui retourna un regard indulgent.

— C'est d'accord pour cette fois.

Il n'eut pas le temps de terminer sa phrase qu'elle s'était déjà suspendue à son bras. Collés l'un à l'autre, ils pénétrèrent à l'intérieur de l'enceinte de l'hôtel. Derrière un des piliers en béton du portail, le halo lumineux d'une lampe à huile éclairait un gardien de nuit, accroupi et engoncé dans un vieux manteau. Monza réclama sa clef, puis entraîna sa nouvelle copine vers l'ombre grise du bungalow qui se dessinait dans le crépuscule.

Sur le perron, Tiana lui lâcha le bras et s'assit sur un petit banc ajusté contre la façade. Pendant qu'il tournait la clef dans la serrure, elle sortit une bouteille de THB de son sac.

— Je l'ai piquée dans la boutique d'à côté, avoua-t-elle en pouffant de rire.

Puis, réalisant ce qu'elle venait de dire, elle se mit la main devant la bouche.

— Mince, j'ai oublié que t'étais flic !

Monza se mit torse nu et lui prit la bière des mains.

— C'est quand même une bonne idée, concéda-t-il en décapsulant la bouteille sur la poignée de porte.

Tiana se souvint de son départ pour la mine.

— Au fait, comment ça s'est passé avec mon Grec ?

Elle le dévisagea, ne récoltant qu'un regard impassible. La jeune femme se renfrogna et croisa les bras sur son sac.

— Oh, après tout, c'est plus mes affaires, souffla-t-elle en remontant ses genoux sous son menton.

Monza laissa le silence se prolonger, et but plusieurs longues rasades sans la quitter des yeux. Pour combler le vide, elle se mit à fredonner un air à la mode. Sa nouvelle coupe de cheveux dégageait sa nuque, et son cou délicat troublait l'inspecteur. Elle semblait plus fragile encore, et cette vulnérabilité était plus que séduisante. Il vint s'asseoir à côté d'elle avec un sourire engageant. Elle le récompensa par un regard de velours, puis vint se pelotonner contre lui, comme un petit oiseau. Monza sentit sur sa peau un parfum vanillé qui couvrait l'odeur rance de sa propre transpiration. Doucement, la jeune femme releva son visage, rapprocha sa bouche, son souffle lui balayant le visage. Du bout des doigts, le policier la caressa sous l'oreille, et descendit jusqu'à l'amorce fragile de ses trapèzes. Elle frissonna et appuya sa joue contre sa main. Puis d'un geste brusque et provocateur, elle lui reprit la THB des mains, la porta à sa bouche et but goulûment. De la bière coula le long de son menton, puis de son cou jusqu'à son corsage. Monza suivit des yeux l'écoulement jusqu'à sa poitrine, et rapprocha ses lèvres. Le goût amer de la bière s'était mélangé aux effluves vanillés de son épiderme. La sensation était à la fois excitante et rafraîchissante. Tiana ferma les yeux, attentive à la volupté qui lui parcourait tout le corps. Elle posa ses mains sur les grands bras de Monza, perçut ses muscles qui saillaient à chacun de ses mouvements. Elle soupira d'aise et voulut aussi lui donner du plaisir. Sa main délicate glissa entre les cuisses du policier et remonta jusqu'à rencontrer sa virilité. En même temps, avec sa petite langue pointue, elle lui léchait la mousse au bord des lèvres. Elle s'écarta enfin et le fixa avec de petits yeux vicieux. Monza sentit sa fatigue s'évanouir. Ils s'embrassèrent sous le couvert de la nuit. Et quand leurs bouches se quittèrent, Tiana expira lentement pour se calmer. Mais elle avait envie d'aller plus loin.

— Ça te dit d'aller au lit ? minauda-t-elle.

Monza se releva et lui tendit la main. Ils se glissèrent à l'intérieur de la petite case et refermèrent la porte, heureux de se couler l'un dans l'autre pour mieux oublier le monde qui les entourait.

*

* *

— Creuse devant toi !

Joseph secoua à nouveau la cheville de Monza.

— Ne tape pas sur les côtés, ni sur le plafond !

Monza posa sa lampe électrique à hauteur du visage, se tortilla dans le boyau terreux et fit glisser la barre à mine le long de son corps. Une terrible sensation d'asphyxie étreignait le haut de son torse. Il expira l'air de ses poumons lentement, profondément, afin de chasser la peur qui le guettait.

— Il faudrait élargir la galerie, souffla-t-il au jeune mineur qui rampait derrière lui. Je ne peux même pas me tourner. Ça coince de partout !

Monza sentit la main de Joseph qui grattait le sol sous sa cuisse.

— Je vais enlever ce qui te gêne, assura le gamin.

Il était de plus en plus difficile de respirer. La chaleur était étouffante, la poussière en suspension agressait les yeux, brûlait les poumons. Mais le plus effroyable était sans doute cette impression morbide d'avoir été enterré vivant. Une sensation accentuée par le faisceau lumineux de la torche qui se heurtait partout aux parois boueuses de la galerie, comme dans la fosse d'un tombeau. Monza assena de petits coups de barre devant ses yeux, poussa la terre excavée sous son ventre avec une ondulation grotesque de lombric. Derrière lui, confiné dans une poisseuse obscurité, Joseph récupérait le gravier et le tassait dans un sac. Monza jeta un œil par-dessus son épaule.

— La prochaine fois, tu passes devant ! Moi, je suis trop grand pour creuser.

Dans un effort de contorsion, le policier chercha une position plus confortable pour travailler. Mais il n'en trouva point. Il se remit à cogner, la nuque tendue et douloureuse.

Et dire que la veille, le travail à l'extérieur lui avait paru si difficile !

C'était pourtant incomparable avec ce qu'il endurait maintenant sous terre. Tu verras, chaque heure au fond du trou te fera vieillir d'une année, lui avait glissé à l'oreille un des mineurs avant qu'il s'enfonce dans l'ouverture sombre de la galerie.

Une multitude de petits blocs se détachèrent de la voûte et vinrent s'écraser sur le dos de Monza. Il pesta, puis poursuivit son pénible labeur. Après une longue série de coups, le policier se retourna et prit conscience qu'il était seul. Il ne s'était pas rendu compte du départ de son jeune équipier. Il posa tranquillement son outil, persuadé que lui aussi, il avait fait sa part de boulot dans le tunnel. De toute façon, il n'avait plus rien dans les bras. Il était temps de sortir. Comme l'étroitesse de la gaine creusée ne lui permettait pas d'effectuer un demi-tour, il recula en se traînant sur le sol, s'aplatissant jusqu'à sentir la terre écorcher son ventre. Soudain l'obscurité régna autour de lui. La torche qu'il avait posée s'était éteinte. Sa main tâtonna en vain le sol. Il resta un instant figé dans le noir. Les ténèbres étaient d'une terrifiante densité. Il toucha la paroi pour se rassurer et se mit à se parler à haute voix. C'était une façon de reprendre le dessus, de se prouver qu'il existait encore... Ne plus voir son propre corps était si perturbant ! Le dialogue intérieur s'accéléra dans son cerveau. Une pensée folle naquit alors dans son esprit : un monstre l'avait avalé sans le mâcher, afin de le digérer vivant. Il secoua la tête, se remit à ramper. Mais son pied buta sur quelque chose. Un gros bouchon qui l'empêchait de sortir.

Il se força à respirer lentement, à réfléchir. Réfléchir calmement. Oui, il s'agissait sûrement du sac que son compagnon avait abandonné. Monza se contorsionna. Il réussit à se glisser entre la toile de jute et le plafond de la galerie. Ses dernières forces furent consacrées à tirer le sac de Joseph. Son contenu devait bien peser trente kilos. Il progressa lentement vers la sortie.

À l'air libre, il retrouva son compagnon. Le jeune mineur l'aida à s'extirper du trou. Monza se redressa, heureux de respirer enfin à pleins poumons. Jamais il n'avait vécu une expérience aussi désagréable. Il observa un long moment l'ouverture de la galerie sombre et étroite, comme la tanière d'un fossa[1]. Ses yeux finirent par s'en détacher pour se poser sur la petite bouille de Joseph. Ce dernier avait l'air gêné.

Antely arriva dans le dos du gamin et lui pinça l'oreille avec un méchant plaisir.

— Alors, mon petit, t'étais pas bien là-dessous ?

— Ça fait deux heures qu'on est dans ce trou ! répondit Joseph, tout penaud.

Le vieux eut un sourire de commisération, puis désigna le haut de l'exploitation.

— Allez faire un tour. Prenez votre temps. Je n'ai plus besoin de vous ce matin.

Monza et le gamin se considérèrent un instant d'un œil fraternel, unis par leur lutte sous terre. Ils étaient tous les deux recouverts de grumeaux de terre, les cheveux plaqués sur la tête, comme

1. Fossa ou *cryptoprocta ferox* : mammifère carnivore, endémique de Madagascar.

des casques aplatis par de gigantesques masses. Ils remercièrent le vieux et entamèrent leur ascension.

Dans la vaste plaine du pays bara, l'astre brillait déjà de mille feux. Des nuages s'étaient accumulés à l'est, mais bien trop loin pour qu'il y ait une chance de pleuvoir. Parvenu en haut de la mine, Monza s'immobilisa afin d'attendre son jeune camarade. Il en profita pour uriner dans un puits abandonné, un site rempli d'ordures qui servait aujourd'hui de chiottes aux mineurs. Une odeur âcre remontait le long de la pente et empuantissait l'atmosphère. Un fort relent qui agressait les sinus de tous ceux qui s'attardaient, ne serait-ce qu'un court instant, au bord du trou.

Lorsque Joseph apparut, Monza l'entraîna vers l'ombre parcimonieuse d'un latanier pour s'asseoir. Le menton calé contre un de ses poings, Monza laissa errer un instant son regard sur l'étendue plate du paysage, et sur les touffes d'herbes déshydratées qui poussaient entre de larges plaques de latérite cuivrées. Le policier prit soudain conscience qu'il n'avait pas eu l'occasion de boire depuis le début de la journée. Son gosier était desséché, sa langue aussi râpeuse qu'une meule. Mais il n'avait plus la force de retourner dans la mine pour demander de l'eau. Il s'allongea sur le dos. Son corps fourbu se relâcha progressivement. Tous ses muscles finirent par se détendre. Même son squelette paraissait s'amollir. En se roulant sur le flanc, il remarqua aussitôt l'air déprimé de son jeune camarade.

— Qu'est-ce qui t'arrive ? s'enquit Monza.

— Je suis vraiment désolé pour tout à l'heure.

Le policier posa sa tête au creux de son bras replié, attendant patiemment la suite.

— C'est à cause de mon frère, poursuivit Joseph après une longue pause.

Monza se releva légèrement en calant sa tempe contre sa main.

— Que veux-tu dire ?

— Mon frère est parti, répondit Joseph d'une voix à peine audible.

Monza comprit que le mot *parti* avait été employé par le gamin pour rendre plus acceptable un événement trop douloureux. Toute la tristesse qui se peignit alors sur le visage du jeune mineur montrait qu'il endurait encore une terrible souffrance.

— Le saphir, c'était une idée de mon frangin, confia Joseph. Rakoto n'arrêtait pas de me répéter que ce n'était qu'un jeu d'enfant. D'après lui, il suffisait de creuser un trou à Ilakak' et de se baisser pour ramasser des saphirs, un peu comme si l'on ramassait des pommes de terre.

Joseph secoua la tête avant de poursuivre :

— En arrivant ici, on ne savait même pas à quoi ressemblait une pierre précieuse. Pour ma part, je m'imaginais simplement tomber un jour sur quelque chose d'extraordinaire, un joyau déjà taillé et étincelant de lumière.

Il ferma brièvement les yeux, et toute l'histoire lui revint en même temps qu'il parlait, presque comme si elle se déroulait à nouveau.

Les premiers jours avaient été désespérants. Ils avaient remué des tonnes de graviers sans comprendre ce qu'ils cherchaient exactement. Heureusement un prospecteur leur avait expliqué qu'avant d'être façonné par un lapidaire, un saphir n'était qu'une vulgaire pierre, seulement détectable par une transparence prometteuse. À partir de ce jour-là, le tri des pierres à la rivière était devenu une tâche interminable. La moindre lueur bleutée détectée leur avait procuré une joie proche de la folie. Mais les découvertes avaient été chaque fois suivies d'une immense désillusion. Même Rakoto avait fini par ne plus avoir le cœur à creuser. Et quand la saison des pluies était arrivée, les deux frères avaient envisagé de tout laisser tomber et de rentrer dans leur village natal. Ce n'était vraiment pas la peine de s'éreinter plus longtemps dans la boue ! Pourtant, trois jours avant de prendre le chemin du retour, Rakoto avait repéré une pierre sur le crible du tamis. Oh, elle n'était pas bien grosse ! À peine le bout du petit doigt (Joseph pinça l'extrémité de son auriculaire, pour montrer à quel point la pierre trouvée était minuscule).

Mais c'était un saphir ! Un vrai de vrai.

Ils avaient fait le tour des acheteurs, et avaient vendu la pierre au plus offrant. Joseph se souvenait du moment où le type leur avait tendu une liasse de billets à travers les barreaux du *shop*. Les deux frangins n'avaient jamais vu autant d'argent de leur vie. Rakoto avait dissimulé le magot au fond de son slip. Leur retour au campement avait été un mélange de peur et d'euphorie. Quelle journée ! Bien sûr, ils avaient célébré leur trouvaille. Ils s'étaient un peu amusés. Ils avaient même consommé un peu d'alcool. Mais tout cela avec beaucoup de discrétion. Les deux jeunes mineurs ne voulaient pas attirer les convoitises. Des gens du campement leur avaient raconté comment d'autres s'étaient fait plumer, après une fête trop arrosée : à l'aube, des brigands profitaient de l'abrutissement des prospecteurs pour les dévaliser. Alors Rakoto avait prétendu qu'ils étaient malades et qu'ils partaient chercher des médicaments. En ville, le grand frère avait acheté un sac de riz et un gros morceau de viande. Joseph se tapa sur la cuisse. Ilakak' était le meilleur endroit pour trouver de la bonne viande de zébu. Du premier choix ! Et à un prix correct, si l'on savait comment s'y prendre. Pour la soirée, les deux gamins n'avaient pas hésité à s'offrir deux fioles de rhum et deux énormes cigares !

L'esquisse d'un sourire incurva les lèvres de Monza. Le policier savait que l'on pouvait tout trouver à Ilakak'. L'éclosion d'un pouvoir d'achat chez certains mineurs avait attiré toutes sortes de commerçants, et les faisait prospérer. Derrière le comptoir crasseux des boutiques qui mordaient sur la savane, les prospecteurs devenus riches pouvaient parfois mettre la main sur des marchandises exceptionnelles. On pouvait même, à ce qu'il paraît, acheter du champagne français.

Joseph secoua la tête. Jamais il n'avait vécu des moments aussi heureux ! Surtout les premiers jours qui avaient suivi leur fantastique découverte. Attisés par l'espoir, ils s'étaient remis à l'ouvrage, avec encore plus d'ardeur. Cela ne faisait plus aucun doute, ils n'allaient pas tarder à trouver d'autres pierres. Et des plus grosses ! L'avenir s'éclaircissait enfin. Ils allaient devenir riches. Le retour à la maison s'effectuerait dans un énorme 4 × 4 climatisé.

Les deux frères avaient creusé comme des fous. Deux semaines, peut-être trois. Joseph ne s'en souvenait pas. Le temps passé dans la mine n'avait alors plus aucune importance. Et le trou était devenu profond.

Trop profond.

Le saphir comme seule obsession, ils n'avaient pas pris le temps de sécuriser la terre meuble dans la galerie.

Joseph fit une longue pause. Le policier sentit qu'il cherchait ses mots. Des mots qui remuaient dans sa tête un coin trop douloureux de sa mémoire. Monza fronça les sourcils, car il connaissait déjà la tournure que prendrait ce récit. C'était une histoire qui se renouvelait sans cesse à Ilakak'.

Le rêve s'était écroulé en même temps que la galerie. Et Rakoto était mort. Mort enseveli. Au moment de l'éboulement, Joseph faisait une pause à la surface. Le jeune mineur avait juste entendu un cri étouffé, suivi d'une plainte faible et désespérée. Oh, que ce souvenir était terrible !

Joseph avait tout de suite appelé de l'aide, crié pour qu'on porte secours à son frère. Des mineurs avaient surgi et s'étaient aussitôt mis à dégager la terre, mais…

La voix du jeune mineur s'éteignit tandis qu'il s'absorbait dans ses pensées. Il baissa les yeux.

Son visage se ferma. Les images défilaient dans sa tête, sans qu'il puisse s'exprimer.

Monza, encore sous le coup de la révélation, demeura immobile, incapable de trouver une parole réconfortante. Le policier comprenait à présent le comportement du gamin dans la galerie. Un tel traumatisme ne pouvait qu'accentuer la crainte de descendre dans le tunnel sombre d'une mine. Joseph ne pouvait plus à présent contenir ses crises de panique. À chaque bruit suspect, chaque pierre qui roulait sur son dos, c'était comme un sauve-qui-peut ! Le môme n'avait plus qu'une idée en tête : se ruer vers la sortie. Et dans ces cas-là, il fallait faire vite... Être leste, sauver sa peau. Comment pouvait-il en être autrement !

— Ils ont mis des heures à dégager son corps, réussit enfin à dire Joseph.

Monza continuait à le dévisager. Le jeune mineur avait les yeux dans le vague, comme s'il regardait au tréfonds de lui-même. Monza se redressa et maintint une position assise.

— Pourquoi restes-tu à Ilakak' ? demanda-t-il à mi-voix.

— Pas le courage de rentrer chez moi, répondit le jeune mineur, la gorge serrée. Pas le courage de parler à la famille, de leur expliquer ce qu'il s'est passé.

Le policier fixa son jeune compagnon. Joseph avait à peine quinze ans. C'était un gamin illettré, sans la moindre possession, et à présent coupé de chez lui. Qu'allait-il devenir ? Il n'avait même plus l'espoir de revoir, ne serait-ce qu'une fois, la douce lumière minérale d'une pierre précieuse. Il se contentait de gagner son riz quotidien dans la mine du Grec, jusqu'au jour où lui aussi se ferait avaler par la terre. Monza lâcha un instant son compagnon du regard pour observer le ciel, comme pour échapper à toute cette misère autour de lui. Il aurait aimé voir les souffrances de tous ces gens allégées, mais il semblait que cela n'arriverait jamais. Le sort s'acharnait sur eux. Le combat était perdu d'avance, même pour les plus pugnaces.

— Je travaille tous les jours. Jamais de repos ! Faut bien bouffer, conclut Joseph, la bouche de travers.

Le policer en convint par des signes de tête approbateurs. Puis un long silence s'installa. Monza observait toujours le ciel et semblait perdu dans ses pensées, quand soudain il se redressa d'un bond, avec une idée en tête. Il posa un étrange regard sur Joseph. Le policier n'était pas encore très sûr, mais ce jeune pouvait peut-être l'aider. Monza avait la certitude que les vols de zébus étaient organisés à Ilakak'. Pour lui, il n'y avait aucun doute : cette ville était encore un lieu de non-droit, parfait pour établir un abattoir clandestin. Parfait pour un réseau de trafiquants mafieux. Et il mourait d'envie de vérifier sa théorie, même si cette nouvelle investigation s'écartait quelque peu de son enquête dans les mines.

Il tendit sa main à Joseph pour l'aider à se relever, et l'entraîna sur le sentier, en direction d'Ilakak'.

*
* *

Midi pile. Le soleil imposait sa loi sur toute la plaine. Rien ne pouvait échapper à l'astre despotique et conquérant. Le sol semblait devenir incandescent, au point qu'on pouvait l'imaginer embrasant la savane et consumant les villages environnants. Et partout, le silence s'était imposé. Même le vent ne soufflait plus, comme si la nature retenait sa respiration aux heures les plus difficiles de la journée. Autour d'Ilakak', les mines avaient été abandonnées par les prospecteurs. Seuls quelques hommes demeuraient assis au bord des trous, sans bouger, comme soudés au sol par la chaleur.

Lorsqu'ils furent parvenus à la lisière de la ville, Joseph emprunta un couloir poussiéreux, enserré de planches et de plaques de tôle rouillées. Après une courte déambulation entre les premières bicoques d'Ilakak', le gamin indiqua à Monza un large et vilain portail en ferraille. De part et d'autre, la clôture d'enceinte était assez haute pour soustraire la propriété aux regards des passants. Derrière, Monza ne pouvait que deviner le toit d'une construction apparemment imposante.

— C'est un marché couvert ? demanda le policier, intrigué.

— Non, ricana Joseph en secouant sa main, c'est l'abattoir. C'est là qu'on venait avec mon frère pour acheter de la viande. C'est bien l'endroit que tu voulais découvrir, n'est-ce pas ?

Monza lui retourna un sourire de contentement.

— Tu vas voir, c'est beaucoup moins cher qu'ailleurs, poursuivit Joseph en plaquant sa main contre un des panneaux rouillés du portail.

La porte s'ouvrit sur une vaste cour menant à un sinistre bâtiment en brique rouge. Une sorte de gigantesque hangar, dont le toit, recouvert de tôle ondulée, était alourdi par des pneus de camion. Les deux mineurs marchèrent vers la grande bâtisse, sans prêter attention à une petite carriole bariolée de couleurs vives, attelée à un bœuf décharné. La bête de trait bougea nerveusement, faisant geindre les roues de son attelage. Son œil globuleux semblait vouloir les dissuader de s'engager plus loin.

Dès le premier pas à l'intérieur de l'édifice, l'inspecteur se couvrit le nez et la bouche avec un pan de son lamba. La puanteur était insupportable. L'air semblait s'être solidifié autour d'un mélange de cadavres en décomposition et d'excréments. Le sol n'était qu'une sanglante mélasse qui collait aux semelles. De son côté, Joseph embrassa la scène sans sourciller. Un peu partout, des carcasses s'empilaient les unes sur les autres. Les deux mineurs étaient entourés de bidoches, au centre d'une immense salle d'abattage. Dans le fond, un homme au torse nu ensanglanté traînait un quartier de viande sur le sol jonché d'immondices. Il marchait en sandales dans des flaques de sang brunâtre, escorté par un nuage de grosses mouches bleues. Deux zébus encore vivants attendaient leur tour au milieu de têtes sectionnées, de corps éventrés et à moitié dépecés. Une mare putride s'était formée à partir du sang qui s'écoulait des animaux décapités. Autour, des viscères empilés pêle-mêle et des éclats d'os luisaient au milieu de rognures de chair.

Les regards des mineurs accompagnèrent le boucher vers un appentis en bois. Il y eut un bruit mou et glauque, quand l'homme balança son énorme morceau de barbaque sur la surface lisse de la table. Les yeux de Monza s'attardèrent un instant sur l'employé. Ce type n'était pas la douceur incarnée. Une espèce de gros lourdaud avec un air buté, qui avait des petits yeux vifs et perdus à la surface d'un visage brun et plat. Sa lèvre inférieure pendante dévoilait une rangée de vilaines dents pointues et abîmées, comme les éperons calcaires des Tsingy[1]. La face du bourreau, du type qui a l'habitude de tuer.

Le boucher accueillit les mineurs d'un regard acéré, sans doute habitué à jauger du premier coup d'œil l'identité des clients qui franchissaient le seuil.

— Qu'est-ce que vous voulez ? grommela-t-il, faisant sentir qu'il était trop occupé.

Joseph se retourna et consulta Monza du regard. Le policier fit un pas supplémentaire vers le boucher.

— J'ai besoin de voir le patron, improvisa Monza. C'est pour une commande importante.

---

1. Tsingy, ou forêt d'éperons calcaires de Madagascar. Les Tsingy forment un paysage unique au monde, et sont inscrits depuis 1990 sur la liste du patrimoine mondial de l'UNESCO.

Même s'il savait que son plan avait peu de chance de réussir, le policier suivait son intuition : le propriétaire de cet abattoir devait être lié à un important trafic de bovidés.

— J'ai l'intention d'acheter un très gros volume, rajouta-t-il en essayant de sourire.

Le boucher se figea, sa lame tranchante au-dessus de l'épaule.

— Beaucoup de viande?

— Oui, c'est pour une fête. Un événement exceptionnel. Et j'aimerais négocier directement le prix avec votre employeur.

Il y eut un long silence. Puis le boucher se retourna, poussa une gueulante. Dans les secondes qui suivirent, une silhouette se découpa dans le cadre lumineux de la porte du fond : un homme de taille moyenne, au visage mauvais, avec deux énormes piercings à l'arcade sourcilière. Monza eut aussitôt le sentiment que cet homme n'était pas le propriétaire des lieux. C'était un homme à l'allure plutôt insignifiante, bien loin de pouvoir jouer un premier rôle. À travers sa physionomie, on imaginait facilement une vie de petit truand. Il avait surtout l'apparence répugnante du sale type qui se fait remarquer, comme une mouche sur un plat de riz.

— C'est vous le patron? demanda l'inspecteur en lui décochant un coup de menton.

Le type croisa les bras, sans répondre, les yeux braqués sur Monza. Le policier soutint son regard. Puis il renouvela sa requête, en insistant pour rencontrer le responsable. Les traits de l'homme aux piercings devinrent indéchiffrables.

— Je peux revenir demain, suggéra l'inspecteur, toujours dans l'attente d'une réponse.

— Il ne viendra pas. Ni aujourd'hui ni demain.

Le ton était sec.

— Je voulais juste essayer de négocier un bon prix, argumenta Monza. Vous comprenez, il s'agit d'une telle somme d'argent !

— Vous devez verser un acompte, rétorqua l'homme entre ses dents. Pour les grosses commandes, on exige trente pour cent. Le reste se règle au moment de la livraison.

— Et pour ma réduction ?

— Vous avez de quoi payer pour l'avance ?

— Pas sur moi.

— Revenez avec le pognon ! On verra ce que l'on peut faire.

Monza acquiesça, en promenant un regard morne sur la salle d'abattoir.

— Pas de fric, pas de bidoche, intervint le boucher en piquant brutalement son hachoir dans le bois de sa table.

Monza laissa de côté son sourire de circonstance. Il était déçu. Approcher le propriétaire de ce lieu infâme s'avérait plus difficile que prévu. Les deux employés de l'abattoir continuaient à le fixer avec acuité. La bouche de Monza se raidit davantage. Le policier n'avait pas envie de rester plus longtemps dans cet endroit, face à ces deux individus. Après un dernier regard de travers, il tira Joseph par le bras et l'entraîna dehors. Dans la cour, le gamin se colla à son flanc.

— C'est quoi, cette histoire de fête ?

Monza passa un bras autour du cou de son jeune compagnon.

— Écoute, je veux bien t'inviter, mais il faut absolument que tu tiennes ta langue. Tu comprends, je n'ai pas très envie de voir radiner tout Ilakak' ! Alors, s'il te plaît, sois un peu patient.

Tandis que Joseph lui renvoyait un généreux sourire de remerciement, Monza fit un arrêt, et s'accroupit. Le sol portait de nombreuses marques de pneus. Du bout du doigt, le policier caressa la légère ondulation de la terre. Au fond d'un creux, une légère viscosité interrompit son geste. Un résidu de caoutchouc noir s'était collé sous son ongle. Il retira sa main, sans lâcher des yeux l'empreinte. Sur cette partie de terrain, les nervures de la bande de roulement avaient laissé une entaille profonde et bien dessinée. Toutes les sculptures imprimées par les rainures étaient intactes. Monza fixa dans son esprit la structure géométrique de cette succession de trous et de bosses, puis se redressa. Les marques témoignaient des manœuvres passées d'un gros camion. Le policier imagina un lourd engin de brousse, haut sur roues, capable de franchir sans faiblir les obstacles les plus difficiles. Il le voyait rouler dans la plaine d'Ilakak'.

*

* *

Le Dangel bleu s'immobilisa sous l'enseigne du LovaSaphir. Stavros franchit la porte d'entrée du bar et claudiqua vers une table, suivi de son associé. Antely et Monza étaient également de la partie. Les hommes s'installèrent et demandèrent une grande THB chacun. Lorsque le serveur apporta la commande, Stavros lui prit la bouteille des mains, la décapsula entre ses dents, et but une longue gorgée. Une fois sa bière éclusée, il désigna Monza du pouce.

— J'ai demandé au nouveau de venir. Il peut nous être utile pour faire les courses.

Antely approuva en hochant la tête. À l'autre bout de la table, Timon se tenait raide comme un piquet, le regard impénétrable, une main soudée à sa bière. Chaque muscle de son visage était tendu.

— Comment ça s'est passé hier ? demanda-t-il au vieux mineur, en portant le verre à sa bouche.

Son employé haussa les épaules.

— Les hommes ont bien avancé. Je pensais juste que vous alliez repasser à la mine en fin de journée.

— On n'avait pas qu'ça à faire ! répondit Timon d'une voix bourrue.

Il n'avait clairement pas envie de se justifier. Et pour asseoir son autorité, il pointa le vieux de l'index.

— J'espère que t'as fait gaffe au matériel. Y'en a pour du fric, tu le sais.

Antely se mit à jouer nerveusement avec un sous-bock en carton.

— Il faudrait organiser le travail à la mine. La galerie a besoin d'être élargie et sécurisée.

Stavros leva la main pour l'interrompre.

— Je te fais confiance, tu t'occupes très bien de tout ça. L'important, tu le sais, c'est que moi et le Vezo, nous soyons à la rivière pour trier les pierres. On ne laisse pas les autres tamiser seuls.

La face osseuse d'Antely s'assombrit.

— Et pour les hommes qui creuseront au fond du puits ? demanda-t-il avec une expression embarrassée. Ils réclameront sûrement plus d'argent.

Stavros le dévisagea un moment gravement au-dessus de sa bouteille.

— Ils seront payés trois mille de plus, concéda-t-il.

— Ce n'est pas assez, protesta timidement le vieux en inclinant la tête.

Le Grec arrêta à mi-course la bouteille entre la table et sa bouche. Puis il posa sa bière en la tapant volontairement sur la table.

— J'ai dit trois mille. Pas plus !

— Ok, patron, répondit le vieux en se reculant sur sa chaise, avec l'air de quelqu'un qui ne veut pas en assumer les conséquences.

Stavros vit à sa mine qu'il n'était pas convaincu, mais il n'avait pas envie de faire de concessions. Il éclusa sa bouteille d'un trait, sortit un stylo de la poche latérale de son pantalon et entreprit, sur la nappe en papier, de dresser la liste du matériel nécessaire pour l'exploitation.

— Bon, on en arrive aux courses, dit Stavros. Pour l'éclairage, je pense que deux ou trois lampes supplémentaires devraient suffire. Et combien de bougies ?

Le Grec leva les yeux afin de consulter son second.

— Trois ou quatre boîtes, répondit Timon. Et surtout, n'oublie pas les piles pour les lampes torches !

Stavros souligna le mot « piles » sur la nappe. Antely se mit subitement à tousser. Une forte toux qui interrompit son patron. Le vieux se leva et se dirigea vers les toilettes de la salle de restaurant. Timon attendit qu'il s'éloigne, puis se pencha vers son associé, le visage grave.

— Le vieux est tout pourri à l'intérieur !

Stavros haussa les épaules. Du bout des doigts, le Vezo tourna nerveusement son verre sur la table, avant de prononcer son avis :

— Tu ne devrais plus le laisser venir à la mine. Le vieux a chopé une sale maladie. Ça se voit ! Il est fichu. Il va nous refiler tous ses microbes.

Monza observa ses patrons l'un après l'autre. Le regard de Timon était rivé sur le Grec, attendant une réaction. Stavros remua un instant sa mâchoire, lentement, de gauche à droite, puis opina du chef.

— Je vais voir ce que je peux faire, concéda-t-il d'un air ennuyé.

— Faut pas traîner ! insista Timon. L'ancêtre n'a plus sa place parmi nous. Il doit rester chez lui, un point c'est tout.

La discussion fut interrompue par le retour d'Antely. Le vieux mineur s'assit au milieu d'un silence appesanti.

— Je vais aussi acheter du bois pour étayer la galerie, poursuivit Stavros, l'air sombre. Il faut prendre nos précautions avant que la saison des pluies ne s'installe.

— J'ai entendu dire qu'il y avait eu déjà pas mal d'éboulements, approuva Antely. Y'a un tas de bonshommes qui finissent ensevelis dans leur galerie.

— Tu sais où on peut dégoter du bois dans le coin ? demanda Stavros.

— Ici, il n'y a aucune chance d'en trouver, intervint Timon. Mieux vaut faire la route jusqu'à Sakaraha.

Stavros acquiesça, puis regarda ses hommes un à un.

— Quoi d'autre ?

— Il nous faut aussi des barres à mine, osa Antely.

Stavros suspendit son geste, arrêtant le crayon au-dessus de la nappe.

— Comment ça ? On en a plein.

— Elles ont disparu.

Stavros posa son stylo sur la table, au ralenti, et le regarda fixement, avec l'impression de vouloir l'étrangler.

— Disparu ! Ça veut dire quoi, ça ?

— On nous les a toutes piquées, concéda le vieux en haussant les épaules.

— Merde, chacun est responsable de son outil. Faut que les hommes se mettent ça dans le crâne !

— Je leur ai déjà expliqué.

— Remets-en une couche !

Stavros marqua une pause avant de reprendre :

— Bon, mettons quatre ou cinq barres à mine. J'en profiterai aussi pour acheter du riz.

— Prends au moins un kilo de riz par homme et par jour, précisa le Vezo.

Stavros soupira, nota la requête, et tira un trait sous sa liste. Antely se frottait le menton. Un autre point semblait le chiffonner. Stavros vit qu'il avait encore quelque chose à dire et patienta, l'œil méfiant. Le vieil homme finit son verre, comme pour se donner du courage.

— Les gars aimeraient apprendre à reconnaître les pierres.

Stavros émit un grognement.

Le vieux agita ses mains d'une manière curieuse devant son visage avant de poursuivre :

— Maintenant que l'on a décidé de chercher d'autres pierres que les saphirs, les gars se posent des questions. Ils veulent juste en savoir un peu plus.

Stavros se dressa subitement. D'un revers de main, il déchira la nappe en papier pour récupérer sa liste de courses.

— Ils sont payés pour creuser ! Pas pour savoir distinguer une aigue-marine d'une alexandrite.

Timon leva la main en voyant son associé déjà prêt à partir.

— Et pour le rhum ? demanda-t-il en grimaçant. Ça aide pour creuser !

Stavros se rassit et commença à remuer inconsciemment sur sa chaise. Dix minutes sans bouger sur un siège représentaient son temps maximal de station assise. Il scruta le visage qui lui faisait face.

— C'est bon, pour le tord-boyaux, on va leur donner de quoi lamper, mais faudra y aller mollo.

Les yeux inquiets de Timon balayèrent la salle du restaurant, puis revinrent sur Stavros.

— On pourrait faire un petit tour en brousse. Du côté de Kiliabo.

Monza se redressa, regarda en coin le Vezo, l'oreille soudain aux aguets. En face de lui, la mâchoire du Grec s'agitait dans des mouvements désordonnés, signe qu'il réfléchissait sur un point délicat. Au bout d'un instant, Timon s'impatienta.

— Et pour Kiliabo ? insista-t-il, les yeux écarquillés.

Monza ne put s'empêcher de fixer Stavros, attendant la suite, comme un gagnant à la loterie qui attend qu'on lui dise combien il aurait gagné. Soudain, le Grec s'arrêta de remuer la mâchoire.

— C'est bon, décréta-t-il. On retourne au village.

Le visage de Timon s'éclaira.

— Maintenant ?

— Non, les courses d'abord. Après on passe à la mine pour ramener les achats, et pour motiver les gars. Tu sais bien qu'il faut leur montrer qu'on n'est pas là pour rigoler.

Monza reçut une violente bourrade sur l'épaule.

— Ensuite, on se fait une petite virée ! s'exclama Stavros.

L'inspecteur arbora un large sourire. Il n'en revenait pas. L'idée que Stavros et son associé voulaient retourner à Kiliabo s'apparentait au grand classique appris sur les bancs de l'école de police : les criminels reviennent toujours sur les lieux du crime.

*
* *

— Jette l'ancre ici, brailla Timon.

Stavros donna un coup de volant. Le pick-up Dangel stoppa brutalement près d'un talus. Le Vezo était survolté. À peine sorti du véhicule, il se précipita vers une langue de terre ocre bordant une rizière. Il avait une sacrée dégaine, avec sa chemise de ville boutonnée de travers et son couvre-chef féminin en fibres végétales, orné d'un ruban jaune. Stavros le rejoignit, une bouteille de rhum dans la main.

Le corps anéanti par son travail à la mine, Monza redressa le dos, fit jouer ses épaules et profita de la distance qui le séparait de ses nouveaux patrons pour s'adresser à Antely :

— Qu'est-ce qui se passe exactement ?

Le vieil homme n'eut pas le temps de répondre, Timon s'était tourné vers eux, leur montrant un visage tout déformé.

— Bon sang, les gars, vous pouvez pas venir nous aider !

Le vieux donna un coup de coude à Monza.

— Je te l'avais dit, avec ces deux-là, on ne s'ennuie jamais !

Ils descendirent de la cabine du pick-up et les rejoignirent près de la rizière. Stavros et son acolyte tournaient sur eux-mêmes, comme des toupies. Soudain Timon s'arrêta, les jambes fléchies, l'index pointé vers le sol. Il resta dans cette position un bon moment, le bras tendu devant son visage comme le rostre d'un espadon. Il visait une pierre identique à mille autres.

— C'était là, sous ce caillou, dit-il d'une voix enthousiaste.

— Tu te souviens de ce caillou ! s'exclama Stavros, stupéfait.

Comme l'autre était prêt à se mettre en colère, Stavros se mit à quatre pattes, dégagea le morceau de roche, et gratta le sol comme un forcené. De plus en plus intrigué, Monza les regardait faire leur numéro. Cela faisait longtemps qu'il n'avait pas vu de tels énergumènes. Et il n'était visiblement pas le seul. Un groupe de paysans s'étaient arrêté sur la piste, pour observer la scène de loin. Fascinés, certains s'étaient même assis, sentant qu'ils allaient passer un bon moment.

N'y tenant plus, Monza s'accroupit sur ses talons, tout près de Stavros.

— Qu'est-ce qu'on cherche, patron ?

— Nos outils, fiston.

Le nez collé au sol, Stavros s'était mis à renifler la latérite.

— Et ça sent quoi, les outils ? demanda Monza.

Le mineur lui renvoya des yeux fiévreux.

— Ça sent fort, petit. Ça sent très fort.

Perplexe, Monza se releva sans le lâcher des yeux. Le Grec continuait à gratter la terre. Soudain, il se redressa et évacua un épais crachat qui roula dans la poussière.

— Tu te fous le doigt dans l'œil, le Vezo.

— Putain, je te dis que c'était ici ! rétorqua l'ancien marin, furieux.

Stavros renonça à lui parler, et reprit sa position à genoux pour élargir son trou.

— Le sol est bougrement dur, admit-il au bout d'une courte tentative.

— Surtout sans piolet, ajouta Timon en s'essuyant le front.

— Tu n'as même pas pris une pelle avant de venir ?

— Non, je n'y ai pas pensé, répondit l'autre d'un air dégagé.

— Oh, le con !

Stavros se releva et fonça tête baissée vers son pick-up, avec de grandes enjambées saccadées, à cause de sa jambe raide. Son acolyte s'arrêta de creuser et tourna un regard déconfit vers Antely.

— Je ne suis pas fou ! On avait tout planqué ici.

Un bruit de pas l'interrompit. Son associé revenait déjà, armé d'une lourde barre à mine.

— Dégagez de là !

Stavros enduit ses mains d'un crachat, saisit sa barre pour la lever aussi haut qu'il le put, et la laissa retomber en l'accompagnant de toute sa force. Au fur et à mesure que la terre cédait sous les coups de son associé, le Vezo l'enlevait à un rythme frénétique. Antely dodelina de la tête, et chuchota à l'oreille de Monza :

— Jamais vu des types aussi têtus !

Soudain, la pointe de fer rencontra un objet creux qui résonna. Timon poussa un cri de triomphe.

— Je vous l'avais dit que c'était sous ce caillou. Je ne m'étais pas trompé !

Stavros redoubla d'énergie avec son outil. Le Vezo leva un bras en opposition.

— Merde, arrête ! Tu vas le percer.

Les deux compères se mirent à genoux pour finir le travail à la main, et arrachèrent à la terre un énorme bidon gris. Un récipient en plastique de dix litres. Dans la minute qui suivit, un deuxième bidon apparut. Stavros se tourna et cligna de l'œil en direction de Monza et d'Antely.

— Les gars, faut être discrets sur ce coup-là. Faut pas qu'on nous voie !

Monza opina et se détourna un instant, le temps de constater que le groupe de paysans s'était agrandi au bord de la piste. Il croisa les bras, interrogea le vieux dans le dos de ses patrons :

— Du rhum ?

Le vieux lui décocha un sourire radieux.

— Toaka gasy, de l'alcool de canne à sucre. Le patron ne l'aurait jamais abandonné !

Suivi de son associé, Stavros passa devant eux avec un bidon dans chaque main.

— Ça reste entre nous, hein ?

— Tu parles, répondit doucement Monza.

Les deux mineurs s'installèrent à l'ombre d'un tamarinier. Ils se claquèrent dans les mains, cramponnèrent chacun leur bidon, et burent à longues gorgées d'assoiffés.

— Je t'avais prévenu. Ils sont dingues ! commenta Antely, avec une inflexion admirative dans la voix.

— Ils sont dingues, concéda Monza.

Et il le pensait sincèrement. Fasciné, le policier ne pouvait plus les quitter du regard. Le comportement irresponsable de ces deux mineurs s'apparentait plus à des enfantillages qu'à celui de dangereux criminels. La question était de savoir si deux types aussi violents, si souvent ivres, étaient capables de commettre un geste irréparable comme celui de tuer un homme. Le policier se pencha vers Antely. Il lui fallait en apprendre plus.

— Je suppose que le rhum est fabriqué dans le coin.

Antely cligna de l'œil.

— Tout près d'ici.

— Au village de Kiliabo ?

— Ouais, c'est ça ! Ce vieux filou de Marcelin, s'esclaffa Antely. Il a fabriqué un gros alambic. Un truc gigantesque. Avec ce qu'il produit par semaine, on pourrait remplir le lac Itashy. Alors, tu parles ! Quand Stavros a vu ça, il lui a tout de suite passé commande !

Monza imagina le Grec buvant directement au robinet de l'alambic.

— Vous avez dû en faire des allers-retours sur Kiliabo ! lança-t-il en croisant les bras.

— Ils ne pensaient plus qu'à ça ! confirma Antely, en désignant ses patrons d'un coup de menton. Pour ces deux-là, la boisson passe avant les saphirs. L'approvisionnement en alcool était devenu une priorité. Ça faisait une telle quantité de tord-boyaux que Timon avait décidé de cacher des bidons dans la brousse. Mais cet idiot a tellement varié les planques qu'il est maintenant incapable de se souvenir de tous les endroits.

Cette fois, Monza était bien décidé à ne pas lâcher le morceau.

— J'ai entendu dire qu'un vieux avait été assassiné dans ce village.

Le vieil homme croisa les bras avec un air sincèrement abattu.

— C'est vrai, confirma Antely. Et depuis, Stavros n'a plus voulu y remettre les pieds. Cette histoire l'a franchement contrarié. Faut dire qu'il aimait bien le vieux !

— Alors pour la bibine, c'est fini ?

— Eh oui, nous devons nous contenter des dernières réserves enterrées en brousse.

— À ton avis, qu'est-ce qui a bien pu se passer pour Rangahyzo ?

— On raconte que des dahalos ont eu sa peau. Tu sais, par ici, vaut mieux ne pas avoir de zébus, si tu tiens à ta peau.

Les paroles du vieux ébranlèrent Monza. Il était aussi abattu qu'un piroguier qui doit remonter le courant après s'être engagé par erreur sur le bras mort d'un fleuve.

Feignant l'indifférence, Monza abandonna le sujet, et tapota le bras du vieux.

— Allons voir ce qu'il se passe.

Antely emboîta le pas de son jeune compagnon. Sous le tamarinier, les bidons vides gisaient à côté de Stavros et de son associé, tous les deux assis dans la poussière. Les ivrognes se tenaient l'un à l'autre et devisaient à voix basse.

— … Et tu n'as jamais pensé à te caler dans un coin tranquille avec une fille ? demanda Timon à son copain.

— Si, une fois, concéda Stavros. Mais ça n'a pas duré. C'était une véritable emmerdeuse. Elle m'a cassé les pieds pour qu'on s'installe en ville, qu'on ouvre un petit restaurant. Elle voulait faire une vie avec moi. Tout le tralala, quoi ! Tu sais comment sont les femmes. Elles veulent toujours se marier avec le type avec lequel elles couchent. Tu te rends compte ! Épouser une fille, et se retrouver finalement enfermé entre quatre murs. Y'avait de quoi se flinguer. Le quotidien remâché, tous ces trucs-là, ça me fatigue vite, alors...

Stavros eut un large geste qui faillit le faire basculer sur le côté.

— ... J'ai fini par tout larguer. Je me suis barré en brousse. Loin de tout. J'avais besoin d'espace ! J'avais trop envie qu'on me foute la paix. Tu comprends ça, toi, le Vezo.

Les yeux du marin étaient intensément fixés sur son compagnon. Stavros posa la main sur le bidon, constata qu'il était vide et l'envoya valdinguer dans la nature. Il avait le visage congestionné, et ses mots se bousculaient à la fin de ses phrases.

— À propos de femmes ! On pourrait finir la journée en ville, proposa-t-il à la cantonade.

Monza observa le visage en sueur de Stavros pour comprendre si ses intentions dépravées existaient réellement, ou s'il avait lancé cela sans intention véritable. Puis ses yeux se braquèrent sur Timon. Celui-ci tanguait d'avant en arrière, l'air hébété. Stavros se mit à grogner en remuant son énorme mâchoire. Une mâchoire prête à dévorer le monde. Il se racla la gorge, expédia son impatience dans la poussière et posa une main brutale sur l'épaule de son associé.

— Allez ! Fais pas ton raisonnable, le Vezo, ça te va pas ! Ce qu'il te faut, c'est un joli petit cul, avec des seins comme des calebasses.

Timon eut un sourire idiot.

— C'est toi le patron, concéda-t-il, les cordes vocales corrodées par des flots d'alcool.

En même temps, il avait tendu sa paume de main. Les deux hommes s'empoignèrent virilement.

— Et toi, t'es mon pote ! s'étrangla presque Stavros.

Ils se relevèrent, titubèrent ensemble vers le véhicule. Tout à coup, Timon se retourna vers Monza et Antely, restés en retrait à les observer.

— Vous deux, vous attendez quoi ?

Monza leva la tête. De nouvelles teintes s'étaient mêlées au bleu. Le ciel montrait déjà des signes avancés de crépuscule. Le policier pensa à Sahondra, juste à côté. Il crevait d'envie de la revoir. Il s'approcha de Stavros. Le Grec s'amusait à uriner sur un scarabée en vadrouille sur un rocher.

— Je reste ici ce soir, dit Monza d'une voix sourde.

— T'as un plan gonzesse dans le coin ? demanda le Grec en se rajustant.

L'image de Sahondra vint se fixer une nouvelle fois dans les pensées de Monza.

— Oui, c'est ça, répondit-il avec un grand sourire.

Stavros se détourna en direction de son associé.

— Ah, j'te l'avais dit, le Vezo, gueula-t-il. Ce petit est loin d'être con !

Timon haussa les épaules, l'air vaseux.

— Demain à la mine à 6 heures ! commanda Stavros, avec des inflexions de voix vibrantes.

— À 6 heures, confirma Monza.

Stavros lui asséna une lourde tape sur l'épaule. Plus vasouillard, plus saoul que jamais, il tangua ensuite jusqu'à son pick-up, entraînant Antely dans son sillage. Le vieux adressa un salut de la main à Monza avant de grimper à son tour dans la cabine. Bardé dans son lamba décoloré, le policier assista à leur départ, puis suivit, dans le sens opposé, la piste sablonneuse qui se perdait en brousse.

*
* *

Le regard de Monza ne quittait plus la minuscule lumière rouge incandescente qui perçait au plus profond de la nuit. Un point lumineux à peine visible, mais qui l'avait attiré comme un insecte nocturne. À l'approche du foyer, il sentit son cœur accélérer dans sa poitrine. Mais il était trop tard. Le feu n'était même plus entretenu.

La tête penchée au-dessus des cendres, Monza observa en silence les dernières braises qui grésillaient. Il soupira de déception, puis tourna les talons quand Sahondra apparut. Elle traversa avec nonchalance le rideau opaque des ténèbres, faisant jouer sans le faire exprès les sortilèges de ses charmes. Son corps était enveloppé d'un simple paréo qu'elle avait noué sur sa poitrine. Une étoffe violette qui rappelait la couleur des jacarandas en fleurs bordant le lac Anosy à Tananarive, avant la saison des pluies. Il ne pouvait s'empêcher de la suivre des yeux, subjugué par le spectacle qu'elle lui offrait avec tant de naturel. Les mains du policier se mirent à trembler. Cette fille concrétisait tous ses désirs les plus fous. Il se serait jeté à ses pieds, comme un Malgache voulant embrasser le sol, après avoir passé de longues années loin de la terre de ses ancêtres. Afin de reprendre son souffle, Monza riva son regard sur le bout de ses rangers. Il avait oublié toutes les belles formules laborieusement réfléchies le long du chemin. La seule pensée qui lui venait était qu'elle était encore plus belle que dans son souvenir. Les yeux de Sahondra le sondèrent un long moment. Puis elle éclata de rire.

— Alors, inspecteur ?

Monza soutint son regard, en tâchant de maîtriser ses sens.

— Vous vous rappelez de moi ?

Une lueur chafouine s'alluma dans le regard de la jeune femme. Elle inclina la tête, l'amande de son œil s'étirant pour l'observer de biais.

— Vous avez d'autres questions à me poser, inspecteur Monza ?

Il se passa la main derrière la nuque.

— Je voulais savoir si votre mère se portait mieux.

Sahondra remit du bois dans le feu, remua les braises avec une branche, et s'assit sur un minuscule tabouret.

— Maman est toujours aussi faible, répondit-elle sur un ton las.

Elle remonta ses jambes, tassa les bords du tissu sous ses fesses, et posa son menton sur ses genoux repliés. Ils restèrent silencieux un moment. Le bois pétillait et craquait sous l'effet de la chaleur. Des brindilles s'élevaient vers le ciel. Sahondra les suivit des yeux.

— Je ne m'attendais pas à voir un inspecteur vêtu d'un lamba, dit-elle en dissimulant mal son envie de rire.

Monza réalisa soudain ne pas être à son avantage. Il se débarrassa aussitôt de son lamba qu'il roula en boule et garda coincé au creux de la main. Puis il se mit à observer la voûte fourmillante d'étoiles. Un des plus beaux cieux nocturnes du globe.

— Vivre en brousse n'est pas facile, dit-il sur le ton de quelqu'un qui cherche à changer de sujet. C'est un choix de votre part ?

Les lèvres charnues de la jeune femme firent la moue. Un instant, elle s'interrogea sur le sens de cette question.

— J'aime vivre ici, reprit-elle, le regard suspendu à la liane céleste. Vous ne pouvez pas savoir le nombre de choses que l'on peut apprendre en brousse. De toute façon, je n'ai pas la tête pour tous ces trucs que l'on enseigne dans les écoles des villes.

— Vous avez appris à vous servir des plantes ? Enfin, je veux dire… À préparer des remèdes à partir des plantes ?

— Oui, bien sûr, depuis toute petite. Ma mère m'a transmis tout ce qu'elle savait. J'en suis très fière.

Monza s'accroupit face au foyer. Elle riva son regard dans le sien.

— Vous n'y croyez pas, monsieur l'inspecteur ?

Elle eut un léger sourire avant de poursuivre :

— Votre éducation, n'est-ce pas ?

Monza réfléchit un court instant.

— Pour moi, les vertus des plantes ne font aucun doute. En revanche pour les amulettes, les gris-gris que confectionnent les ombiasy...

Il haussa les épaules.

— J'ai été formé à l'école de la rationalité occidentale, compléta-t-il en détournant son regard.

— Vous connaissez l'origine des ody[1] ? l'interrogea-t-elle, après un court moment de réflexion.

Monza secoua négativement la tête. Elle sourit, puis logea son genou dans ses mains entrelacées.

— Cela pourrait vous plaire. C'est une histoire que ma mère m'a racontée.

Monza l'invita à poursuivre en tournant ses paumes de main vers le ciel.

— À l'origine, il y avait deux zanahary[2], débuta-t-elle. Ils avaient façonné la terre ensemble, et tous deux rivalisaient pour y engendrer les plus belles choses.

Sa voix était lente et suave, avec de douces inflexions.

— Le premier zanahary, Andriamanitra, avait fabriqué des êtres merveilleux sur cette terre.

1. Ody : amulettes magiques délivrées par les ombiasy.

2. Zanahary : « celui qui crée », divinité suprême.

Comme les zébus, ou encore les ruches avec leurs jolis rayons de miel.

Elle marqua un instant de pause. Monza observait le chatoiement orangé de ses yeux face aux ondulations des flammes.

— De son côté, Andriananahary avait seulement réussi à façonner des cactus et des nids de guêpes.

Monza ne put s'empêcher d'esquisser un sourire.

— Le second zanahary, continua-t-elle, était jaloux des créations de son rival. Alors, pour se venger, il a décidé d'inventer des plantes malfaisantes contre les êtres vivants. Heureusement, le bon zanahary a imaginé d'autres arbres, d'autres plantes qui servent aujourd'hui à élaborer les ody.

Monza la récompensa d'un hochement de tête approbateur.

— On ne vous a pas appris ça dans votre grande école, n'est-ce pas ? pouffa la jeune femme.

Leurs regards se croisèrent. Monza la dévisagea sans toutefois parvenir à lire les sentiments de la jeune femme. Son problème était de savoir ce qu'il y avait derrière ce front légèrement bombé, dans cette tête adorable. Mais elle ne lui donnait pas la moindre indication sur ce qu'elle éprouvait face à lui. Et Monza avait bien peur que ce soit de l'indifférence. Après tout, peut-être ne représentait-il qu'un peu de distraction pour cette soirée.

Soudain un courant d'air souffla sur le foyer. Les flammes se mirent à trembler comme si les ténèbres environnantes les apeuraient. La jeune femme frissonna. Monza perçut son tressaillement, et sentit instinctivement qu'il devait agir. Rien ne l'obligeait à jouer son rôle d'inspecteur pour le moment. Après tout, ce soir il était simplement un homme en bonne compagnie. Il se leva et vint poser son lamba sur les épaules de Sahondra. Elle le gratifia d'un joli sourire. Pour une fois, Monza était fier d'avoir accompli quelque chose qui n'était pas ridicule. Il l'observa intensément, respirant l'odeur de ses cheveux dont émanaient de doux effluves féminins. La lumière soulignait la douceur exquise de son profil. Ses lèvres étaient si proches... Monza n'éprouvait qu'une envie, l'embrasser et étreindre son corps magnifique. Pourtant, il n'esquissa pas le moindre geste. Il se contenta de rester là, immobile, à regarder cette femme qui avait pris le pouvoir sur son être. Le temps lui paraissait suspendu. Il avait même du mal à respirer. Tout d'un coup, son instinct lui fit effectuer un pas en arrière. Quelque chose clochait. Il aurait été bien incapable d'expliquer son propre mouvement de recul, mais il lui fallait immédiatement battre en retraite. Alors, sans un mot, il fit volte-face, longea l'ombre lugubre des cactus, et se fondit au cœur des ténèbres de la nuit.

*

* *

— Vise moi ça, y'a une nana qui nous fait signe !
— Bon sang ! Mais c'est Tiana.

Le Dangel bleu de Stavros pila sur la piste. Antely et Timon descendirent pour laisser la jeune femme grimper dans la cabine.

— J'ai cru que vous n'alliez pas vous arrêter, dit Tiana en prenant place sur la banquette.

Elle glissa jusqu'à se serrer contre Stavros, et passa une jambe de chaque côté du levier de vitesse pour faire la place aux hommes qui remontaient. Avec un large sourire, Stavros mit la première pour démarrer, puis la seconde, en tirant le pommeau entre les cuisses de sa voisine. La jupe de Tiana remonta et découvrit sa peau ambrée et soyeuse. Elle se mordit la lèvre et lui donna un petit coup de poing rageur.

— T'as pas changé ! T'es qu'un gros dégueulasse.

Stavros l'enserra de son bras droit, et se mit à l'embrasser dans le cou. Le véhicule se déporta dangereusement sur la piste bordée d'eucalyptus. Bringuebalé de droite et de gauche sur la banquette, Timon agrippa le bras du conducteur.

— Oh là ! Tiens la barre, cap'taine !

Stavros évita de justesse une méchante embardée. Mais il ne cessa pas pour autant de palper sa voisine, la main gauche soudée au volant. Au travers de son pantalon, Tiana nota l'effet qu'elle lui faisait, et lui lança un regard de diablesse.

— Je vais m'occuper de toi, dit-elle, la voix pleine de sollicitude.

Elle lui ouvrit la braguette en souriant, et plongea sa tête sous son ventre. Antely, qui les observait du coin de l'œil, se demanda si c'était la fille ou la situation qui faisait cet effet au Grec. Plus pragmatique, Timon caressait la croupe de Tiana, l'air de rien. Elle se retourna et dégagea sa main. Le Vezo croisa les bras, l'air boudeur. La jeune femme éclata de rire, puis se remit à l'ouvrage.

— Ouais, c'est ça, l'encouragea Stavros en donnant des coups de volant à droite et à gauche.

— Ça tangue dans ce rafiot ! rouspéta son associé.

Dans la minute qui suivit, le véhicule parvint à la fin de la piste. Stavros vira sur les chapeaux de roues, aborda l'asphalte de la nationale, et prit la direction d'Ilakak', pied au plancher. Dans la ligne droite, il cramponna sa gourde remplie de rhum et la positionna à la verticale au-dessus de la bouche. Rien. Plus une goutte. Il lança un regard irrité à son acolyte.

— Tu t'es tapé la bouteille à toi tout seul !

Timon gardait les yeux sur la ligne d'horizon.

— Faut bien que je m'occupe. Je n'ai rien à faire.

— Profite du paysage, ricana Stavros.

Dégoûté, l'ancien marin se détourna et aperçut une borne kilométrique. Il rapprocha sa bouche de l'oreille du conducteur.

— On se rapproche du contrôle routier d'Ilakak'. Faudrait peut-être penser à lever le pied.

Stavros lui décocha un méchant regard.

— C'est moi qui conduis. J'ai pas d'ordre à recevoir !

Timon eut un petit geste d'impuissance et se rencogna sur son siège. Les dents serrées, Stavros appuya sur l'accélérateur et fila à tombeau ouvert sur le long ruban bitumeux de la nationale 7. Deux minutes ne s'étaient pas écoulées que des ombres surgirent dans le double faisceau des phares. Des silhouettes armées au milieu de la chaussée.

— Encore des embrouilles, sentit Antely.

La fille leva la tête. Stavros lui appuya sur le crâne.

— Ne t'arrête surtout pas, ma petite !

— Les gendarmes bloquent la route ! s'exclama le vieux qui n'en menait pas large.

Stavros tapa sur son volant, surexcité.

— Putain, pas maintenant, enragea-t-il.

Tiana redoubla d'efforts.

— Faudrait ralentir, s'inquiéta le Vezo.

— Ça vient ! gueula Stavros, les yeux dilatés et brillants.

Au niveau du barrage, les hommes en treillis regardaient le véhicule foncer vers eux avec de plus en plus de doutes. Quand ils comprirent que l'engin ne ralentirait pas, ils le mirent en joue.

Antely jeta un regard terrifié au conducteur du Dangel.

— Ils vont nous tirer dessus !

Soudain, ébranlé par un cataclysme intérieur, Stavros lâcha un geignement, terminé par un grognement de satisfaction. Tous les yeux à l'intérieur de la cabine convergèrent vers Tiana, qui se redressait avec un petit air satisfait. Dans la foulée, une détonation déchira l'air. Les passagers se couchèrent instinctivement. Dans son inconscience béate, Stavros ne s'aperçut de rien. Hébété, il continuait à tapoter de sa main libre les fesses de sa copine. Il baignait dans un contentement ineffable, et eut un regard absent quand Timon lui secoua l'épaule, l'air désespéré.

— T'es dingue ou quoi ! Freine !

Pour éviter le barrage, Stavros donna au dernier moment un violent coup de volant sur la droite. Il se mit à rigoler comme un dingue, leva le bras par la fenêtre ouverte, et fit un geste obscène aux hommes de troupe. Le pick-up sortit de la route. Les roues de devant rebondirent sur le talus. Le Dangel se cabra et plaqua ses passagers contre leur dossier. Il y eut un énorme bruit de ferraille. La carrosserie parut se disloquer. Antely se retourna, la bouche pendante. Un morceau du pare-chocs rebondissait derrière dans la poussière. Le véhicule lancé à toute vitesse fonça droit sur un mur de cactus raquettes. Les larges cladodes aplatis explosèrent sur le pare-brise, privant son conducteur de toute visibilité. Après le choc, la roue de droite se déporta dans une profonde ornière. Le pick-up faillit capoter. Les phares plongèrent, et tout le châssis frotta sur le sol. Timon se mit à hurler de plus belle :

— Redresse, bordel !

Stavros secoua la tête.

— Trop bourré ! Pas de contrôle.

— Ah, ça c'est pas bon, souffla Timon en soudant vigoureusement ses mains au volant, près de celles du conducteur.

Les quatre mains ne tirèrent pas dans le même sens. Le Dangel se mit à chalouper au travers des turbulences. Un coup de volant plus important sur la gauche aligna soudain le véhicule dans la trajectoire du tronc massif d'un baobab. Les passagers sentirent leur nuque se geler. Stavros enfonça la pédale de frein avec force pour ne pas le percuter.

Tout s'arrêta enfin, dans un énorme nuage de poussière, à quelques centimètres du baobab en forme de bouteille. Les passagers relevèrent la tête, tout étonnés d'être encore en vie.

Un gendarme arriva derrière en courant, muni d'un fusil automatique. Stavros posa son regard sur ses voisins, et prit un air sérieux.

— On s'excuse, et on décampe.

Le béret noir braqua sa lampe torche à l'intérieur de la cabine, et tira vivement Stavros par la manche en le menaçant de son arme.

— Descendez les mains en l'air ! cria-t-il en ouvrant la portière.

L'aventurier aux larges épaules céda. En descendant du véhicule, il esquissa une grimace de petit garçon surpris à voler des fruits dans un manguier.

— Je ne vous ai pas vus, argumenta-t-il, l'air vaseux. Il faisait trop noir !

Antely roulait des yeux affolés. Tiana le poussa pour sortir du côté opposé au conducteur. Dans la confusion, ils en profitèrent pour ficher le camp en catimini. Le gendarme agrippa le bras du Vezo avec une fermeté superflue.

— Doucement, les gars ! s'énerva Timon.

— On va vous foutre au trou pour un bon moment ! répondit l'homme de troupe, sans relâcher son étreinte.

Devant la cabine du pick-up, le Grec bomba le torse, défiant l'homme armé qui lui faisait face.

— Comment ça ? On a rien fait de mal !

Deux autres types en uniformes déferlèrent dans son dos, kalachnikov à la main, les bouches éructant des menaces. L'un d'eux lui percuta le dos avec la crosse de son fusil et l'envoya à terre. Stavros se retrouva à plat ventre, et le gendarme lui assena un grand coup de pied dans les côtes. Timon demanda à son compagnon de ne pas riposter. Un gendarme releva le Grec d'une poigne de fer, puis les deux mineurs furent encadrés afin d'être conduits au poste. En partant, Stavros se tourna une dernière fois vers son Dangel, l'air triste, ses yeux prenant congé de son véhicule, et de la liberté.

*
* *

La « pissotière » avait été érigée à moins d'un jet de pierre du poste de gendarmerie. Son usage était uniquement réservé aux militaires d'Ilakak'. Cette étroite cabane en planches, légèrement penchée, disposait d'une grosse serrure métallique. Un luxe rudement pratique lorsqu'il s'agissait d'enfermer des prisonniers durant une garde à vue. Il était même possible de maintenir trois ou quatre types à l'intérieur à condition qu'ils restent debout, et que la durée du séjour soit raisonnable. Cette nuit-là, Stavros et Timon eurent la chance d'être les seuls pensionnaires. Recroquevillés contre la porte, les deux mineurs étaient menottés l'un à l'autre.

Timon releva un instant son visage défait, puis sa tête retomba au creux de ses mains. Il ne cessait de se lamenter et d'envisager les conséquences angoissantes de leur arrestation.

— Tu te fais du mauvais sang ! souffla Stavros en secouant la tête.

— T'es marrant, toi, rétorqua le Vezo, accablé. Tu ne sais pas ce que c'est de pourrir en taule.

Stavros distinguait à présent le blanc des yeux écarquillés de son compagnon.

— Tu ne sais pas de quoi sont capables les gardiens de prison, reprit Timon. T'auras beau gueuler, tendre la main, tu seras coupé du monde, comme un pêcheur qui tombe à la mer pendant la nuit. Tu ne pourras rien faire d'autre que de rester là, à attendre de disparaître au fond.

Le Vezo remua sa main dans un bruit de chaîne.

— Et cette ferraille autour des poignets et des chevilles, toute la journée. La bouffe dégueulasse, les nuits à dormir par terre dans la pisse des autres, avec des rats grands comme l'avant-bras, qui te rongent le cul.

La joue collée à la porte, Timon sombra dans un silence morose. Stavros observa un moment son compagnon d'infortune, sans savoir quoi lui dire. Il savait que le marin ne pourrait vivre privé de liberté, et qu'il sombrerait dans la folie. Stavros connaissait par cœur sa vie, passée à naviguer sur l'eau claire des lagons, avec pour seul maître l'alizée du sud soufflant dans la voile. Il baissa la tête un instant, essayant d'imaginer lui aussi ce que pouvait être la vie dans une prison de la grande île, dans ce genre de cloaque surpeuplé datant d'avant l'indépendance. Avec son front, il donna de légers coups sur la cloison, pour chasser les images qui s'étaient formées dans son esprit.

— T'as raison, on va se tirer d'ici !

Éberlué, le Vezo le dévisagea.

— Qu'est-ce que tu racontes ?

— On va se tirer, répéta Stavros, déterminé.

— Ça... Ça ne marchera pas, bégaya son compagnon.

Stavros empoigna l'épaule du marin.

— Ça va marcher ! se hâta-t-il de répliquer. Mais à condition d'agir maintenant. Tu veux rester ici, toi ? Attendre docilement que l'on te jette dans une cellule, sans être jugé ?

Le Vezo n'eut aucune réaction. Stavros le secoua avec force.

— Tu ne veux pas revoir la mer ?

— *Vezo nenga-daka, tsy misy raha vitany*[1], approuva Timon.

— Ouais, mon gars. Il faut s'échapper d'ici. On ne peut pas rester à se morfondre au fond de ce trou. De l'espace, de la liberté, sinon la vie n'en vaut pas la peine.

Le Vezo scruta intensément son compagnon. Stavros avait une voix profonde qui vous emportait. C'était comme si le marin entendait mugir l'océan de très loin. La détresse disparut soudain de son visage. Il sentait l'appel du grand large, irrésistible.

---

1. « Un Vezo sans pirogue ne peut rien faire. »

— Oui, je suis vezo ! Je suis un homme libre. Personne ne peut m'empêcher de naviguer. C'est moi le meilleur des piroguiers de la côte ouest.

— T'es le meilleur marin du pays, renchérit Stavros.

Le Vezo ne l'écoutait plus. Son esprit voguait à bord d'une grande pirogue qui traçait un sillage argenté dans le lagon, jusqu'à la barrière de corail. Il vit la proue de son embarcation s'aligner pour le passage de la barre, puis retomber après la vague dans un bouillonnement d'écume. Il rêvait tandis que Stavros débitait ses arguments.

Tout d'un coup, Timon fixa son compagnon et le coupa d'une voix cinglante :

— T'as raison, le Grec, faut mettre les voiles !

Stavros resta un court instant la bouche ouverte, puis esquissa un large sourire.

— Alors, tu me suis ?

— J'te suis, confirma le marin.

— Je savais que je pouvais compter sur toi !

— Mais comment va-t-on faire pour sortir d'ici ? demanda le Vezo dans un éclair de lucidité.

Avec des gestes précautionneux, Stavros tapota la cloison du doigt à différents endroits, tentant d'estimer l'épaisseur des matériaux et d'éprouver la solidité des planches. En procédant à cette inspection minutieuse, il comprit rapidement que les latrines avaient été construites à la hâte. Des lattes de bois retenues seulement par une traverse mal clouée. L'obstacle était loin d'être insurmontable. Satisfait, il se tourna vers son compagnon.

— Bon, très bien, alors écoute-moi ! Ce n'est pas plus difficile de s'attaquer à cette porte qu'à du carton. On donne tous les deux un bon coup d'épaule en même temps. Et je te certifie que rien ne résistera. Mais on n'a le droit qu'à un essai.

— T'es complètement cinglé, souffla le Vezo.

— Je te dis que le plus dingue est de moisir ici, sans rien tenter.

Le marin se frotta les yeux.

— Ça va faire un boucan d'enfer ! murmura-t-il en pensant soudain au gardien assis à l'extérieur.

— Tu sais comme moi qu'il n'y a qu'un seul homme de garde. Avec le raffut que nous allons faire, il va se payer une belle frayeur. Crois-moi, il ne prendra pas le risque de se mettre en travers de notre chemin. Et il n'aura même pas le temps de charger son fusil.

— Tu ne veux pas attendre demain soir ? demanda Timon avec une expression sceptique.

— Non ! Imagine que demain on nous transfère dans un poste mieux gardé.

— Et même si l'on parvient à s'enfuir… Qu'est-ce qu'on fait une fois dehors ? Ils vont tous être à nos trousses.

— Juste une poignée d'hommes sur Ilakak', et dispersés dans les villages environnants. Ils sont isolés les uns des autres, sans moyen de communication.

— Mais demain ?

— Demain, on sera loin.

Timon fronça les sourcils.

— Et qu'est-ce qu'on fera en cavale ? demanda-t-il, de plus en plus nerveux.

— On ira se planquer chez les Mikeas[1], répondit Stavros, avec l'évasion pour seule idée en tête.

Le Vezo opina, prenant l'information au premier degré.

— Et plus tard, on rejoindra la côte, dit-il, les yeux emplis d'espoir.

— Je rachèterai un boutre, et on naviguera jusqu'à Zanzibar, confirma Stavros.

Un rire rauque s'échappa de sa gorge comme pour mieux montrer son optimisme. Ses traits étaient déformés par les folles pensées traversant son esprit. C'était une sacrée bobine de cinglé, à la vérité ! Timon adorait contempler son ami dans cet état. Rien ne semblait pouvoir arrêter ce type bâti pour l'aventure. Avec lui, tout devenait possible. Timon recouvra le sourire.

Le Grec pensa alors qu'il était temps d'agir. Il épia un moment le silence, puis fit signe à son compagnon de se redresser.

Soudain, un bruit de serrure se fit entendre, et la porte s'ouvrit sur deux hommes en armes.

*

* *

Les bracelets des menottes libérèrent ses poignets dans un cliquetis métallique. Stavros

1. Mikeas : peuple du sud de Madagascar, vivant au milieu de la brousse, isolé volontairement des autres populations.

examina un instant les marques rouges sur sa peau, avec un air ahuri. Le gendarme placé dans son dos le propulsa vers une chaise. Face à lui, de l'autre côté d'une petite table de planches mal équarries, l'adjudant Bako lui jeta un regard maussade et blasé. Le regard d'un gendarme qui en avait vu de toutes les couleurs dans sa carrière.

— Asseyez-vous, lui ordonna-t-il d'une voix rude.

Le Grec obéit en râlant, et posa un regard morne sur un gendarme qui l'observait, le dos calé dans une encoignure de la cabane. Avec les litres d'alcool ingurgités et les heures passées accroupi dans la pissotière, Stavros n'était pas très frais. Les connexions de son cerveau s'établissaient difficilement. Il s'agita nerveusement sur sa chaise.

— Nous avons quelques questions à vous poser, dit Bako, en posant ses deux mains à plat sur la table.

Stavros prit un air petit air pincé qui ne lui allait pas du tout.

— J'y répondrais très volontiers, mais j'ai des affaires plus importantes à régler.

Le regard de l'adjudant se vrilla dans les yeux de Stavros. Il somma son prisonnier de se taire. Stavros serra les mâchoires et parvint à se contenir.

— Vous l'avez fouillé ? demanda l'adjudant à ses hommes.

Le militaire à face de brute qui se tenait derrière Stavros se mit au garde-à-vous.

— Oui, mon adjudant.

Bako le regarda, la tête rentrée dans les épaules, et s'impatienta.

— Et alors ? Qu'avait-il en sa possession ?

— Il avait ce machin dans la poche de son pantalon, répondit l'homme de troupe en exhibant une pierre en apparence difforme, mais où l'œil pouvait deviner une spirale régulièrement formée.

Il déposa du bout des doigts l'objet sur la table, et le poussa avec un certain dégoût sous le nez de son supérieur. Le sous-officier étudia un instant les circonvolutions de la pierre, puis lança un coup de menton au Grec pour qu'il s'explique.

— C'est un coprolithe, répondit Stavros d'une voix caverneuse.

— Un quoi ?

— Co-pro-lithe ! Un excrément fossilisé.

Un faisceau de regards se braqua sur Stavros.

— Une merde chiée aux temps préhistoriques, si vous préférez.

L'adjudant se pencha sur le fossile pour le renifler. Stavros grimaça un sourire et secoua la tête.

— Ça ne sent plus rien. Ce truc-là a bien plusieurs millions d'années !

— Qu'est-ce que vous faites avec ça ? interrogea l'adjudant, sans avoir envie de rire.

— Chaque soir, je le dépose au pied de mon lit. Comme ça, au réveil je pose le pied gauche dessus avant de commencer une nouvelle journée.

Les sourcils du militaire montèrent sur son front.

— C'est mon porte-bonheur, lança fièrement le mineur.

Un long soupir franchit les lèvres immobiles de l'adjudant.

— Ça vient de la mine ?

— Ici, à Ilakak', on vient plutôt pour les saphirs, objecta Stavros d'un ton acide.

Le prospecteur reçut une tape sur le derrière du crâne.

— C'est pas des façons de parler au chef, lui gueula dans l'oreille le gendarme resté dans son dos.

L'adjudant tendit la main pour signifier à son subordonné de se calmer, et montra qu'il voulait poursuivre la procédure.

— Où sont ses papiers ?

Le béret noir tendit des documents au-dessus de la table.

— Les papiers du véhicule, et les titres de sa concession à Ilakak'. Tout était dans la boîte à gants du pick-up.

Stavros regarda un moment l'adjudant éplucher la paperasse, et respira une grande bouffée d'air. Cette petite pièce le rendait claustrophobe.

— Un permis d'exploitation minier, constata l'adjudant. Il s'agit apparemment d'une autorisation temporaire, et limitée à l'utilisation d'équipements non mécanisés. Vous détenez également un laissez-passer pour les transferts de produits miniers. Tout me paraît être en règle.

Le gendarme, qui était resté immobile dans un coin de la pièce, se rapprocha et observa, par-dessus l'épaule de l'officier, tous les documents étalés. Après un hochement de tête, il se déplaça vers le fond de la cabane pour s'accroupir devant une énorme machine à écrire installée sur le lit, et glissa une feuille dans le rouleau.

— Nom et prénom ? demanda-t-il d'un ton coupant.

— Ioanis Stavros, marmonna le mineur, l'air bourru.

Le gendarme s'interrompit, les mains levées au-dessus du clavier. L'adjudant porta sa main à son oreille pour signifier au mineur de répéter en parlant plus distinctement.

— I O A N I S STAVROS, répéta le Grec en articulant d'une voix plus sonore.

L'autre gendarme commença à marteler les touches de la machine à écrire, avec l'index d'une seule main. Les bruits des frappes sonnaient comme des coups de machette.

— Âge ? continua la voix, impitoyable.

— Cinquante et un ans.

— Profession ?

L'homme aux cheveux blonds arbora un fier sourire.

— Vous n'aurez pas assez d'encre !

L'adjudant pianota sur la table du bout des doigts.

— Vous n'êtes qu'un marginal ! dit-il, méprisant.

L'espace d'un instant, Stavros garda un visage hermétique.

— Alors vous n'avez qu'à mettre prospecteur de saphirs, répliqua-t-il entre ses dents.

— Bon, vous allez nous en dire un peu plus sur vous, demanda l'adjudant.

— Qu'est-ce que vous voulez savoir ?

— Tout. D'où venez-vous ? Avez-vous de la famille dans le pays ? ajouta-t-il d'une voix soudain plus tendue et pressante.

— Ben, vous voyez bien que je suis né ici. C'est marqué sur cette putain de carte, dit Stavros en désignant du menton sa pièce d'identité sur la table.

Le sang monta à la tête du gendarme. Il se leva d'un coup de reins. Ses yeux imprégnés de haine. Sa bouche s'ouvrit, énorme, et Stavros vit luire ses canines.

Le gendarme voulait en savoir plus. Il voulait des détails.

— Si vous voulez éviter le trou, va falloir parler ! rugit-il.

L'adjudant Bako parlait comme s'il enfonçait un coin de métal dans son crâne.

— C'est bon, souffla Stavros. De toute façon, je n'ai rien à cacher.

Un silence s'installa, puis Stavros poursuivit en changeant sa voix coléreuse en une modulation rauque et fatiguée.

— Je suis d'Ankavandra, près du Bongolava. Mes grands-parents grecs ont eu la grande idée de s'y installer après la Seconde Guerre mondiale. Ils avaient acheté pas mal de terres pour y cultiver du tabac et du coton, et avaient fait bâtir des magasins, des entrepôts. La famille y a prospéré jusqu'à la décolonisation.

Stavros marqua une pause avant de reprendre :

— Ils ont presque tout perdu durant le régime de Ratsiraka. Ils n'ont eu d'autre choix que de devenir épiciers. Et moi, je suis né dans la boutique.

Mais j'ai très vite compris que rester derrière un comptoir à attendre des clients toute la journée, ce n'était pas mon truc.

Le visage du Grec s'éclaira soudain.

— Dès que j'ai pu me tenir sur mes deux jambes, j'ai passé mes journées en brousse, sur les berges du grand fleuve Manambolo. Mes parents n'arrêtaient pas de me chercher. Et puis un jour, après une énième rouste de mon paternel, j'ai quitté la maison familiale. Je n'y suis jamais revenu.

Devant les yeux du Grec défilaient les images du passé.

— Je suis devenu tailleur de pierre, dans l'Itremo. Après j'ai enchaîné des tas d'activités : mécano à Antsirabe; conducteur de taxi-brousse; guide de chasse pour les fonctionnaires français de Tana. J'ai même travaillé dans une fonderie d'aluminium sur les hauts plateaux. Et ces dernières années, je faisais du transport de marchandises dans le canal du Mozambique, de Tulear à Nosy Be. J'avais acheté un boutre arabe, avec mon pote le Vezo.

L'adjudant Bako savoura son contentement. Il posa les deux mains à plat sur la table.

— En somme, un parcours balisé par une multitude de métiers, sans véritable rapport les uns avec les autres.

Le Grec lui retourna un regard glacial. Les traits de sa figure semblaient avoir pris la dureté d'un bloc de granit. La voix de l'adjudant se fit alors plus provocante.

— En tout cas, depuis votre arrivée, on a beaucoup entendu parler de vous à Ilakak'. Vous avez participé à de nombreuses rixes dans des bars et des boîtes de nuit.

— C'est vrai que de temps en temps, j'aime bien démolir quelques portraits. Mais rien de méchant ! souligna Stavros en haussant ses lourdes épaules.

L'autre gendarme décida de pousser le mineur un peu plus dans ses retranchements. Il abandonna la machine à écrire, s'approcha, et posa ses mains sur le rebord de la table, faisant comprendre à son supérieur qu'il désirait intervenir. L'adjudant Bako agréa d'un geste de la main, se laissant aller contre le dossier de sa chaise.

— Jusqu'à présent, on ne relève effectivement aucun délit grave. Mais peut-être que le saphir est en train de vous faire tourner la tête, suggéra-t-il sur le même ton inquisiteur que l'adjudant.

— On me reproche quoi exactement ?

— Vous êtes devenu incontrôlable ! articula l'adjudant. Enfin, c'est quoi votre problème à tous les deux ? Oui, je parle aussi de votre grand copain, le fameux Timon… Vous croyez que tout est permis dans ce pays, ou quoi ? On a beau être à Ilakak', il y a des lois à respecter.

Stavros sortit soudain de sa léthargie.

— Mais qu'est-ce que vous avez contre moi ? J'ai bien fait quelques bêtises, mais jamais rien d'illégal.

— Ha ! Parce que conduire un véhicule en état d'ivresse, et narguer les forces de l'ordre, ce n'est pas illégal ? Et foncer sur des gendarmes à un contrôle routier, ce n'est peut-être pas illégal non plus ?

Bako se redressa, le front plissé d'exaspération, en le désignant de l'index.

— Vous êtes un type dangereux ! Et j'en ai plus qu'assez de votre cirque, monsieur Ioanis. Je vous confisque votre véhicule. Il en va de la sécurité de la population de cette ville.

— Vous ne pouvez pas me faire ça ! se rebiffa le mineur.

— Je place votre pick-up sous scellés, prévint le sous-officier en lui secouant le porte-clefs sous le nez. Disons qu'il constitue un gage de votre bonne conduite à Ilakak'.

Soudain Stavros comprit qu'il n'avait pas le choix. Le gendarme lui avait imposé une condition à sa liberté. Et rien sur le visage de Bako n'indiquait qu'il fût prêt à céder d'un pouce. Le mineur se cala en arrière contre le dossier de sa chaise, visiblement atteint. Bako se pencha vers lui, ses larges mains appuyées sur le rebord de la table.

— Une dernière chose. J'ai appris qu'il y a deux jours, vous aviez embauché un jeune type.

Stavros releva brusquement le visage, sans pouvoir cacher sa surprise.

— Que savez-vous de ce type que vous avez engagé pour creuser ? demanda le gendarme.

— Ce que je sais de lui ?

— Oui, Ioanis ! Comment s'est-il présenté ?

— Ce n'est pas dans mes habitudes de demander un curriculum vitae, ni de faire passer un entretien d'embauche.

Les yeux étrécis de l'adjudant renvoyèrent un éclat féroce. Stavros se caressa la joue, soudain embarrassé. Sa barbe naissante crissa sous sa paume. Le Grec avait compris que quelque chose lui avait échappé. Après un long silence, l'adjudant le pointa de nouveau du doigt.

— Toi et ton pote, je peux vous garantir qu'à partir d'aujourd'hui, on ne vous lâche plus d'une semelle.

Stavros soutint calmement son regard, mais sa pomme d'Adam tressauta nerveusement. Pour la première fois depuis longtemps, il se faisait du souci pour l'avenir.

*

* *

— Antely n'est pas venu ce matin ? demanda Monza à son patron.

— Non, répondit Stavros, la voix en berne.

Même si Monza n'était pas au courant de son bref passage au poste de gendarmerie, il sentit aussitôt que l'aventurier n'allait pas bien. Le policier l'observait tandis qu'il s'énervait, penché sur sa motopompe, une clef anglaise à la main. Ses gestes étaient saccadés et violents.

— Le vieux ne viendra plus ? risqua une nouvelle fois Monza.

Stavros se passa la main sur le visage, essayant de tempérer sa mauvaise humeur. La perte de son véhicule avait déjà été un coup dur. L'absence d'Antely constituait une tuile supplémentaire qui allait, à n'en pas douter, freiner le travail dans la mine.

— Je pense qu'il était trop malade pour continuer, dit Stavros sur un ton un peu las.

Le Grec se releva en prenant une grande inspiration.

— C'est Timon qui va être content. Il ne voulait plus le voir traîner dans le coin. Mais, en ce qui me concerne, le vieux bonhomme va me manquer. C'est vrai qu'il nous filait un sacré coup de main.

Monza fronça les sourcils.

— Qu'est-ce qu'il a, exactement ?

— Tout ce que je sais, c'est qu'il tousse du sang. Et ces dernières semaines, il a perdu du poids à vue d'œil. Ce n'est vraiment pas bon signe !

— Antely a encore toute une famille à charge, commenta Monza. Ça doit être terrible pour lui de ne plus venir travailler.

Un léger sourire se dessina sur le visage de Stavros.

— Cela fait un joli moment que ce vieux bouc n'a plus personne dans sa vie, que ce soit de la famille ou même des amis. Je pense que nous étions son dernier lien avec l'humanité.

Les yeux de Monza s'agrandirent de surprise.

— Il vivait tout seul ?

Le Grec se gratta derrière la nuque avec sa clef anglaise.

— Quand je l'ai ramassé à la gare routière d'Ilakak', le vieux était pareil à un chien abandonné au bord d'une route. Pourtant, ce type est du coin. Il est né à Kiliabo. Je peux même te dire qu'il a passé la plus grande partie de sa vie dans son village natal. Mais voilà, quand je l'ai rencontré, le vieux ne semblait plus espérer d'aide de qui que ce soit. Le pauvre était déjà dans un sale état ! Je ne sais pas ce qui m'a pris ce jour-là. Il ne m'avait rien demandé, mais sa bobine m'a plu. Alors je l'ai fait monter à l'arrière du pick-up.

L'aventurier fixa Monza avec un regard perçant.

— Je devrais faire un peu plus attention aux types que je recrute, conclut-il d'une voix grave et traînante.

Toujours sous le coup de la révélation concernant Antely, le policier ne prêta aucune attention à la remarque du Grec. Son cerveau se bornait à analyser ce qu'il venait d'apprendre sur le vieux mineur. Le policier n'en revenait pas : Antely lui aurait raconté des histoires ? Il lui fallut quelques secondes pour se reprendre.

— Et comment va-t-il faire pour se soigner? demanda-t-il d'une voix creuse.

Le regard de Stavros s'obscurcit encore. Après une rapide inspection de ses poches, il sortit un rouleau de billets de banque entouré par un élastique, et vint se planter devant son employé.

— File-lui ça ! Ou plutôt, débrouille-toi pour lui acheter des médicaments.

Le regard du policier se riva sur l'argent que lui tendait son patron. Il devait bien y avoir l'équivalent de deux mois de salaire d'un fonctionnaire. Comme il n'esquissait aucun geste, le Grec s'impatienta.

— Allez, prends-les ! Et va le retrouver. Je ne comprends pas où il a bien pu filer, cet imbécile. D'habitude, il ne quitte jamais la mine, même pour dormir !

Au moment de tourner les talons, Monza sentit la main de Stavros qui l'agrippait.

— Il y a aussi l'argent que je te devais pour les deux journées de travail. Pas la peine de revenir demain.

Monza ouvrit sa main, observa à nouveau les billets roulés qu'elle contenait, puis il releva la tête. Les yeux des deux hommes se fixèrent, soudés l'un à l'autre sans qu'aucun des deux ne fléchisse. Le message était clair : Stavros ne voulait plus le revoir.

Même si cela l'arrangeait, Monza aurait bien voulu connaître les raisons exactes qui poussaient Stavros à se débarrasser de lui. Le policier eut soudain l'intuition que son patron avait appris quelque chose, et qu'il se méfiait. Il tourna les talons et prit la direction de la ville avec tout un tas de questions qui tournaient dans son cerveau : des questions sur son renvoi, et d'autres qu'il brûlait d'envie de poser à Antely.

Arrivé en ville, Monza remonta la nationale 7, et entra systématiquement dans chaque boutique pour dénicher des médicaments. La matinée se passa à inspecter des rayons, à fouiller dans des stocks et à interroger des commerçants. L'heure de midi arriva en un rien de temps. Mais comme il n'avait pas trouvé de produits pharmaceutiques, le policier se mit en quête d'un dispensaire dont il avait appris l'existence auprès d'un vendeur. La tâche s'avéra tout aussi compliquée. Monza perdit encore une heure à chercher le petit dispensaire d'Ilakak'. Finalement, un gamin des rues le conduisit jusqu'à une petite construction en bois, semblable aux mille autres qui l'entouraient. Soulagé, Monza lui glissa un billet dans la main et s'engagea immédiatement dans l'entrée du modeste local.

D'un coup, le policier fut submergé par une envie de faire demi-tour. Il faisait une chaleur de four à l'intérieur de cette bicoque insalubre d'environ vingt-cinq mètres carrés et démunie de tout mobilier adéquat. Au premier regard, on comprenait que les conditions d'hygiène ne pouvaient pas y être respectées : le genre d'endroit où l'on n'avait pas envie de se déclarer malade, même si les soins prodigués étaient gratuits. Pourtant, l'unique pièce était bondée d'indigents attendant stoïquement une aide. Il y avait des mineurs salement estropiés, mais aussi un groupe de femmes assises autour de bébés qui braillaient. L'un des enfants avait une énorme plaie purulente à la tête, que la mère essayait en vain de protéger des mouches. En temps normal, Monza aurait été frappé par toute cette misère. Mais les journées passées à errer dans Ilakak' l'avaient accoutumé à ce triste spectacle. Il repéra aussitôt la personne à laquelle il pouvait s'adresser. Derrière une imposante malle en aluminium, un type était avachi dans un siège automobile en cuir rouge, calé contre le mur : un trentenaire long et maigre, dont la gravité du visage était accentuée par une bouche à l'expression maussade. Il portait de petites lunettes rondes, à la monture rafistolée par du ruban adhésif. Ses longs doigts jouaient avec la mousse jaune qui dépassait du coussin éventré de son surprenant fauteuil.

Monza resta dans l'encadrement de la porte pour le saluer. Le type de l'accueil étira ses membres démesurés et lui rendit son bonjour en l'invitant à avancer.

— Je viens chercher des médicaments, annonça Monza en se frayant un passage.

Le type le toisa au-dessus de ses verres.

— C'est vous, le malade ?

— Non, c'est pour un vieux mineur.

— Les patients doivent se présenter au dispensaire afin d'être examinés. Les médicaments ne sont distribués qu'après la consultation. Le toubib sera ici à partir de 14 heures, s'il est en mesure d'effectuer le déplacement.

— Et vous… vous n'êtes pas médecin ?

Le type secoua la main devant son nez. Sa bouche eut un pli amer.

— Je suis seulement éducateur sanitaire.

Devant la surprise de Monza, l'homme désigna du doigt une affiche accrochée dans son dos.

— Mon travail consiste surtout à informer, précisa-t-il.

Monza lorgna les affiches colorées sur l'hygiène et les maladies sexuellement transmissibles.

— Il y a tellement de choses à faire ici. Oh, bien sûr, le plus pressant serait de construire des latrines autour des mines. La situation est telle que les mineurs défèquent un peu partout.

Monza se raidit.

— On trouve de la merde partout, reprit l'éducateur. Allez jeter un œil le long des sentiers qui mènent à la rivière ! J'essaye de leur expliquer que cela ne va pas du tout. J'ai fait le tour des exploitations minières, et je leur ai demandé de creuser des latrines avec des couvercles. Ce n'est pourtant pas compliqué ! Mais tout le monde s'en fiche. Et vous comprenez bien que je ne suis ni policier ni gendarme. Alors...

L'éducateur eut un petit geste de dépit avec la main. Monza ne fit aucun commentaire. Le policier attendait tranquillement que son interlocuteur s'essouffle.

— C'est comme cet endroit, enchaîna le type sur son fauteuil rouge. Les malades ne peuvent même pas y être accueillis, ne serait-ce qu'une nuit. Il nous faudrait aussi une pièce spécifique pour examiner les patients, un groupe électrogène avec un réfrigérateur pour conserver des vaccins.

Devant la mine fermée de son visiteur, l'éducateur soupira, et posa ses deux pieds sur le coffre en aluminium. Les semelles de ses longues chaussures effilées semblaient avoir effectué plusieurs fois le tour de Madagascar.

— Qu'est-ce qu'il a, le vieux ?

Monza haussa les épaules, puis essuya son front qui dégoulinait de sueur.

— Il n'arrête pas d'éternuer. Je crois même qu'il tousse du sang.

— Une toux chronique et des émissions de sang. La tuberculose, à tous les coups. Les principaux symptômes de la forme pulmonaire. La maladie des pauvres gens. Si ça continue comme ça, vous verrez que la peste va refaire son apparition dans ce pays. Avec un médecin pour trente-cinq mille habitants, on va vers la catastrophe, c'est moi qui vous le dis !

L'éducateur remonta nerveusement ses lunettes sur son nez et fixa Monza.

— À titre de comparaison, savez-vous combien il y a de médecins par habitant en Suisse ?

— Il lui faudrait quelque chose qui l'aide à tenir, tenta Monza qui commençait à étouffer de chaleur.

L'homme soupira et posa son index sur le couvercle de la malle.

— Vous comprenez bien qu'il m'est impossible de distribuer des médicaments sans l'accord du médecin.

— Quelque chose pour qu'il puisse au moins se déplacer jusqu'à la clinique de Tulear, plaida le policier.

L'éducateur secoua la tête.

— Ce n'est pas la meilleure chose à faire ! L'évacuation du malade est toujours choisie en dernier recours. Vous vous rendez compte que cela implique un voyage en taxi-brousse, à se faire secouer dans tous les sens. Ça peut entraîner l'aggravation, voire le décès du malade.

Il reprit sa position, les jambes étendues sur la pharmacie, les mains croisées sur le ventre.

— Non, je vous l'assure, le mieux est de revenir cet après-midi avec la personne malade. Essayez d'arriver suffisamment en avance pour obtenir une consultation dans la journée. Une fois que le diagnostic sera établi, vous pourrez prendre les décisions nécessaires. Si c'est la tuberculose, et si la maladie est prise à temps, le vieux a une chance de s'en sortir. Mais il faut savoir que cela reste assez contraignant. Dans le pays, on utilise un vieux traitement qui dure plus de huit mois, et qui nécessite une aide médicale quotidienne.

Monza acquiesça et le salua avant de pivoter sur ses talons. Une question de l'éducateur le cueillit avant le perron :

— Vous êtes en contact direct avec le malade ?

— Pourquoi ?

L'éducateur le scruta à travers les verres de ses lunettes.

— Les éternuements, et même simplement le fait de parler, peuvent libérer des bactéries dans l'air ambiant. Les personnes qui respirent cet air peuvent à leur tour tomber malades. Une contagion est plus susceptible de survenir chez les gens qui vivent sous le même toit que la personne infectée.

Monza sortit du dispensaire. Il n'avait pas envie d'en entendre davantage.

*

* *

L'hôtel Vatosoa était vide. Le restaurant n'avait pas encore accueilli les nombreux clients des taxis-brousse qui faisaient un arrêt traditionnel pour le déjeuner. Monza choisit une place, près d'une des fenêtres. Il s'assit, commanda un roumazave[1], puis alluma une cigarette, essayant de

1. Plat traditionnel de la cuisine malgache.

remonter le cours des événements qui s'étaient déroulés depuis son arrivée. De temps à autre, le passage d'un camion faisait vibrer toutes les vitres de la salle. Puis le fond sonore d'une chaîne compacte reprenait ses droits, avec un mélange de vieux tubes populaires de la grande île. Monza ne prêtait guère attention à la musique qui passait, mais soudain, il sentit que son état psychique correspondait exactement au morceau qui démarrait : un disque de D'Gary. Il reconnut le son prodigieux de sa guitare et la voix si particulière de sa choriste, qui produisait cette sublime polyphonie. C'était une musique ample et fluide, faite pour les grands espaces, mais qui pouvait aussi sonner très *blues*, avec ses accords ouverts.

Quand le serveur lui apporta son plat et une carafe d'eau, Monza regarda son assiette, et sut immédiatement qu'il aurait du mal à l'avaler. Son moral était très bas. Depuis la prise en main du dossier Kiliabo, les contrariétés n'avaient cessé de s'accumuler. Un profond malaise l'envahit. Il avait la sensation de ne rien avoir fait comme il le fallait.

La tête penchée au-dessus de son bouillon, l'image d'une mangrove inextricable se forma dans son esprit. Il avait l'impression de s'enfoncer dans un marécage entre les racines sombres et entremêlées des palétuviers. Ses idées semblaient s'y enliser. Monza expira profondément, regardant autour de lui pour essayer de faire le vide. Mais cette tentative laissa une place à une image beaucoup plus dangereuse : celle de Sahondra. Tel un oiseau venu de nulle part, elle était apparue dans son champ de vision. Les doigts du policier se mirent à tripoter nerveusement la cuillère posée sur la nappe. C'était idiot. Il avait passé l'âge des chagrins d'amour. Il s'en voulait vraiment, mais ne savait pas comment évacuer ses sentiments. Lui qui croyait s'être cuirassé contre ce genre de souffrances... Il n'aurait jamais pensé tomber un jour sur une fille qui puisse lui foutre une telle dérouillée. Ça passera avec le temps, pensa-t-il. Dans une semaine, je serai loin d'Ilakak' et de cette Sahondra. Je n'aurai plus l'occasion de la revoir. Un beau matin, je me lèverai et je n'y penserai plus. Point final. Il plongea sa cuillère dans le bouillon. Puis, à force de se martyriser la cervelle et de se pilonner le cœur, il finit par se sentir trop oppressé. Il se leva pour mettre fin à la crise, saisi d'une envie subite de prendre l'air. Il paya la note du repas qu'il n'avait pas touché et sortit du restaurant.

En remontant la nationale 7, Monza ressentit une solitude immense. La solitude d'un naufragé à l'autre bout du monde. Ilakak' était un endroit grouillant et plein de vitalité. Pourtant il se sentait abandonné et avait besoin de parler à quelqu'un. Le policier pensa alors à Tiana et à Mamabé. Ces deux femmes étaient bien les seules personnes avec lesquelles il avait un véritable lien dans cette ville. Il était temps pour lui de les retrouver.

Il rejoignit l'extrémité d'Ilakak' en deux minutes, et s'engagea dans la rue menant à la gare routière. C'était également le genre d'endroit pouvant achever un type qui n'avait pas le moral. Il acheta une cigarette à un vendeur ambulant, et se mit à fumer en fouillant les alentours d'un œil maussade. Une fourgonnette cacochyme passa devant lui dans un bruit de ferraille. La poussière projetée l'enveloppa d'un nuage suffocant. Le revers du col tiré sous son nez, le policier suivit un tireur de pousse[1] venu marauder à la lisière du parking des taxis. Des hommes et des femmes assis par terre, sous un soleil de plomb, attendaient patiemment le départ du prochain véhicule. Ils avaient rassemblé leurs bagages près d'un amas de planches surmonté d'une plaque de tôle ondulée qui servait de guichet à la compagnie de transport Cotrans. Parmi eux, fidèle à son poste, Mamabé avait installé son banc et ses bassines. En l'apercevant, elle lui lança un salut jovial.

— *Inona no vaovao*[2] ?

— J'ai mal au bide.

— T'as rien bouffé ?

— Non, ce n'est pas ça. J'ai plein de choses dans la tête, qui me sont retombées sur l'estomac.

Elle se gratta sous le menton, tentant d'imaginer comment des choses pouvaient se déplacer du cerveau vers le ventre. Il lui lança un regard amical. Puis il lui fit un récit complet de ce qui s'était passé, en partant du moment où il avait rencontré Stavros. Elle croisa ses bras sur sa panse rebondie en le dévisageant. Elle trouvait qu'il n'avait vraiment pas bonne mine.

— T'es sûr que tu ne me caches pas quelque chose ?

1. Le pousse ou pousse-pousse : à Madagascar, cette voiturette légère à deux roues, tirée par un homme, est une forme de transport encore présente dans de nombreuses villes.

2. « Quoi de neuf ? »

Monza soupira longuement.

— J'ai aussi fait une rencontre en brousse.

Son poing vissé contre sa hanche, la cantinière plongea son regard dans le sien.

— Tu t'es pourtant bien amusé l'autre soir avec la petite Tiana, dit-elle en clignant de l'œil.

Monza la dévisagea avec stupeur.

— Les nouvelles vont vite !

— Oh, tu sais, vantarde comme elle est ! Ça ne m'étonnerait pas que tout Ilakak' soit au courant qu'elle s'envoie en l'air avec un inspecteur.

Monza se passa la main dans les cheveux.

— Alors, c'est qui cette fille ? demanda Mamabé.

— Une rencontre sur la route de Bereketa. La fille d'une guérisseuse.

Mamabé eut une petite mimique désapprobatrice.

— Sahondra ?

La mâchoire de Monza faillit se décrocher. Mais la cantinière haussa une épaule, comme si la chose était évidente.

— Cette fille, suffit de la faire passer sous les yeux de n'importe quel type pour qu'un feu de brousse se déclare.

Monza traîna son regard sur le sol couvert de détritus, tira une dernière fois sur sa cigarette, l'esprit absorbé. Puis il jeta le fin cylindre de tabac à peine entamé, en réalisant qu'il fumait beaucoup trop depuis son arrivée à Ilakak'. L'imposante femme vint poser une main sur son épaule.

— Bah, t'en fais pas, l'amour, c'est comme un jeune plant de riz, on le replante ailleurs, et il repousse aussitôt !

Monza rumina un instant ces belles paroles. Mais il avait toujours cette pénible impression qu'un poids comprimait sa poitrine. Le policier s'enfonça dans un silence que la cantinière ne supporta pas longtemps.

— Ma parole, t'es tombé raide dingue de cette fille. Tu ferais mieux d'aller boire un coup et de ne plus retourner la voir.

— Oui, tu as raison, c'est fini, je ne mets plus les pieds en brousse.

— Évite aussi le casino !

Monza leva vers son amie des yeux interrogateurs.

— Pourquoi le casino ?

— Parce qu'elle bosse là-bas, mon mignon.

Le policier resta interdit. Pour lui, l'image qu'il s'était faite de cette fille, vivant au milieu de la brousse, ne collait pas du tout avec celle d'une employée d'établissement de jeu.

Perdu dans ses pensées, il se sentit soudain secoué par les épaules.

— Et ton enquête ? Qu'est-ce que t'en fais ? souffla Mamabé, à deux doigts de son visage.

Monza regarda la cantinière avec un air ahuri. Puis baissa la tête.

— Pour l'enquête, c'est foutu !

— Comment ça ?

Le policier se mit à compter sur ses doigts.

— Premièrement, j'ai écarté trop rapidement les conclusions des autorités d'Ilakak' ; deuzio, j'ai perdu mon temps à suivre une piste qui ne menait nulle part.

Il ferma son poing et se percuta plusieurs fois le front.

— Je n'arrête pas de merder ! poursuivit-il.

— C'est ce qu'on fait tous à Ilakak' ! À croire que cette putain de ville a un don particulier pour tout faire partir de travers ! Mais t'inquiète pas ! Toi, t'es juste de passage.

— Tu parles ! dit le policier d'un ton amer. Avec une affectation définitive à Ranohira, j'ai toutes les chances de revenir souvent bosser dans le coin.

Au moment où Monza plongeait son visage entre ses mains, la cantinière lui demanda à brûle-pourpoint :

— Mais, au fait... Pourquoi t'es devenu flic ?

Monza releva les yeux et dévisagea la cantinière. La question résonna dans sa tête, plus fort que les moteurs des camions démarrant autour d'eux. Il y eut une longue pause. Puis il inclina légèrement la tête sur le côté.

— J'ai toujours eu envie de servir à quelque chose. En devenant flic, je crois que je voulais surtout aider les victimes. Oui, c'est ça. C'était finalement la seule façon pour que je puisse être un peu satisfait de moi-même. Oh, je ne dis pas que je suis indispensable, que je fais un métier extraordinaire. Mais il faut bien trouver sa place, et je pense sincèrement que la mienne se trouve dans la police.

Il se détourna un instant, puis revint sur la cantinière.

— Mais pour être honnête, reprit-il, je m'imaginais plutôt travaillant dans une grande ville, comme Tananarive. Avec mes petites habitudes de citadin, je me voyais très bien dans la peau d'un flic de la capitale. Quelqu'un qui aurait une connaissance approfondie de chaque quartier. Un inspecteur de proximité en quelque sorte, capable de mettre un nom sur chaque visage, de connaître par cœur ses indics. Au lieu de cela, je me retrouve en pleine brousse, à bouffer de la poussière à longueur de journée. J'évolue dans un cadre qui me dépasse totalement, et où je n'ai aucun repère. Je passe mon temps à communiquer avec des gens que je ne comprends pas. J'ai l'impression parfois d'être complètement à côté de la plaque. Les problèmes de la campagne, les histoires de zébus, tout cela ne me parle pas. J'essaie bien de m'adapter, mais je sens vite que je ne suis pas à ma place.

Mamabé mâchouilla les paroles du policier, l'auriculaire gauche farfouillant dans son oreille.

— C'est vrai qu'en brousse, on tombe souvent sur de drôles de zigues ! Tiens, pas plus tard qu'hier, un type est venu boire le jus et m'a raconté qu'il était venu chercher du mercure dans la région. Mais attention, pas n'importe quel mercure. Non ! Du mercure rouge. Il prétendait que ça coulait à flots dans une caverne non loin d'ici, dans le massif de l'Isalo. Tu te rends compte ! Une fontaine de mercure rouge. Il voulait même en revendre aux Américains, parce que là-bas, ils se servent de ce truc pour fabriquer des armes, et qu'ils sont prêts à payer un million de dollars pour en obtenir un gramme.

Le policier se leva subitement de son banc.

— Dès mon retour à Ranohira, je fais une nouvelle demande d'affectation. C'est décidé, je vais tout faire pour rentrer à Tana.

— Ça fait plaisir de te voir reprendre le dessus ! souligna Mamabé.

Monza se tourna et braqua ses yeux sur la nationale qui traversait la ville, comme soudain absorbé par une pensée parasite. Après une hésitation, il adressa un bref salut à la cantinière.

— Je reviens dans un instant.

— Tu me quittes déjà ?

Le policier se figea. Il n'avait pas envie d'avouer à Mamabé son intention de faire un tour au casino.

— Une affaire à régler en ville.

La hâte qui avait percé dans sa voix sonna de manière suspecte. La cantinière ne fut pas longue à imaginer les intentions du policier. La bouche de travers, elle le regarda foncer tête baissée entre les véhicules stationnés près de la gare routière.

*
* *

Ilakak' était sur le point de devenir le plus gros gisement de saphirs du monde. Le site n'aurait jamais atteint cette envergure sans la présence des Thaïlandais et des Srilankais, spécialisés dans l'achat des pierres précieuses. Cette communauté étrangère constituait le véritable moteur financier de la ville. Si les Srilankais travaillaient pour la plupart à leur compte, les Thaïlandais étaient, eux, tous mandatés par de grosses sociétés établies à Bangkok. Dès leur arrivée, ces *businessmen* asiatiques cherchaient à s'associer à des hommes d'affaires malgaches : le but affiché était une installation légale dans le pays. Mais cette association permettait également de tisser un solide réseau, si possible connecté aux autorités locales, en cas d'ennuis. Ensuite, il suffisait d'attendre patiemment qu'un mineur un peu trop naïf se pointe, pour lui acheter un saphir au rabais, lequel serait ensuite revendu à l'étranger. Les marges réalisées attirèrent rapidement de très nombreux acheteurs. Le marché du corindon devint extrêmement concurrentiel, et les comptoirs où les mineurs venaient monnayer les pierres précieuses se multiplièrent.

L'unique route goudronnée d'Ìlakak' alignait à présent une succession de ces *shops*, pour la plupart protégées de grilles, qui alternaient avec de modestes boutiques proposant toutes le même capharnaüm d'outils et de récipients en plastique pour les prospecteurs.

Cette longue et triste série de baraques en planches s'interrompait devant le casino, un imposant bâtiment en maçonnerie dont les murs, peints en bleu azur, contrastaient outrageusement avec tout ce qui l'entourait.

Monza s'immobilisa devant cette gigantesque pièce montée de trois étages, agrémentée de balcons ouvragés. L'enseigne était enrichie de dessins de pierres précieuses. Le policier décolla son regard de la façade et franchit la porte d'entrée gardée par un vigile en treillis. Dans le hall tape-à-l'œil, derrière un grand bureau en bois de palissandre, un employé le salua en inclinant la tête, puis l'invita à s'avancer. Ses pieds foulèrent une moquette sombre et rêche jusqu'à la salle de jeu. L'endroit lui parut tout de suite très austère. Le casino était peu fréquenté à cette heure de la journée, et la salle n'était pas équipée de ces machines à sous donnant une touche de gaîté à ce type d'établissement. Monza promena un rapide regard circulaire. Les parois du salon, tapissées d'une feutrine de couleur verte, étaient constellées de photos noir et blanc. L'inspecteur s'attarda un instant sur quelques encadrés : des portraits et des paysages d'une qualité artistique évidente. Pas étonnant, puisque les clichés étaient signés de Pierrot Men ! Monza appréciait depuis toujours les reportages humanistes de ce grand photographe. Chacune de ses photos était une histoire à elle seule : l'histoire de gens simples ; des moments de vies interceptés par l'œil d'un poète. Le visage du policier esquissa un léger sourire. Il avait lui-même englouti ses premières payes dans l'achat d'un vieux Minolta argentique, et passait de longs dimanches à traîner en ville en quête d'images. Mais ses photos, même s'il en était très fier, n'avaient rien de comparable avec celles du maître de Fianarantsoa.

Monza se dirigea vers le centre de la pièce occupé par une table de jeu. Deux joueurs étaient accoudés face à la roulette. À leurs côtés, un croupier en uniforme supervisait avec gravité le déroulement de la partie. Monza les contourna et vint se placer dans le courant d'air d'un modeste ventilateur sur pied, qui émettait de désagréables frottements métalliques. Tout à coup, une hôtesse à face lunaire surgit devant lui, en le gratifiant d'une grimace qui se voulait être un sourire de bienvenue. Grassouillette et courte sur jambes, elle avait un air ridiculement emprunté dans son tailleur vert olive. Comme elle lui avait demandé s'il avait besoin de quelque chose, Monza jugea qu'il valait mieux lui annoncer tout de suite sa qualité de policier, plutôt que de feindre d'être un client. Il sortit sa carte d'inspecteur et la lui remit. Elle eut une expression embarrassée et le conduisit promptement vers un homme guindé qu'elle lui présenta comme étant le chef de salle. L'homme en costume sombre toisa l'inspecteur, désapprouva visiblement sa tenue en accentuant l'angle de son sourcil gauche. Au bout de quelques secondes qui parurent une éternité, il agita une main nerveuse pour chasser l'hôtesse, comme s'il balayait le devant de sa porte.

— Que pouvons-nous faire pour vous être utile ? demanda-t-il, les yeux rivés sur la plaque de l'inspecteur.

Monza se détourna pour observer les mouvements dans la salle, et répondit d'une voix sans timbre :

— Une simple visite de votre établissement.

L'homme en costume leva son poing gauche devant sa bouche.

— Il me serait plus facile de vous venir en aide si vous me précisiez l'objet de cette simple visite.

Monza se tourna vers lui et planta son regard dans le sien.

— J'aimerais m'entretenir avec les employés du casino.

Le chef de salle mit ses mains derrière son dos, et le gratifia d'un regard d'homme habitué à répondre aux caprices d'une clientèle exigeante.

— Puis-je vous demander pourquoi ?

— Juste quelques questions à leur poser. Des questions sur les mineurs qui fréquentent le casino.

L'homme en costume se raidit, et prit un air franchement contrarié.

— Dans ce cas, je vous demande seulement de faire preuve d'une certaine discrétion. Pour notre clientèle, rajouta-t-il à voix basse.

Monza eut envie d'ironiser sur la clientèle du casino, en regardant les deux seuls pelés qui étaient accrochés à la table de jeu. Mais la tenue vestimentaire de son vis-à-vis incitait à la courtoisie.

— Ne vous inquiétez pas. Je ne dérangerai personne, dit-il d'un ton conciliant.

L'homme en costume claqua des doigts, et le pot à tabac vert olive refit instantanément son apparition. Il glissa quelque chose à l'oreille de sa subordonnée. La jeune femme acquiesça et entraîna le policier vers la réception, devant laquelle elle fit volte-face. Elle entama alors une présentation des lieux, avec les mêmes gestes qu'un agent de piste guidant les manœuvres d'un avion sur le tarmac d'un aéroport.

— À votre gauche, vous trouverez un escalier vous permettant d'accéder aux toilettes et aux salles de jeu de l'étage. Au fond de la salle, la grande porte débouche sur la discothèque disposant d'une issue de secours.

Monza ne suivait pas. Il avait repéré l'endroit où l'on servait à boire. Il la remercia d'une profonde révérence et dirigea illico ses pas vers le comptoir.

L'employée qui tenait le bar avait un sourire désarmant. Mais ce n'était pas Sahondra. Le petit regard piquant qu'elle lui lança le mit tout de suite à l'aise. Pour la première fois depuis son entrée dans le casino, Monza ressentit une impression de bien-être. Il s'installa sur un vertigineux tabouret et demanda un grand verre d'eau fraîche. Elle lui remplit son verre au robinet, le posa sur le zinc et eut une mimique étonnée charmante.

— Vous ne voulez pas autre chose à boire ?

— Non merci, je me contenterai de cette eau, répondit Monza. Je ne prends pas d'alcool. Je suis en service.

Elle le dévisagea sans comprendre.

— Je suis policier, expliqua Monza sous l'impulsion du moment.

Le magnifique sourire de la serveuse s'évapora, pour ne laisser qu'un rictus crispé sur son visage. Elle jeta un coup d'œil autour de la salle comme pour chercher un appui. Monza regretta sa maladresse. Il joua un instant avec un sous-bock en carton, cherchant comment rétablir le dialogue. Puis il s'appliqua à employer la voix la plus douce de son répertoire.

— Peut-être pourriez-vous m'aider à trouver quelqu'un qui travaille ici.

— Je ne sais pas, répondit-elle du bout des lèvres, en saisissant un verre déjà essuyé. Le casino emploie beaucoup de monde. Je ne connais pas tout le personnel.

— Elle s'appelle Sahondra. On m'a dit qu'elle travaillait ici, comme serveuse.

Monza effleura d'un coup d'œil les courbes généreuses de son buste.

— Une jolie fille comme vous, poursuivit-il en posant ses coudes sur le comptoir.

La remarque parut désarçonner la jeune femme. Elle dut faire un effort pour se reprendre.

— Je n'ai pas le droit de causer avec les clients, dit-elle d'une voix chevrotante.

La jeune femme se mit à briquer le même verre avec zèle. Monza but son eau en silence. Il n'avait pas envie de l'ennuyer. Elle paraissait trop émotive. Son verre terminé, il décolla ses coudes du comptoir.

— Je vous remercie, dit-il en clignant de l'œil.

À ces mots, la jeune serveuse retrouva son sourire plein de charme, et leva un bras menu pour lui indiquer une porte sur le côté.

— Essayez la discothèque. Il y a un autre bar. Je ne connais pas toutes les filles qui y travaillent.

Monza lui adressa un dernier sourire et s'engouffra dans le passage séparant la salle de jeu de la boîte de nuit. Une sorte de sas, fermé par une double porte, qui empêchait les ondes musicales de corrompre l'univers silencieux du casino. Derrière les lourds battants, il découvrit une large piste de danse déserte, plongée dans une pénombre bleuâtre. Il se glissa le long du mur jusqu'à un petit recoin encadré de banquettes molletonnées. Un endroit confiné qui devait être agréable pour une soirée en bonne compagnie. Il contourna une imposante colonne, les yeux pointés sur une large table basse, pour éviter de trébucher. Au moment où il releva la tête, il vit Sahondra. Un serveur lui tendait deux cocktails dans le halo de lumière blanche enveloppant un comptoir. Fasciné, le policier s'immobilisa pour la regarder. La jeune femme était toujours aussi ravissante, mais son allure avait radicalement changé. Sa tenue s'était surtout considérablement raccourcie. Il l'observa se déplacer vers deux hommes assis dans un coin de la salle. Deux hommes âgés aux traits asiatiques, et à la tenue soignée. Ils ne portaient ni veste, ni cravate, mais à leur apparence, Monza devina aussitôt qu'ils étaient pleins aux as. L'un d'eux agrippa Sahondra par les hanches, au moment où elle se penchait pour déposer les verres sur la table basse. Elle se mit à rire lorsqu'il la força à s'asseoir sur ses genoux. Le regard du policier suivit la main virile pleine de bagouses qui courait sur la cuisse de la jeune femme. Monza n'avait qu'une envie, celle d'écraser son poing sur la face de cet inconnu. Il vit alors l'autre homme glisser sur le canapé, se plaquer contre le dos nu de Sahondra, et lui glisser quelque chose à l'oreille. Elle éclata une nouvelle fois de rire, puis se laissa faire quand les quatre mains se mirent à caresser son corps. Monza restait interdit dans le noir, sans parvenir à détacher son regard de la scène. Tour à tour, les deux hommes pelotaient et embrassaient la jeune femme. En fond sonore, une musique sourde et lancinante accentuait la vulgarité de leurs ébats. Monza eut soudain une énorme sensation de dégoût. Sa main se porta au niveau de son ventre. Ses doigts semblaient chercher la pointe acérée qui s'était enfoncée dans sa chair et lui causait cette douleur térébrante. Le policier recula jusqu'à se cogner contre un poteau, fit volte-face et se rua vers la sortie de la discothèque.

*
* *

Monza s'affala dans un volumineux fauteuil club. La scène qu'il venait de vivre lui avait coupé les jambes. Enfoncé dans le coussin, il laissa errer son regard maussade sur les fissures labyrinthiques qui craquelaient le plafond du casino. Il en avait vraiment gros sur le cœur. Un sourire amer se dessina sur son visage alors qu'il se remémorait ce qu'il avait ressenti lors de sa première rencontre avec Sahondra.

— Pauvre cloche, murmura-t-il entre ses dents.

Un lourd grincement déchira soudain l'ambiance feutrée de la salle de jeu. Monza décolla sa tête du dossier rembourré et vit Sahondra dans l'embrasure de la porte sas de la discothèque. La jeune femme traversa la vaste salle en se déhanchant, passa près du fauteuil du policer, l'air hautain. Monza lui attrapa le bras au passage.

— Je peux te parler?

Sahondra lui retourna un regard plus surpris qu'effrayé, puis se mit à rire. À rire, sans pouvoir s'arrêter. Elle n'était visiblement pas dans son état normal. Ses paupières tombantes, ses yeux rougis... Monza comprit qu'elle était sous l'influence de l'alcool ou d'une drogue. Elle bredouilla quelques paroles confuses, les yeux dans le vide. Qu'est-ce que ces types avaient bien pu lui faire prendre ? Le policier se mit debout et l'entraîna vers la sortie. Sous l'éblouissant soleil, Sahondra sembla reprendre un peu ses esprits. Après une série de clignements d'yeux, son regard se posa sur Monza, et ses traits se raidirent.

— Pourquoi m'amènes-tu dehors ?

Monza se planta devant elle, à vingt centimètres tout au plus. Il la dévisagea avec une fureur croissante, qui se traduisait par de fortes coulées de sueur, comme s'il avait essuyé une pluie de mousson.

— Je voulais que l'on discute un peu tous les deux, dit-il, l'air mauvais.

Elle rajusta son minuscule débardeur, en tirant brutalement sur le tissu. Au prix d'un effort extraordinaire, Monza réussit à s'exprimer calmement :

— Tu faisais quoi dans ce bar ?

Elle esquissa un très léger haussement d'épaules.

— Qu'est-ce que ça peut te foutre !

— Je t'ai vue avec ces deux types.

Un sourire apparut sur le visage de la jeune femme. Elle posa sur Monza un regard plein de sous-entendus.

— Toi, tu aimes mater, mon salaud !

Monza la fixa, cherchant à sonder les tréfonds de son âme.

— Fiche-moi la paix ! feula-t-elle en le contournant.

Monza la retint par le bras. Elle brava son regard. Il lui retourna une méchante grimace.

— Je croyais avoir affaire à une ombiasy, une gardienne des traditions. En brousse, tu n'avais que les mots « nature » et « ancêtre » à la bouche. Je te voyais déjà prendre la relève de ta mère. Je pensais qu'il n'y avait que cela qui…

Monza s'interrompit, incapable de finir sa phrase. Il ne pouvait s'empêcher de penser à la scène à laquelle il avait assisté dans la pénombre de la discothèque. Sahondra détourna son regard. L'inspecteur eut le sentiment que sa remarque l'avait un peu ébranlée. Le silence s'étendit, inconfortable. Il lui lâcha le bras pour sortir ses cigarettes. Il tapota sur son paquet de Boston et laissa errer son regard sur la façade kitch du casino.

— Tu n'es même pas serveuse dans ce bar, n'est-ce pas ?

Une ombre passa sur le visage de Sahondra, et elle sortit soudain de ses gonds.

— Merde, mais tu crois avoir le droit de me faire la morale ? Tu peux dire ce que tu veux. Je m'en tape ! Je ne te crains pas. Ni toi ni personne. Comment crois-tu que j'arrive à bouffer et à soigner ma mère ?

— Calme-toi, l'enjoignit Monza, surpris par sa soudaine lucidité. Je pense simplement qu'il existe d'autres moyens pour s'en sortir.

Elle lui administra une énorme gifle. Monza encaissa sans broncher, le regard fixe et dur. Cela mit la jeune femme hors d'elle. Elle voulut recommencer, mais il lui agrippa avec force le poignet, la déséquilibrant. Sahondra gémit, se pliant subitement en deux. Ses jambes ne semblaient plus la porter. Elle s'effondra sur la chaussée.

Le vigile du casino accourut pour voir ce qu'il se passait. Sahondra leva vers lui des yeux tristes et fatigués.

— Ça va aller, dit Monza, en faisant un geste apaisant vers le gorille du casino.

La colère du policier s'était totalement dissipée. Il releva la jeune femme avec une extrême douceur, cherchant à capter son regard. Sahondra dodelinait de la tête lentement, ses yeux de plus en plus voilés. Monza attendit, scrutant son visage, lui laissant la possibilité de s'exprimer. Elle ferma les yeux, et des larmes se mirent à couler sur ses joues.

— On la porte à l'intérieur, proposa le vigile en désignant du pouce l'établissement de jeu.

Monza secoua la tête.

— Non, non, je vous remercie. Je vais la ramener chez elle.

Le policier passa un bras dans le dos de la jeune femme, l'autre sous ses jambes, la souleva de terre et s'éloigna lentement sur la nationale.

*

* *

Un bruit de timbale fit se retourner Mamabé. Assise à ses côtés, Tiana se décomposa.

L'inspecteur Monza enjamba avec peine un fatras de casseroles et de marmites, dans lequel il venait de buter.

— Qu'est-ce que tu nous ramènes là ? demanda la grosse cantinière, les yeux rivés sur la jeune femme soutenue par le policier.

Sans répondre, Monza contourna leur banc, avisa une natte et décida d'y déposer Sahondra. La jeune femme marmonna quelques mots inintelligibles, et se laissa coucher sur la surface rêche des fibres entremêlées. Il resta à ses côtés, en position accroupie, l'observant pensivement. Près d'eux, l'arrivée d'un bus surchargé déclencha les cris des rabatteurs de la gare routière. Monza détourna un instant le visage pour éviter la projection de poussière du lourd transporteur.

— J'ai quelque chose à vous demander, finit par dire le policier, d'une voix forte et déterminée.

Les deux femmes assises sur le banc se regardèrent du coin de l'œil.

— Une mission à vous confier, poursuivit-il en pivotant vers les deux femmes assises.

Tiana détourna son visage dans le sens opposé, avec une expression d'indifférence dans ses yeux sombres, mais incapable de déguiser ses pensées. La cantinière estimait aussi qu'il était allé un peu trop loin. Elle tourna ses grosses paumes de main vers le ciel.

— Tu veux quand même pas qu'on s'occupe de cette fille !

Monza secoua la main, afin de faire baisser la tension d'un cran.

— Non, non. Il ne s'agit pas d'elle.

Il se releva, scruta Tiana et Mamabé l'une après l'autre.

— L'aide que je sollicite n'a aucun rapport avec la jeune femme allongée sur la natte.

Il marqua une pause, et quand il sentit qu'elles étaient enfin prêtes à l'écouter, il se lança :

— Avez-vous un peu de temps à me consacrer aujourd'hui ?

— Tu parles, répondit la cantinière en posant un coude sur sa volumineuse cuisse. En ce moment je m'ennuie plus qu'un crapaud sous son caillou.

— Alors, vous sentiriez-vous capables de suivre quelqu'un ?

Mamabé eut un mouvement de recul et toisa Monza.

— Comme le ferait un détective ?

— Oui, c'est exactement ça ! Je vous demande de mener une filature.

Mamabé donna une tape à sa voisine, qui lui retourna un regard noir. Monza était tombé en disgrâce, et Tiana tenait à ce que sa camarade le sache.

Le policier agrippa le petit tabouret de la cantinière pour s'asseoir juste sous le nez des deux femmes.

— Vous serez discrètes ?

— Tu peux compter sur nous, mon chou, répondit Mamabé d'un ton résolu.

Tiana roula des yeux blancs en direction du parking. Le policier décida de prendre son air le plus sérieux.

— Attention, je ne veux surtout pas que vous preniez le moindre risque.

— T'inquiète pas pour nous. Dis-nous plutôt qui est le type qu'on doit suivre.

— Je ne sais rien de lui. Je ne connais même pas son nom. Tout ce que je peux vous dire, c'est que cet homme travaille à l'abattoir.

— L'abattoir derrière le casino ?

— Oui, c'est ça, le grand hangar juste derrière, dans la pente menant à la rivière.

— Tu peux nous décrire ton homme ?

— La quarantaine, pas très grand, une sale gueule. Le genre de visage qui vous refroidit au premier regard.

La cantinière braqua ses yeux sur ceux du policier, avec un sourire oblique.

— Des types dans ce genre-là, on en croise toute la journée à Ilakak'. Faudrait peut-être nous donner plus de détails, si tu veux qu'on le reconnaisse.

Monza tapota son arcade sourcilière avec le bout de son index.

— Il porte deux énormes piercings au-dessus de l'œil droit.

Le cou engoncé dans des plis de chair luisante de sueur, Mamabé arbora un sourire satisfait.

— C'est bon ! Il ne peut pas nous échapper. Mais qu'est-ce qu'on fait, une fois le bonhomme repéré ?

— Je vous demande juste de marcher sur ses pas, où qu'il aille. J'aimerais savoir ce qu'il fait de ses journées...

Monza dodelina de la tête, cherchant à mettre ses neurones en action, malgré la canicule.

— … Connaître tous les endroits qu'il fréquente, apprendre aussi quelques trucs sur les gens qu'il côtoie. Toute information glanée au cours de votre filature pourra être utile à mon enquête.

Mamabé frappa le banc du plat de la main, sans quitter le policier du regard.

— Si c'est pour l'enquête, alors tu peux compter sur nous !

Tiana décocha un coup de menton en direction de la natte.

— Et pour la fille ? demanda-t-elle d'un ton acide.

La question n'engendra pas d'hésitation chez le policier.

— Rien de spécial. Une fois remise, elle n'a qu'à se débrouiller pour rentrer chez elle.

La réponse parut convenir à Tiana. Un sourire apparut enfin sur son visage, comme un rayon de soleil émergeant derrière un épais nuage. Monza lui adressa un clin d'œil auquel elle répondit par un coup de pied au tibia.

*
* *

Les yeux rivés sur l'entrée du casino, Mamabé entamait son deuxième sandwich au beurre de cacahuète. Cela faisait une bonne heure qu'elle attendait là, assise sur son tabouret au milieu de la chaussée. Ses provisions rassemblées dans deux énormes sacs plastiques, elle occupait une large surface sur le goudron, et obligeait tous les véhicules à la contourner. Entre deux bouchées, elle méditait sur le travail de détective et considérait que, tout compte fait, c'était vraiment un boulot de feignant. Elle se mit à bâiller profondément, quand elle vit la porte du casino s'ouvrir sur la silhouette courbée de l'homme qu'elle suivait depuis le début d'après-midi. En quelques enjambées nerveuses, il s'était noyé au milieu de la foule. La nationale qui traversait Ilakak' était encombrée en cette journée. Des escouades de mineurs aux gueules patibulaires attendaient devant les *shops* pour y négocier leurs pierres. Autour d'eux, des vendeurs à la sauvette tournoyaient comme des mouches, klaxonnés par des taxis-brousse surchargés de passagers et de marchandises, qui forçaient le passage. Une jolie pagaille, dans laquelle il était facile de perdre quelqu'un de vue. Il fallait faire vite. Mamabé engouffra d'un seul coup son quignon de pain, et rassembla ses affaires. Son tabouret en équilibre sur la tête, elle rejoignit Tiana qui se tenait à l'affût au coin d'une boutique, et les deux femmes se ruèrent à la poursuite de l'homme aux piercings. En tête, la cantinière fendait la foule et marchait en roulant des épaules, genoux écartés, le regard plein d'autorité. Les passants s'écartaient instinctivement à la vue de cette masse imposante, comme le ferait un troupeau de chèvres face à l'arrivée d'un semi-remorque. Tiana trottinait derrière, une main accrochée à la bride de son sac à main rose, l'autre tirant le revers de sa microjupe pour éviter qu'elle ne remonte. Perchée sur des mules à talons aiguilles, elle peinait pour suivre sa camarade. D'étranges kartings en bois chargés de ballots de charbon de bois, conduits par des mômes, dévalaient la pente à toute vitesse. L'un de ces engins vint frôler dangereusement Mamabé qui eut tout juste le temps de faire un pas de côté.

— Pousse-toi de là, tu vois pas qu'on bosse ! brailla-t-elle en lui assenant un grand coup de sac en plastique.

Tiana en profita pour revenir à la hauteur de sa camarade.

— Pourquoi on le suit ? demanda-t-elle, déjà essoufflée. M'a l'air bien comme type !

— Tu sais comme moi qu'un type bien ne mettrait pas les pieds à Ilakak'.

Tiana cramponna le bras de la cantinière.

— On aurait dû se déguiser, dit-elle tout excitée.

— Pour quoi faire, ce type ne nous connaît même pas ! Faut simplement faire attention. Ne pas se faire remarquer.

Du doigt, Tiana écarta la frange de son front et leva les yeux au ciel.

— Avec tes sacs plastoc, ça va pas être facile !

Mamabé lorgna les talons vertigineux de sa camarade.

— Parce que tu crois que ça va être facile avec tes pompes ?

Tiana lâcha le bras de la cantinière avec un petit air offusqué, et rajusta la bride de son sac à main sur l'épaule.

— Tu te rends pas compte, toi, reprit la cantinière en haussant une lourde épaule, mais une filature, ça peut durer des heures. On va quand même pas crever de faim.

Avec sa langue, Mamabé s'appliqua à récupérer des miettes de pain restées au coin de ses lèvres. Soudain, la cantinière leva son bras volumineux pour barrer le chemin à Tiana. L'homme qu'elles suivaient venait de s'arrêter devant une gargote, pour saluer un groupe attablé autour de grandes bouteilles de THB. Mamabé fit signe à sa copine.

— Vas-y, toi ! Et essaye d'écouter ce qu'ils se racontent.

— Pourquoi moi ?

La cantinière ne broncha pas. Tiana secoua la tête, puis elle prit le rôle d'une passante qui s'approche pour lire le menu inscrit à la craie, sur le panneau en ardoise du restaurant. Le type tourna son regard vers elle, lui sourit, et fit volte-face pour traverser la nationale. Tiana se figea, hypnotisée par le dos qui s'éloignait. Mamabé lui saisit le bras, l'arrachant à son immobilité.

— Bordel, qu'est-ce que tu fais ?

— Il a un regard plutôt craquant, couina Tiana.

— Hé ! Ramène-toi, sinon il va finir par nous semer.

Elles traversèrent à leur tour, et le suivirent le long de la nationale balisée de *shops*. Il parcourut une cinquantaine de mètres, puis emprunta un passage poussiéreux débouchant directement sur les terrains des prospecteurs. Au coin de la ruelle, Mamabé demanda à sa camarade d'attendre un peu. Tiana en profita pour retirer ses chaussures. Elle ne tenait pas à les abîmer sur un terrain boueux. Quand leur homme eut pris un peu d'avance, elles empruntèrent le même chemin à petits pas empressés, et débouchèrent au milieu des exploitations minières. Au fur et à mesure qu'il s'éloignait d'Ilakak', son allure diminuait. Il zigzagua entre les trous resserrés, levant la main pour saluer des connaissances, puis descendit une légère pente qui menait à la rivière, quand tout à coup il s'immobilisa. De conserve, ses suiveuses s'arrêtèrent net. Mamabé prit un air dégagé, un œil tourné vers le ciel, l'autre étiré en direction de l'homme aux piercings. Tiana feignit de fouiller dans son sac à main. L'homme resta un petit moment sans bouger. Il avait l'air perdu dans ses pensées. Puis il secoua la tête et fit volte-face.

— Fais gaffe ! V'là qu'il se radine, dit Mamabé, la bouche tordue sur le côté.

Elles revinrent un moment sur leurs pas en jetant de petits coups d'œil dans leur dos. Il les dépassa, sans leur jeter le moindre regard, et remonta vers Ilakak'. En quelques grandes enjambées, il avait déjà pris une nette avance. Heureusement, les alentours étaient dégagés. Ses suiveuses pouvaient se permettre de lui laisser prendre du champ. Il chemina de nouveau à travers des mines, avant de gravir un sentier étroit et raide qui menait plus rapidement en ville. Elles mirent toute leur énergie pour le suivre. Dans le raidillon, le type n'avait pas ralenti le pas. Soudain, Mamabé posa ses deux sacs et saisit le bras de sa camarade.

— Je souffle un peu. Pendant ce temps-là, tu continues à le suivre.

Tiana regarda sa camarade, stupéfaite.

— Quoi, toute seule ?

— J'en peux plus. Ce type carbure aux noix de cola !

Tiana évacua longuement l'air de ses poumons, en faisant passer son poids d'une jambe à l'autre.

— Tu vas pas me faire ce coup-là !

— Allez, ne fais pas cette tête, je te retrouve en ville.

Tiana ne l'entendait pas de cette oreille. Elle contourna sa grosse camarade et vint s'arc-bouter contre ses fesses proéminentes pour l'aider à redémarrer. Mamabé empoigna ses sacs en râlant, pédala un instant dans la latérite, et finit par repartir sur le chemin qui gravissait la colline. Parvenues à la hauteur des premières bicoques d'Ilakak', elles virent leur homme longer une palissade de planches crasseuses et obliquer subitement entre les battants entrouverts d'un vilain portail en ferraille. Elles se jetèrent un coup d'œil paniqué et accélèrent le pas jusqu'à l'endroit où il avait disparu. Mamabé se pencha derrière l'angle du pilier du portail, pour observer de biais l'endroit où venait de pénétrer leur cible.

— On est revenu au point de départ, constata la cantinière, en soupirant. Il passe son temps à faire des allers-retours entre le casino et l'abattoir. J'aimerais bien savoir ce qu'il trafique.

La forte femme plaqua sa main contre un des panneaux rouillés du portail, l'entrouvrit légèrement et risqua un œil à l'intérieur. Une silhouette passa juste devant. Elle fit volte-face, reprit ses sacs et poussa sa copine de la pointe de son ventre.

— Y'a un type juste derrière, chuchota-t-elle. Sûrement un gardien.

Les deux femmes se replièrent et longèrent la palissade dans une étroite venelle qui contournait le bâtiment. Soudain Mamabé se sentit pousser des ailes. Elle venait de découvrir une brèche. Une large trouée entre des plaques de zinc mal ajustées au-dessus d'un mur de faible hauteur. Mamabé s'installa sur son tabouret, les yeux tendus au-dessus du muret. Tiana s'accroupit à ses côtés et se mit à fouiller dans son sac avec de petits gestes nerveux.

— J'en ai plus qu'assez de lui coller au cul !

Comme son imposante camarade la regardait du coin de l'œil, elle voulut aussitôt se justifier :

— Non, je t'assure, j'en ai ma claque ! On apprendra rien à le suivre comme ça.

La jeune femme expira avec force l'air de ses poumons.

— Je vais me tirer !

Mamabé dodelina de la tête, avec de petits yeux brillants.

— Même si je te dis pour Monza ?

— De quoi tu parles ?

— Tu sais très bien de quoi je parle ! De cette fille, de cette Sahondra.

Tiana plissa son petit nez.

— C'est bon, t'as gagné. Raconte !

La cantinière eut un petit rire de contentement et la fit asseoir sur ses genoux.

— Monza a croisé son chemin près de Bereketa. Sahondra est la fille de cette vieille peau de Mamatsara.

— Tu parles de la vieille ombiasy qui habite derrière le camion rouillé ?

— Ça même !

Tiana eut un petit air navré, qu'elle accompagna d'un mouvement de poignet féminin.

— Alors Monza est foutu. Sahondra lui a sûrement jeté un sort. Maintenant son esprit est piégé entre les cuisses de cette femme.

— Qu'est-ce que tu me chantes là ?

— Je sais ce que ce genre de sorcière fait aux hommes. Sahondra a récolté des feuilles d'anatarika et de tongalasa qu'elle a mélangées avec du rhum. Après quelques formules magiques, elle a avalé son cocktail, et elle s'est transformée. Maintenant, cette femme est comme l'*Hazonta*, l'arbre qui retient tout ce qui se pose sur ses branches. Monza ne pourra rien faire pour lui échapper. Il est fanafoudé[1].

La cantinière secoua la tête.

— Bah, toutes ses histoires de sorcellerie, de philtre d'amour…

— Pourtant ça marche, tout le monde sait ça !

Mamabé détourna les yeux pour observer ce qui se passait dans la cour.

— De toute manière, faut pas t'inquiéter, ta sorcière fricote déjà avec d'autres types au casino.

---

1. Fanafoudé ou envoûté : le fanafoud' est aussi bien un médicament qu'un philtre d'amour.

— Si tu crois que ça lui suffit.

La cantinière ne l'écoutait plus. Ses yeux glissaient sur le bâtiment en brique rouge flanqué d'un sinistre hangar. Au pied de cette grande bâtisse, un égout effroyable déversait un flot sombre et continu. Tiana se décolla subitement des genoux de la cantinière.

— Je vais voir le mec de l'abattoir, dit-elle.

La cantinière lui retourna un regard inquiet.

— J'te dis que je vais entrer dans cette grande baraque, insista Tiana d'une voix impatiente. J'en fais mon affaire, de ce type.

— T'as de la pâte molle dans la calebasse ou quoi !

Tiana sortit un petit miroir de son sac à main.

— Oh, fais-moi confiance ! Dans une heure, tu en sauras plus sur lui et ses copains que si tu passais une semaine accrochée à ses basques.

Mamabé tordit ses grosses lèvres.

— Non, c'est pas vrai, tu vas quand même pas aller te tortiller sous le nez de ce bonhomme !

— T'inquiète pas, souffla la jeune femme. Les hommes, ils sont tous pareils. C'est pas compliqué de leur tirer les vers du nez. Je sais comment ils fonctionnent !

Elle tira sur les cheveux de sa frange et vérifia une dernière fois son aspect dans la glace. L'image que lui renvoya le tain la rassura.

— Fais quand même gaffe, souffla Mamabé.

Tiana se pencha pour déposer un baiser sonore sur la joue épaisse de la cantinière, puis se déhancha jusqu'au portail, avant de disparaître derrière l'un des battants.

*

* *

Ilakak' était encore loin d'avoir une couverture pour le réseau GSM. La seule manière de communiquer avec l'extérieur était de se rendre à l'hôtel Blue Saphir, et d'utiliser l'unique téléphone satellite disponible dans la ville. L'établissement, qui accueillait des clients avant même d'être achevé, était un gros cube en béton de deux étages, partiellement peint en blanc, facile à localiser sur la nationale 7. Monza entra, promena un regard circulaire dans le modeste hall d'accueil, et repéra la table sur laquelle trônait un combiné à touches, surmonté d'une antenne. Un employé en livrée grise se présenta et lui proposa de l'aider. Grâce à son assistance, l'inspecteur put se mettre en contact avec le commissariat de Ranohira. Après quelques sonneries, il entendit la voix claire d'une jeune femme. Il reconnut aussitôt la douce Soanasy, qui remplissait les fonctions de secrétaire sous les ordres directs de Rakotonanar. La voix de la jeune femme contenait un sourire frais et rayonnant. Elle avait été embauchée au moment où Monza avait lui aussi obtenu sa propre affectation, et cela avait un peu rapproché les deux jeunes recrues.

— C'est toi, Jery ? Attends une petite minute. Je te passe le commissaire.

La minute dura plus longtemps que prévu. Monza s'impatienta rapidement devant le rythme ralenti de l'opération. Il s'adossa contre un mur et fit passer le combiné de sa main droite dans la gauche, afin de puiser plus facilement une cigarette dans sa poche de blouson.

Soudain, une grosse voix d'homme éclata dans l'écouteur :

— Monza ?

— Oui, monsieur le commissaire, répondit Monza en allumant tranquillement sa cigarette.

— Qu'est-ce que vous faites encore à Ilakak' ?

Monza roula des yeux blancs vers le plafond. Il n'avait pas du tout envie de se justifier.

— Monsieur le commissaire, j'aurais besoin d'un délai supplémentaire dans le cadre de mon enquête à Kiliabo.

— Pour quoi faire ?

— Je crois être en mesure d'apporter de nouveaux éléments concernant à la fois le meurtre de Rangahyzo et les vols de zébus dans la région, monsieur le commissaire.

— De nouveaux éléments ?

— Oui, monsieur le commissaire.

— Je ne comprends pas, Monza. Vous deviez juste coopérer avec la gendarmerie, vous inspirer de leurs conclusions pour rédiger votre rapport. N'ai-je pas été suffisamment clair ?

Monza se retourna légèrement en surveillant de l'œil l'expression de l'employé. Ce dernier se tenait adossé au comptoir de réception de l'hôtel dans une attitude impassible.

— La version officielle admise à Ilakak' met en avant le rôle des dahalos, mais elle ne fouille pas le fond de l'affaire, murmura Monza.

Pendant quelques secondes, il n'entendit que la respiration de son supérieur.

— Je sens que j'ai mis le doigt sur un truc consistant, rajouta Monza.

Rakotonanar en resta confondu à l'autre bout du fil.

— Soyez plus clair, lieutenant !

— Les bandits menant les attaques dans les villages ne sont pas seuls. Il y a bien plus derrière tout ça.

— Et que croyez-vous qu'il y ait ? demanda le commissaire avec l'intention audible de couper court.

— J'ai quelques raisons de penser que des personnes importantes, à Ilakak', sont impliquées dans ce trafic.

— Monza !

L'inspecteur poursuivit sur sa lancée sans tenir compte du ton affligé de son supérieur :

— Un homme d'affaires aurait mis en place un réseau de type mafieux. Une organisation puissante avec des gens bien placés qui tirent les ficelles.

— Qu'est-ce que c'est que cette histoire ?

— J'ai découvert un abattoir illégal, persista Monza. D'après les sources dont je dispose, l'homme dont je vous parle organise un important trafic de zébus, s'appuyant sur de jeunes voleurs et des véhicules qui mènent les troupeaux vers un abattoir clandestin. La viande est ensuite revendue sur les marchés pour nourrir tous les mineurs qui arrivent en masse à Ilakak'. Un trafic juteux, monsieur le commissaire.

— Tout cela me paraît peu vraisemblable, intervint Rakotonanar.

— Une personne sûrement très influente, employant certainement beaucoup d'hommes pour ses basses besognes. C'est un bandit de grande envergure. Un dahalo en col blanc !

— Avez-vous des preuves de ce que vous avancez ?

Monza chercha ses mots. Le combiné était de plus en plus lourd dans sa main droite. La voix de Rakotonanar devint cinglante.

— Vous avez des personnes prêtes à témoigner ?

Monza réfléchit en silence, essayant de juger le degré de détermination de son supérieur aux inflexions de sa voix.

— Justement, il me faudrait encore quelques jours.

— Et pour le meurtre du vieux en brousse ? Vous avez suivi les conclusions de la gendarmerie, j'espère !

— Je suis sur une autre piste, monsieur.

— Mais de quoi me parlez-vous ?

Monza releva le menton. Ses certitudes ne l'avaient pas abandonné. Il pensa aux détails déroutants de la scène du crime. Son esprit visualisa les graines de tamarin et les taches de sang. Il se remémora aussi le comportement du gendarme qui l'avait accompagné. Mais l'impossibilité d'apporter le moindre élément probant forma comme un bâillon fermement ajusté sur sa bouche. À l'autre bout du fil, le commissaire s'impatienta.

— Vous voyez ! Rien de consistant. Au bout du compte, vous avez quoi ?

Un lourd silence suivit. Monza s'essuya le front, accablé que ses suppositions ne soient pas mieux accueillies par son supérieur. Il s'en voulait de ne pas pouvoir élaborer une explication plus rigoureuse, de ne pas trouver les bons arguments. Une sueur froide lui glaça la nuque, et un éclair de lucidité traversa son esprit. Il devait se rendre à l'évidence, sa double enquête allait le conduire droit dans le mur.

Un : il était toujours dans l'impossibilité de prouver que le meurtrier du vieux Rangahyzo n'était pas un simple voleur de zébus ; sa piste des mineurs ne l'avait mené nulle part. Par conséquent, tout ce qu'il lui restait à faire était de se contenter du rapport de la gendarmerie, et de le recopier pour la hiérarchie. Le meurtre du doyen de Kiliabo ne serait jamais élucidé.

Deux : son investigation sur un éventuel trafic de zébus à grande échelle dirigé par un notable d'Ilakak' était perdue d'avance ; ses recherches aboutissaient seulement à un faisceau de présomptions, bien insuffisant pour convaincre les tribunaux ; et les preuves qu'il aurait pu avancer paraissaient bien fragiles face au pouvoir d'un réseau puissant tissé par les liens de l'argent. Le propriétaire de l'abattoir ne serait même pas inquiété par une suite judiciaire. Il continuerait à amasser de l'argent, pourrait sans doute s'investir dans la politique et même obtenir un poste important. Ses hommes de main s'enrichiraient sous son aile protectrice. C'était aussi simple que cela. Monza eut un sourire amer. Le trafic de zébus allait s'intensifier. Il ne pouvait pas en être autrement. Détenir un cheptel deviendrait une véritable menace de mort pour chaque propriétaire de la région.

Monza soupira, franchement dépité. À bien y réfléchir, c'était un véritable fiasco !

— Je ne crois pas que vous compreniez la situation, monsieur le commissaire !

Rakotonanar explosa.

— Ça suffit, Monza ! Vous revenez immédiatement à Ranohira. Je vous retire cette enquête. Qu'est-ce qui vous prend de vouloir faire cavalier seul ? Vous voulez terminer comme tireur de pousse, ou quoi ?

Le commissaire raccrocha.

Paralysé par ce qu'il avait entendu jaillir de la bouche de son supérieur, Monza resta un instant l'oreille collée à l'écouteur. En reposant le téléphone, il se rendit compte avec quelle poigne il avait serré le combiné. Il lui fallut quelques instants pour accuser le coup. Sonné comme un boxeur après le combat, il sortit de l'hôtel, traîna les pieds quelques mètres sous le soleil, et finit par appuyer son épaule sur la surface lisse de la façade du bâtiment. Il avait besoin de récupérer un peu avant de reprendre sa marche dans la fournaise d'Ilakak'.

Le policier rentrait sur un double échec, et la perspective de revoir son supérieur ne l'enchantait guère.

*
* *

Monza s'affala sur le banc de la cantinière, posa un pied sur une bassine retournée. Debout, face à lui, la cantinière versait avec précaution des graines de café dans un gros moulin en bois.

— Je ne comprends pas où il a pu se cacher, dit l'inspecteur. Je l'ai cherché partout.

Sa phrase fut interrompue par le grondement de moteur d'un bus *Tata*, accompagné par la projection d'un épais nuage de particules de carbone. Mamabé haussa le ton pour se faire entendre :

— De qui tu me parles ?

Monza secoua la tête, visiblement perturbé.

— Un vieux mineur qui travaillait pour Stavros. J'ai un peu d'argent à lui refiler de la part de son ancien patron.

Mamabé écarta les jambes en calant son moulin contre son ventre, puis agrippa la manivelle et se mit à la tourner vigoureusement.

— Il ne doit pas être bien loin, dit-elle toute transpirante. Même les bêtes sauvages ont des terriers !

Monza considéra la cantinière, les yeux mi-clos. Il avait apprécié cette femme depuis leur rencontre. Mais à cet instant précis, il la trouvait encore plus formidable. Elle était là, plantée face à lui. Des forces telluriques semblaient l'enraciner au sol et lui donner cette majesté des arbres centenaires, un peu comme les baobabs découverts par le botaniste Alfred Grandidier, près de Morondava. En les observant, on avait le sentiment que ces arbres étaient indestructibles, qu'ils seraient toujours là, même si tout venait à disparaître. Monza continua à la contempler un long moment, fasciné, puis l'idée lui vint qu'elle pouvait encore lui venir en aide.

— Le vieux que je cherche s'appelle Antely. Un vieux mineur probablement atteint par la tuberculose. Tu ne le connaîtrais pas, par hasard ?

— Si tu crois que je cours après le cul de tous les bonshommes !

Un rien déçu, Monza leva les yeux vers le ciel, sans prendre véritablement conscience que le temps s'était couvert, que de sombres nuages s'étaient accumulés sur le massif de l'Isalo et menaçaient de conquérir la vallée. Il se mit à marmonner dans sa barbe :

— Ce n'est pas croyable de disparaître comme ça, du jour au lendemain, sans laisser de trace.

La cantinière posa brutalement son moulin sur le banc à côté du policier.

— Oui, à croire que tout le monde se volatilise en ce moment ! Même la petite Tiana s'est évaporée.

— Comment ça ?

— Ben, je ne l'ai pas revue depuis notre filature.

Monza se frappa le front. Il avait complètement oublié la mission qu'il leur avait confiée la veille.

— Au fait, qu'avez-vous découvert ?

— Pas grand-chose ! Le type que tu nous as demandé de suivre, avec sa gueule de porteépingles… Ben, il a passé l'après-midi à faire le va-et-vient entre le casino et l'abattoir. Et comme il était impossible d'en apprendre davantage, Tiana a décidé de rester.

— Elle n'est pas rentrée avec toi ? demanda Monza, avec une étrange sensation à l'estomac.

— Non, Tiana voulait en savoir un peu plus sur ce type. Elle m'a soutenu qu'elle pouvait…

Mamabé n'eut pas le temps de finir sa phrase. Monza eut un mouvement de recul et écarta les bras, visiblement fort contrarié.

— Je vous avais seulement demandé de le suivre ! Fallait surtout pas aller plus loin. Ce type-là est peut-être dangereux.

— Si tu crois qu'elle m'écoute ! Cette petite est aussi têtue qu'un maki qui veut retourner dans son arbre.

Le policier secoua la tête sans pouvoir s'arrêter.

— Qu'est-ce qui lui a pris ?

— Oh, tu sais, Tiana a toujours un tas d'idées folles dans la caboche !

Un violent courant d'air se fit soudain sentir, se muant en un tourbillon poussiéreux. Le vent tournoya un court instant au milieu de la gare routière, puis disparut comme une bête furieuse entre deux baraques en planches.

Monza se leva d'un bond et fixa la cantinière.

— Partons ! Il faut absolument qu'on retrouve Tiana.

Mamabé acquiesça, regroupa en vitesse tous ses ustensiles de cuisine dans deux gros sacs, et partit les confier à une femme postée au guichet d'une compagnie de taxis-brousse.

*
* *

Le chauffeur de taxi laissa Monza et Mamabé sur le pont à la sortie nord de la ville. Ensemble, ils avaient effectué un tour complet d'Ilakak' à la recherche de Tiana. La cantinière avait visité tous les lieux fréquentés habituellement par sa jeune amie, fouillé tous les bars, et interrogé toutes les copines. Rien. Tiana demeurait introuvable, comme si elle avait décidé subitement de quitter la ville.

Monza et l'imposante cantinière s'appuyèrent sur la rambarde du pont, leurs regards posés sur un homme qui lavait sa voiture en contrebas, à un endroit peu profond de la rivière. Au-dessus de leurs têtes, les nuages avaient acquis assez d'épaisseur pour donner quelques gouttes. La saison des pluies allait peut-être enfin débuter. D'un revers de main, Monza essuya son visage entamé de fatigue. Il regrettait de plus en plus d'avoir impliqué Tiana dans son enquête. Il se mordit les lèvres, les yeux hypnotisés par d'énormes bulles de savon qui apparaissaient le long de la carrosserie du véhicule. L'attention du policier se laissa dériver avec ces bulles transparentes, qui s'étaient détachées de la carrosserie pour glisser sur l'eau sombre et grasse. Entraînées par le faible courant, elles vinrent buter contre une des piles du pont, formant un îlot brun de pollution chimique.

Soudain, il l'aperçut, dans l'eau stagnante entourée de détritus et de mousse. Le corps flottait sur le ventre, à moitié immergé. Monza ne pouvait voir son visage. On distinguait seulement sa frêle silhouette et un vêtement rouge écarlate. Mais le policier comprit immédiatement que c'était elle. Ses jambes se dérobèrent. Tout son être ressentit un vide effroyable, un énorme moment de faiblesse.

De façon quasi simultanée, Mamabé avisa le cadavre, et comprit à son tour. La cantinière dégringola la pente et s'avança dans le courant. De l'eau jusqu'aux genoux, elle s'approcha près du petit corps en suspension, le retourna et l'attira vers elle avec une extrême douceur. Puis elle s'assit dans la rivière. Sa main tremblante se mit à caresser les cheveux mouillés et le visage de Tiana. Le si joli minois qui avait éclairé de son amitié les jours difficiles passés à Ilakak'. Mamabé la serra très fort contre sa poitrine.

Monza l'avait rejointe, le corps alourdi, terrassé. Il s'était agenouillé et regardait, les yeux révulsés d'horreur, les bras ballant dans la flotte. Tout se mélangeait dans la tête du policier : il entendait les pleurs de la cantinière qui ne cessait de bercer ce corps inerte ; il entendait le brouhaha de la foule qui s'agglutinait derrière eux ; il entendait le nom de Tiana répété à l'infini. Et tous ces sons se déformaient sous son crâne. Il se mit à serrer l'épaule de la cantinière, pour ne pas perdre pied. Il ne parvenait pas à quitter le visage de la morte. Ce visage qui allait dorénavant le hanter.

Et d'un coup, quelque chose bascula en lui. Il sortit brutalement de sa torpeur. Une seule certitude l'avait envahi : c'était le type travaillant à l'abattoir qui l'avait exécutée, la brute aux piercings. La main du policier lâcha le bras de la cantinière. Il avait pris sa décision, même si celle-ci l'écartait de tout ce qui pouvait être raisonnable. Jamais il ne lâcherait le type qui lui avait fait ça ! Il se leva et traversa la rivière à grandes enjambées, entouré d'éclaboussures.

*

* *

Monza se pencha sous le lit, extirpa sa valise et l'ouvrit. Ses mains déplièrent nerveusement un tee-shirt repassé au milieu d'autres roulés en boule. Son pistolet apparut. Il s'agissait d'une arme de poing russe : un semi-automatique Makarov PM, avec un chargeur d'une capacité de huit cartouches. Il saisit l'arme et actionna le cran de sûreté. Sa paume joua ensuite sur la culasse mobile, afin de vérifier si le chargeur était plein. Puis il sortit du bungalow le pistolet à la main, sans même refermer la porte derrière lui. Dehors, la couverture nuageuse s'était dissipée. Mais dans la tête du jeune flic, une tempête grondait. Le monde se tordait de douleur, avec un sifflement strident à travers ses tympans. Monza se mit à marcher tête baissée au milieu des bourrasques de son esprit. Il semblait lutter pour avancer, comme s'il affrontait un vent violent. Pas après pas, la rage au ventre, il ne discernait plus rien autour de lui. Il voulait juste retrouver l'assassin de Tiana.

Le retrouver et l'abattre comme un chien.

*

* *

Les mains sur sa table crasseuse, le boucher jeta un regard sur l'homme qui venait d'entrer dans la salle d'abattage, et suspendit son activité de découpage. Du pied, il écarta un seau plein de caillots de sang et de viscères.

— Qu'est-ce que vous voulez encore ?

Monza n'eut pas besoin de cogiter longtemps. Sans se donner la peine de répondre, il vint se placer face au boucher qui le regardait sans comprendre, avisa un morceau de viande sur la table de découpage, et d'un geste rapide lui balança à travers la figure avec une telle violence que l'homme fit un demi-tour sur lui-même avant de s'écrouler. Accroché d'une main à son plan de travail, le boucher voulut se saisir de son hachoir. Monza ne lui en laissa pas le temps. Il lui asséna un coup de pied à travers la figure, de toute sa force. Puis il se saisit de son pistolet, agrippa la tignasse du boucher en train de geindre, et lui fourra le canon dans la bouche.

Le nez en sang, l'homme ne proférait plus aucun son. Son regard pointait vers le Makarov en louchant. Il retenait son souffle et suait à grosses gouttes, avec des yeux épouvantés.

— Où est le type qui travaille avec toi ?

— J'en sais rien, répondit le boucher, à moitié étouffé par le tube du canon.

Monza observa un instant sa face dégoulinante de sueur et de sang, puis retira son arme pour lui coller sur la tempe.

— Parle !

— Ne tirez pas ! supplia le boucher, horrifié de stupeur.

Monza, qui le tenait toujours par les cheveux, le traîna vers le centre de la pièce. Le type bascula en avant et s'étala de tout son long. Le policier le tint en joue avec son arme de poing.

— Tu as trois secondes pour me répondre. Je veux juste savoir où il se trouve. Tu as intérêt à parler, menaça Monza d'une voix âpre et contenue.

— Il n'est pas ici, je le jure !

Une lueur de cruauté s'alluma dans le regard du policier.

— Pour la dernière fois…

— Il est au casino ! gueula le boucher, comprenant que ce type armé n'hésiterait pas.

Monza ne le lâcha pas des yeux. Le silence se prolongea quelques instants. Puis le policier lui donna un dernier violent coup de pied dans la cuisse.

— Dégage !

Le type commença à se débiner à quatre pattes, les mains dans les flaques de sang. Il tourna une dernière fois son visage amoché vers Monza, se releva et s'enfuit en titubant.

*
* *

L'inspecteur dissimula son pistolet dans la poche intérieure de son blouson. Le vigile du casino lui ouvrit la porte mollement, sans même le regarder. Monza évita l'hôtesse en tailleur vert olive, longea le mur et disparut dans la cage de l'escalier menant à l'étage supérieur. Au palier du second, il tâtonna un instant dans la pénombre, sous les grésillements d'un néon faiblissant, puis il suivit un étroit couloir cerné de murs peints en vert qui aboutissait sur une porte à battants. Une lumière vive jaillissait du faible interstice séparant les deux vantaux. Monza poussa la porte sans prendre de précaution.

Ses yeux s'étrécirent sous un éclair blanc intense, comme si l'on avait braqué sur lui un énorme projecteur. Tout étourdi, il fit un pas pour entrer, et sentit son visage pris dans les mailles d'un filet. Il se débarrassa de l'étrange voilage, avec les gestes paniqués d'une bête prise au piège. Ses yeux clignèrent sous la luminosité, et le policier eut un autre éblouissement. Il se trouvait dans une immense volière, et son entrée venait de déclencher un tapage insensé. Les mouvements de tous ces oiseaux donnaient le tournis. Et certains d'entre eux émettaient des cris qui perçaient les tympans. Monza pivota sur lui-même, balayant du regard la vaste pièce rendue unique par son décor : des fontaines avec leur bassin ; des plantes vertes qui montaient jusqu'au plafond ; un mur végétal orné d'orchidées aux racines légères et aériennes. L'atmosphère était saturée de multiples parfums, loin de l'odeur âcre que l'on peut imaginer à l'approche d'une cage d'oiseaux. C'était un lieu d'un extraordinaire enchantement, mais un paradis déconcertant quand on venait de quitter les ruelles poussiéreuses et brûlantes d'Ilakak'. Monza ne s'était pas remis de sa surprise quand il entendit une voix résonner dans la pièce :

— Vous aimez les oiseaux ?

La clarté projetée par la baie vitrée du fond de la pièce fut soudain obscurcie par une silhouette râblée. Monza se raidit, paralysé un instant par cette voix grave qui contrastait avec tous ces gazouillis d'oiseaux. L'homme qui venait d'entrer dans son champ de vision avait un visage rustre. La face d'un pasteur bara harassé par une vie passée à marcher derrière ses bêtes. Mais son allure ne correspondait en rien à celle d'un gardien de troupeau. Il portait une veste impeccable s'ouvrant sur un ventre proéminent qui tendait sa chemise, au-dessus des pinces de son pantalon classique. L'ensemble était aussi blanc qu'une fleur de jasmin.

— J'aime passer un peu de mon temps dans cette volière. C'est mon refuge. J'y viens pour me ressourcer après le travail.

Il fit une pause, savourant visiblement les modulations des gazouillis, puis se retourna lentement vers son visiteur.

— Vous êtes l'inspecteur Monza, je présume.

Les sourcils du policier grimpèrent sur son front.

— Mon personnel sait parfois se rendre efficace, poursuivit l'homme avec contentement. Mon nom est Ralison, je suis le patron de cet établissement.

L'homme en costume tourna le dos, saisit un brumisateur sur une table et vaporisa les feuilles d'une orchidée.

— Je suis vraiment désolé, je n'ai guère de temps à vous accorder, dit-il avec un petit sourire au coin des lèvres. Vous savez ce que c'est ! Le travail est une bête impitoyable qui dévore notre vie. Mais que me vaut l'honneur de votre visite, inspecteur ?

Derrière lui, un piaf se mit à siffler, comme on le fait pour remarquer une jolie fille dans la rue. Ralison eut un petit rire caverneux et dirigea ses pas vers le perchoir d'un oiseau brun foncé.

— Un martin ! C'est un oiseau très loquace, mais aussi très effronté.

Le patron des lieux agita son index devant le bec du volatile, qui rentra son cou et émit un son guttural. Puis il se retourna vers Monza avec l'air du spécialiste qui aime partager sa passion.

— On apprivoise cet oiseau facilement. Ce n'est pas un très beau volatile, mais il a un don réel pour l'imitation. Petit, on lui coupe un muscle sous la langue. Grâce à cette opération, il peut répéter quelques mots, siffler des airs connus. Un peu comme un perroquet, il imite tout ce qu'il entend autour de lui. Le coassement d'un crapaud, nos voix, une porte qui couine. Tout y passe !

La tête du martin pivota nerveusement, puis s'immobilisa comme pour mieux observer Monza de son œil jaune et noir. L'oiseau gonfla subitement son plumage et ouvrit un large bec.

— Apelasoa[1] !

— Tais-toi, sale enquiquineur ! s'exclama Ralison, accroissant les battements d'ailes et les cris perçants du martin. Il est joueur, dit-il sur un ton d'excuse.

Tournoyant sur lui-même, le patron du casino se mit à décrire toutes les espèces qui cohabitaient dans la volière. Du cardinal aussi minuscule qu'écarlate au coua huppé dont le plumage était d'un bleu profond, en passant par les perruches aux reflets verts et jaunes. Ralison se délectait de ses propres paroles, en détaillant le décor vivant de la pièce.

Monza l'observait sans mot dire, tendu comme une corde de cabosse[2]. Le patron du casino laissa ses yeux satisfaits parcourir le mur couvert de plaques en fibres de coco, qui servaient de support aux précieuses fleurs aux formes et aux couleurs épatantes.

— Chaque plante que vous voyez ici est unique, jubila-t-il. Elles ont toutes un parfum différent,

---

1. Jolie fille, en malgache.
2. Petite guitare malgache.

rajouta-t-il en regardant le policier du coin de l'œil.

Tous les traits du visage de Monza trahissaient sa nervosité. Son hôte sentit qu'il était temps d'en finir avec cette orientation légère de la conversation. Il lui fit face et plongea son regard dans le sien. Ses petits yeux brillaient d'un vif éclat.

— Je suppose que vous n'êtes pas ici pour m'entendre parler d'ornithologie, ni de botanique.

Monza opina du chef, puis se laissa guider vers deux fauteuils en bois de rose adossés à une large baie vitrée, qui permettait à la lumière d'inonder la pièce. Au-delà se distinguait une terrasse en construction. Des tiges de ferraillage saillaient encore du béton brut. L'endroit était gardé par un homme en armes. Un homme en treillis vert, coiffé du béret noir de la gendarmerie. Un homme engagé de toute évidence par le patron du casino pour surveiller le bâtiment. Un emploi qui devait s'étaler sur le jour et la nuit, comme le devina Monza en apercevant un matelas en mousse installé près d'un sac à dos. Ralison choisit un fauteuil et invita le policier à s'asseoir en face. Au même instant, un petit homme en costume apparut, écouta la commande du patron, et repartit dans une pièce attenante. Le propriétaire des lieux caressait son ventre protubérant à travers sa chemise. Autour de ses doigts courts et boudinés, luisaient de larges bagues en or, ornées de pierres aux éclats scintillants.

— Inspecteur… Comment vous appelez-vous, déjà ? demanda l'homme avec un soupçon de hauteur.

— Inspecteur Monza.

— Que me vaut le plaisir de votre visite, inspecteur Monza ?

— Je mène une enquête.

— Vous êtes de la police de l'immigration ?

Monza dénia d'un mouvement de tête.

— Il faudrait faire quelque chose, poursuivit Ralison en se carrant dans sa propre logique. Les étrangers sont partout. Ils viennent piller notre pays. Les Français nous ont colonisés. Et maintenant toute la planète vient piller nos sous-sols. Prenez les Asiatiques... Ils ne sont là que pour faire un gros coup sur le dos des mineurs malgaches. Ils s'installent dans la région avec de simples visas touristiques, et quand la police de l'immigration fait une descente, ils ne leur restent plus qu'à négocier la prolongation de ce foutu visa. C'est aussi simple que cela !

Le serveur du casino revint pour leur servir des jus de fruits. Ralison le renvoya après le refus sec de Monza. Des oiseaux voletaient autour d'eux. Leurs sérénades les enveloppaient voluptueusement. L'air imprégné de mille parfums, le gazouillis des oiseaux, la lumière, tout concourait à susciter une impression de langoureuse détente. Dans la tête de Monza, la tempête s'était calmée, mais son cerveau essayait d'échafauder une stratégie pour retrouver l'homme aux piercings.

— C'est comme ça, poursuivit Ralison. Les mineurs s'enfoncent toujours plus bas sous terre et, à la surface, les acheteurs étrangers prospèrent. Ilakak' va bientôt être aux mains des Asiatiques ! Nous autres, Malgaches, sommes toujours les derniers servis. Il ne faut pas se faire d'illusion. Le gisement ne profite ni au peuple ni au pays ! Les plus belles pierres s'en vont directement hors de nos frontières. Le petit Malgache creuse, mais ce n'est pas pour son compte.

Monza gardait les yeux rivés sur les mains de son vis-à-vis qui tripotait l'énorme bague à son majeur. Un bijou orné d'une pierre aux éclats d'un bleu profond. Bleu, comme le ciel d'Ilakak'. Ralison devait gagner des brassées d'argent, pensa Monza. Un casino, un bar, une boîte de nuit, sûrement plusieurs véhicules, et tout ce qu'il ne voyait pas. Monza se cramponna aux accoudoirs du fauteuil, tournant ses yeux vers la lumière du dehors. À travers la baie vitrée, il aperçut le garde faire les cent pas sur la terrasse extérieure. Le policier passa à l'offensive.

— Il y a beaucoup d'hommes en treillis chez vous, fit-il remarquer, acerbe.

Une ride irritée se creusa entre les sourcils du patron du casino.

— Ilakak' n'est pas le lieu le plus sûr à Madagascar, répondit Ralison avec une légère baisse d'amabilité.

— Des gendarmes ou une sécurité personnelle ?

Le patron du casino le scruta sans mot dire.

— Utiliser une force publique pour un service privé, ajouta Monza, c'est tout bonnement une transgression de la loi.

L'homme se renversa en arrière.

— La loi ? s'esclaffa Ralison.

Monza nota son calme affiché, et la confiance qu'il semblait avoir en lui-même.

— La loi, ici, à Ilakak', reprit l'homme en costume blanc, c'est la loi du plus fort ! Mais le plus fort, ce n'est pas moi, monsieur l'inspecteur ! Non, non, ne croyez pas cela.

Monza laissa passer la réplique en respirant profondément.

— Vous savez, je suis un enfant du pays, poursuivit Ralison sentencieusement. Oui, je suis né ici. Et comme tous les mômes de cette région, j'ai passé une partie de mon enfance derrière le cul d'un zébu. Sauf que j'ai eu la chance de passer un peu plus de temps à l'école que mes petits camarades. J'ai même poursuivi mes études jusqu'à l'université, à Tananarive. Mais une fois mes diplômes en poche, je suis revenu chez moi, à Ilakak'. Oui, monsieur l'inspecteur, je suis revenu ici.

Il marqua une pause.

— Je vis aujourd'hui plus confortablement, mais je n'ai pas oublié d'où je suis parti. Ni les gens avec qui j'ai grandi. Je ne leur ai jamais tourné le dos.

Il fit un geste circulaire au-dessus de la tête, et ajouta :

— Quand j'avance, les gens autour de moi avancent également. Qu'y a-t-il de mal à travailler pour les siens ?

Monza considéra cet homme qui agitait ses bagues entourées d'or sous son nez. Un homme comblé par ses affaires et sa propre personne. L'inspecteur n'avait qu'une envie : dégainer son flingue, le vider sur cet esprit calculateur et sur tous ces oiseaux qui voletaient autour d'eux. Mais avant tout, il voulait le salaud qui avait tué Tiana.

Le regard mauvais de Monza se riva sur ce visage qu'il détestait déjà. Il ne voulait pas tourner autour du pot.

— Je suis à la recherche de l'un de vos employés, articula Monza en contenant son agressivité.

Ralison décroisa les jambes et pivota doucement en rajustant une de ses manches de chemise sur son poignet.

— Pouvez-vous être plus clair?

— Il s'agit d'une personne qui travaille pour vous à l'abattoir. Il porte deux piercings à l'arcade sourcilière.

Les yeux de Ralison se plissèrent.

— Vous faites une terrible erreur. Je ne comprends pas de qui vous voulez parler, et je ne possède pas d'abattoir.

— Très bien, dit Monza. Dans ce cas, je vais aller un peu plus loin dans mes explications, et nous allons parler de toutes ces combines qui vous enrichissent.

— Je crains de ne pas vous suivre, rétorqua Ralison avec une pointe de condescendance.

— Je fais allusion au joli filon que vous avez mis au jour.

L'homme en costume scruta le policier avec une consternation grandissante.

— Je ne parle pas de pierres précieuses, poursuivit le policier. Vous n'êtes pas du genre à bâtir une fortune sur l'illusion de découvrir le plus beau des saphirs. Non, vous au moins, vous avez les pieds sur terre. Vous avez le sens des réalités.

Ralison prit un air navré.

— Mais, bon Dieu, de quoi voulez-vous parler?

— Je parle de tous ces mineurs affluant à Ilakak'. Je parle de dizaines de milliers de bouches à nourrir, poursuivit Monza. Ça, c'est un joli filon !

Ralison cala son dos contre le dossier du fauteuil, gardant un calme souverain. Monza poursuivit son offensive :

— Il en faut, de la bidoche, pour tous ces gens venus creuser dans la région, développa Monza. Mais la viande, ce n'est pas ce qui manque dans la région. Avec ces milliers de zébus qui arpentent la brousse, il n'y avait plus qu'à se servir.

— Vous insinuez quoi, exactement ? Que je suis un trafiquant ?

— Je comprends maintenant toutes ces fleurs, poursuivit Monza sans se soucier de son intervention. Tous ces oiseaux. Il faut bien couvrir les mauvaises odeurs et les cris des animaux que l'on égorge sous vos fenêtres. Un abattoir, cela comporte tout de même certains désagréments.

Le visage de Ralison se convulsa. Il eut un regard difficile à soutenir, hargneux et hautain. Mais il ne fit pas perdre le fil de ses idées au policier.

— Vous armez de jeunes types démunis pour effectuer des razzias dans les troupeaux des villages environnants. Les voleurs conduisent les bêtes dans un endroit isolé, au bout d'une piste empruntée par vos camions. Les têtes de bétail sont transportées à Ilakak', vers votre abattoir clandestin où elles seront abattues. Il ne reste plus qu'à débiter la viande qui finira sur les étals des bouchers d'Ilakak' et d'autres villes alentour. Si jamais la quantité de zébus volés dépasse les possibilités de chargement du camion, une partie du troupeau est alors dissimulée dans le massif de l'Isalo, en attendant le prochain convoi.

Ralison continuait à le regarder avec un aplomb imperturbable.

— Vos élucubrations ne peuvent en aucun cas servir une explication sérieuse des vols commis dans la région.

La bouche du policier eut un rictus dégoûté. Quelle belle assurance, pensa-t-il. Son vis-à-vis se sentait vraiment intouchable. Monza en était complètement écœuré.

— Votre manière de vous exprimer, votre aisance. Vous nourrissez sûrement d'autres projets, peut-être même des ambitions politiques. Pourquoi pas, pour commencer, une place de maire dans la future commune d'Ilakak'? Sans doute un premier pas vers un futur poste à la tête de la province. Le pouvoir, c'est tellement grisant! Mais pour cela, il vous faut de l'argent, beaucoup d'argent. Des petits cadeaux aux uns et aux autres, histoire de se mettre de côté des voix pour les élections. Toutes ces autorités à ranger de son côté, ces dirigeants à convaincre.

Le patron du casino s'était redressé comme un ressort d'acier tendu, et il le considéra de bas en haut.

— Ridicule, morigéna-t-il. Je crois que vous allez un peu trop loin! Ce ne sont que des boniments! Vous n'avez aucune preuve de ce que vous avancez.

— Un abattoir clandestin, un camion pour transporter le bétail volé, et bientôt, je peux vous l'assurer, les aveux de l'un de vos hommes. L'homme aux piercings. Vous voyez de qui je veux parler ? Il s'est mis dans une très fâcheuse posture en tuant cette jeune femme. On va s'occuper de lui, et puis ensuite viendra votre tour, croyez-moi !

L'inspecteur marqua une pause pendant laquelle il sentit que Ralison réfléchissait intensément. Soudain le patron du casino se rassit, et plongea ses yeux dans ceux de Monza.

— Que voulez-vous exactement ? demanda-t-il, avec un petit sourire plein de mépris. De l'argent ?

Ces paroles ne faisaient que confirmer ce que pensait Monza. Ralison était mouillé jusqu'au cou dans ce trafic. Combien de personnes étaient-elles ressorties de cette volière avec un sac rempli de billets de banque ? C'était une idée commune aux types de l'espèce de Ralison, de croire que tout le monde était aussi vil et avide qu'eux. Monza le fixa avec mépris. L'homme en costume blanc lui retourna un regard moqueur.

— Ah, j'y suis, vous ne voulez pas vous compromettre, dit-il d'une voix aigre.

Tout son vernis de courtoisie s'était subitement écaillé. Il ne restait plus qu'un homme dur et cynique.

— Vous voulez montrer l'exemple, rester un flic intègre ?

Ralison se leva, calme et solide, puis fit quelques pas en direction de la baie vitrée du fond de la pièce. Les mains croisées dans le dos, il laissa son regard errer par la fenêtre, bien au-delà d'Ilakak'.

— Quelle cause minable avez-vous embrassée ? Vous sentez-vous investi d'une mission, inspecteur ?

Les yeux de Ralison saillirent. Il prit une courte inspiration avant de continuer :

— N'avez-vous pas d'autres ambitions ? La réalité est de mon côté. Il faudrait être bien naïf pour ne pas comprendre cela. Nous sommes à Ilakak' ! Vous imaginez qu'après votre passage, cette ville sera nettoyée de tout trafic, toute corruption. Vous pensez pouvoir changer quelque chose dans ce pays ! Vous ne vous sentez pas un peu seul?

Monza avait senti la brûlure de chaque mot prononcé par le patron. Il toucha la crosse de son Makarov. La mâchoire serrée, le policier dut faire un effort surhumain pour gérer l'énorme vague de colère qui le submergeait.

— Je ne suis pas si seul, objecta-t-il. Bien au contraire ! Nous sommes de plus en plus nombreux à en avoir assez de subir la loi de types de votre espèce. Nous voulons autre chose pour Madagascar. Cela ne se fera pas en un jour, je vous l'accorde. Mais nous y arriverons. J'aimerais d'ailleurs vous raconter une petite histoire.

Le policier se mit à parler sur le ton d'un adulte qui relate un conte à un enfant :

— Vous connaissez le *do* ? C'est un gros serpent vivant dans les forêts denses du nord de notre pays. Afin de digérer ses proies, il aime se lover au fond des trous ou des terriers abandonnés. Lorsque des fourmis en repèrent un, la colonie s'empresse de lui apporter de la nourriture en quantité. Pris au piège de la gourmandise, le serpent ne pense même plus à bouger. Il se gave, grossit et le temps passe… Jusqu'au jour où le terrible prédateur est coincé au fond du trous. Alors, malgré leur petite taille, les fourmis l'attaquent de toutes parts. Le do ne peut échapper aux milliers de mandibules qui le cisaillent. Il a beau se contorsionner, les insectes le recouvrent, déchirent sa peau et s'en délectent.

Monza fit une pause, puis se pencha en avant.

— Nous allons vous pourrir la vie !

Ralison ravala la réplique qui lui venait aux lèvres. Il se contenta de dévisager Monza, puis abdiqua dans un souffle :

— Et si je vous livre votre homme…

Monza secoua la tête.

— Je ne veux pas qu'il me soit livré.

Le policier braqua une dernière fois son regard dans celui du patron du casino.

— Je veux sa peau !

*
* *

La jeune serveuse soupira en découvrant l'évier rempli de verres. Voilà ce qui arrivait lorsque l'on consacrait trop de temps aux clients ! Elle fit couler l'eau du robinet, plongea ses mains dans le bac à vaisselle, quand un bruit de pas lui fit relever la tête. En voyant l'inspecteur Monza s'avancer, sa bouche se figea dans une mimique crispée. Le policier escalada un des vertigineux tabourets du bar, demanda un verre d'eau, se ravisa et commanda finalement un mojito en insistant sur la dose de rhum. À trois chaises de distance, Sahondra sirotait un Coca-Cola à l'aide d'une paille, les deux coudes posés sur le zinc. Elle semblait complètement absorbée par ses pensées. Un long moment se passa dans un silence seulement troublé par les annonces du croupier de la salle de jeu. La serveuse déposa devant le policier une coupelle remplie de cacahuètes, puis s'attela à la préparation du cocktail, avec des gestes las et empreints de routine. Monza l'observa écraser des feuilles de menthe au pilon, en tentant d'effacer les sombres images qui lui passaient par la tête. Du bout des doigts, il jouait dans son petit tas d'arachides grillées, sans aucune envie de les grignoter. Tout d'un coup, Sahondra se tourna vers l'inspecteur avec une lueur engageante au fond des prunelles.

— Dans trois jours, je verserai le sang d'un coq au pied de l'arbre sacré, et je ramasserai mes propres graines pour le sikily.

La boisson commandée par Monza arriva. Il la contempla un instant sans esquisser le moindre geste, puis fit tourner la glace dans son verre. Le tintement des petits blocs gelés, à moitié fondus, était très agréable à ses oreilles, mais pas autant que la révélation de Sahondra. L'esquisse d'un sourire incurva ses lèvres encore sèches.

— La relève est assurée !

Sahondra inclina la tête pour enlever ses boucles d'oreilles, les déposa sur la surface brune du bar, et les observa pensivement.

— Je voulais devenir ombiasy avant que ma mère...

Après quelques battements de paupières, la jeune femme remplaça la fin de sa phrase par un petit geste symbolisant une montée vers le ciel.

Monza hocha doucement la tête, puis la regarda avec le sentiment que l'atmosphère feutrée de la salle se prêtait à une discussion apaisée. Il se concentra alors pour tenter de mettre un peu d'ordre dans sa tête. Ce n'était pas facile. Les événements vécus ces dernières heures avaient été particulièrement pénibles et déprimants. Mais il lui restait un nœud à défaire. Un nœud qui s'était formé dans son cerveau avec le meurtre de Rangahyzo. Et une quasi-certitude avait germé dans son esprit : la jeune femme assise à ses côtés pouvait lui fournir une explication. Il pencha son verre délicatement jusqu'à ce que ses lèvres entrent en contact avec les glaçons. Après une petite gorgée d'alcool, il laissa s'écouler un laps de temps convenable, puis articula d'une voix posée :

— Je suis à la recherche d'un vieil homme.

Un rapide coup d'œil sur le côté lui fit constater qu'elle s'était tournée vers lui, apparemment intéressée. Il marqua un temps d'arrêt pour ménager ses effets, vérifia que la serveuse était suffisamment éloignée, puis reprit tout aussi calmement :

— Cet homme s'appelle Antely. C'est un vieux mineur qui vivait autrefois à Kiliabo. Je le cherche, parce que j'ai l'intime conviction qu'il a tué Rangahyzo.

Le policier semblait s'être adressé à son verre. Sahondra ne répondit pas, mais dans son champ de vision, le policier nota qu'elle avait rivé son regard sur ses anneaux créoles. Les traits de son visage s'étaient raidis, ses yeux étaient devenus méfiants. Elle resta ainsi un long moment, figée. Puis elle pivota, et ses pupilles de braise se mirent à fixer Monza intensément.

— Vous allez l'arrêter? demanda-t-elle d'une voix chevrotante.

Monza posa son verre, l'éloigna en le faisant glisser sur la surface lisse du comptoir, et s'alluma une cigarette. C'était le temps nécessaire pour digérer le vouvoiement employé par la jeune femme. Il expira lentement la fumée vers le plafond, avant de répondre :

— Non, l'enquête sur le meurtre de Rangahyzo est close.

Elle continuait à le dévisager. Le policier pouvait presque sentir l'intensité de son regard, pointé sur la partie gauche de son visage.

— Je quitte Ilakak' demain matin, poursuivit-il. Je prendrai le premier taxi-brousse en partance pour Ranohira. Il n'y aura aucune suite judiciaire engagée contre Antely. Mis à part sa maladie, le vieux ne risque plus rien.

Sahondra se pencha en avant, croisa les bras jusqu'à en comprimer sa poitrine, et resta un long moment immobile, les paupières fermées. Monza inhala une nouvelle bouffée de sa Boston. Les effets conjugués de l'alcool et du tabac ne furent pas longs à se faire sentir.

— Maintenant, vous pouvez tout me raconter, dit-il enfin, en tapotant sa cigarette au-dessus d'un petit cendrier. Tout ce que vous me direz ne sortira pas d'ici. De toute manière, les gendarmes ont établi un dossier incriminant un voleur de zébus. Je vais moi-même reprendre l'intégralité de leurs conclusions sans en changer une seule ligne, et transmettre le tout à ma hiérarchie. C'est fini.

Il se tourna vers elle.

— Rideau !

Un sourire presque imperceptible se devina sur le visage de la jeune femme.

— Comment savez-vous pour Antely ? demanda-t-elle en se pinçant un lobe d'oreille.

— C'est juste une intuition. Je n'ai aucune preuve. Loin de là. J'ai rencontré le vieil homme en menant mon enquête dans les mines. À ce moment-là, j'étais totalement focalisé sur ses employeurs, deux individus assez louches, venus dans la région pour prospecter. Je les soupçonnais car ils avaient effectué de nombreux va-et-vient entre leur mine et le village de Kiliabo. Je m'étais trompé de cible. Je l'ai compris plus tard, au moment où le véritable passé d'Antely m'a été révélé. Le vieux m'avait menti. Contrairement à ce qu'il m'avait raconté, j'ai appris qu'il avait vécu toute sa vie à Kiliabo. Un mensonge qui paraît sans importance, mais qui a nourri mes réflexions, car Antely avait obligatoirement un lien avec le vieux Rangahyzo. Il m'a également été rapporté qu'avant de travailler avec les mineurs, le vieux errait dans Ilakak', comme une âme en peine. Un miséreux, complètement esseulé. Pour moi, quelqu'un ou quelque chose l'avait mis à l'écart de son village natal. Et tel que je sens les choses, un épisode tragique aurait lié les deux anciens du village de Kiliabo, un fait d'une extrême gravité qui serait à l'origine d'une haine réciproque. Dans mon métier, on est souvent confronté à ce genre de situation. Les pires atrocités surviennent souvent dans des groupes d'amis, ou même la famille. Une querelle suffisamment vive peut développer une inimité débouchant sur un crime. Pour l'affaire Rangahyzo, je vous l'accorde, ce n'est qu'une hypothèse, mais je suis flic... Et mon job consiste à dresser ce genre de conjectures.

De sa main droite, il fit tourner le verre entre ses doigts.

— Seulement voilà, reprit-il d'un ton plus nerveux, même si j'ai le sentiment d'être sur la bonne piste, je suis bien incapable d'expliquer pourquoi les deux hommes se détestaient autant. Le mobile du meurtre m'échappe !

Il marqua une pause, le temps de l'interroger du regard, mais celle-ci se déroba.

— Vous possédez cette pièce manquante du puzzle, affirma-t-il. Oui, je suis sûr que vous pouvez m'aider à comprendre ce qui s'est passé. Pour moi, cela ne fait aucun doute, et je vais vous dire pourquoi... Parce que Rangahyzo connaissait bien votre mère. Comment pouvait-il en être autrement ? Ils étaient tous les deux voisins, guérisseurs, et de surcroît de la même génération.

Sahondra plongea ses yeux dans son verre. Sa surprise initiale avait cédé la place à une espèce d'indifférence. Monza espérait une réaction de sa part. Mais elle ne semblait pas disposée à lui révéler quoi que ce soit. Il continua à l'étudier avec des interprétations plein la tête. Un silence s'installa. Un silence si long qu'au bout d'un moment, le policier en eut assez et décida d'abandonner. Ce n'était pas la peine d'insister. Il n'obtiendrait aucune information de la bouche de cette fille. Monza chercha un appui sur le repose-pieds afin de descendre de son perchoir, pivota. Et soudain, comme la corne de brume lointaine qui signalerait l'arrivée d'un bateau que l'on n'attendait plus, Sahondra se mit à parler, d'une voix tendue et claire.

Elle n'eut pas besoin de fermer les paupières pour retourner à ces jours lointains, quand Ilakak' n'était encore qu'un petit village, et que la brousse était pour elle le merveilleux terrain de ses jeux d'enfant. Tout autour d'elle s'effaça. Elle lui confia d'abord comment elle avait connu Solofo, le fils unique d'Antely. Comment ce jeune et beau Bara, né à Kiliabo, l'avait séduite. Adolescents, ils passaient leurs journées à arpenter la brousse avec mille projets pour l'avenir. Ils ne se quittaient plus, jusqu'au jour où de mauvaises fréquentations avaient influencé le jeune homme dont elle s'était éprise : d'autres jeunes paysans démunis qui cherchaient à faire rapidement de l'argent et qui recrutaient dans les villages alentour.

Monza observa un instant l'extrémité incandescente de sa cigarette, l'esprit engourdi par la résurgence des souvenirs de la jeune femme. Soudain, le flux tendu de la voix de Sahondra vacilla.

— Un jour, dit-elle, Solofo m'a annoncé qu'il allait s'absenter quelques jours, que cela ne serait pas long, qu'il reviendrait riche comme un prince. Il m'a fait miroiter une nouvelle vie, dans une immense maison, en ville. Il m'a même décrit les robes qu'il pourrait m'offrir. Il m'a fait mille promesses, puis il m'a quittée.

Cette évocation fit naître un sourire désabusé sur ses lèvres. Elle s'interrompit un court instant pour se concentrer sur sa vision intérieure.

— Il s'est ensuite passé plusieurs mois sans que j'aie la moindre nouvelle, reprit-elle sur un ton amer.

Elle marqua une nouvelle pause, rassemblant ses forces en prévision des souvenirs qu'elle allait remonter à la surface.

— Solofo était devenu un dahalo. Un bandit des plaines. Avec ses nouveaux copains, il terrorisait les éleveurs de la région. Il n'a pas mis beaucoup de temps pour se bâtir une sale réputation. Rangahyzo avait prévenu Antely que tout cela allait mal finir. J'imagine que le devin avait décrypté le destin du jeune dahalo à travers les figures dessinées par les graines de tamarin. Mais Antely n'est pas parvenu à remettre son fils dans le droit chemin.

Monza la regardait en silence chercher ses mots. Elle se mordit la lèvre inférieure, puis se remit à parler, paraissant lire sur son verre ce qu'elle devait dire.

— La dernière fois que j'ai entendu parler de Solofo, j'ai appris qu'il était tombé gravement malade. Les gens disaient qu'il avait attrapé la tuberculose, et que sans traitement, l'infection avait rapidement gagné du terrain. Son cas était apparemment désespéré. Le seul qui pouvait encore le sauver, c'était Rangahyzo. Bien sûr,

Antely est allé le trouver pour lui demander de l'aide. Mais le vieux guérisseur a refusé de le soigner. Il n'a rien voulu savoir. Pour lui, il était hors de question de s'occuper d'un bandit.

— Votre mère n'a rien pu faire ?

— Ma mère a bien tenté de trouver un remède. Mais la pauvre femme était loin de posséder toute la science de Rangahyzo.

Elle inspira profondément.

— Solofo a été emporté par la maladie. Cela n'a pas traîné.

Ses yeux se voilèrent légèrement, mais elle trouva le courage de poursuivre :

— Dans la semaine qui a suivi la mort de Solofo, Antely est venu parler à ma mère. Il lui a confié qu'il voulait en finir avec Rangahyzo. Il a juré de se venger. Mais le pauvre Antely était lui aussi atteint par la tuberculose, et en l'espace de quelques semaines, sa santé s'est franchement dégradée. Un jour, il est parti, comme ça, abandonnant sa case et son champ. Tout le monde pensait qu'il avait baissé les bras. On croyait ne plus jamais le revoir. Pourtant, deux années plus tard, alors qu'on le croyait mort et enterré, le vieux a refait son apparition à Kiliabo. Il s'est pointé au village, accompagné de tout un groupe d'hommes, soi-disant pour acheter du rhum. Mais ma mère a tout de suite compris le petit manège d'Antely. C'était clair, il voulait la peau de son vieil ennemi, et les allées et venues de ses patrons allaient lui permettre d'exécuter son plan. Il n'y avait pas besoin d'être un maître de l'art divinatoire pour le prédire.

Monza ferma les yeux quelques secondes, tentant d'incorporer ce que lui avait raconté la jeune femme à ce qu'il savait déjà. Il rouvrit les yeux, et soupira.

— Pourquoi le vieux a-t-il attendu si longtemps avant de se venger?

Sahondra le regarda un instant comme si sa question n'avait aucun sens, puis elle haussa une épaule.

— Il avait longtemps éprouvé de la crainte envers le vieux sorcier. Une fois malade, il a sans doute réalisé ne plus rien avoir à perdre. J'imagine que l'imminence de la mort pousse parfois les gens à accomplir de grandes choses.

Le regard de la jeune femme brava subitement celui de Monza.

— Enfin, tout ça maintenant, c'est une vieille histoire.

Elle cala sa bouche contre son poing fermé, comme pour mettre un terme à son récit. Malgré sa décision de raconter ce lourd passé, elle n'avait visiblement pas envie d'en dire davantage.

Une vieille histoire, se répéta pour lui-même le policier. Il était effectivement temps de passer à autre chose. Le policier devait à présent tirer un trait sur l'affaire Kiliabo, et sur son enquête en brousse. L'image du vieux mineur Antely se fixa un bref instant dans son esprit, et s'effaça définitivement au moment où il éteignit sa cigarette. Monza laissa encore s'écouler cinq minutes, que Sahondra passa à tripoter sa paille. Puis il descendit de son tabouret en faisant la grimace : son dos lui faisait mal, sans doute la tension accumulée ces dernières heures, ou peut-être n'était-ce qu'un souvenir de son pénible travail dans la mine. Le policier se dirigea vers la serveuse en exécutant quelques mouvements des épaules, et sortit son argent de sa poche de blouson. En payant la note, il jeta un dernier coup d'œil à Sahondra. Elle lui retourna un sourire qui différait un peu de ceux qu'elle lui avait adressés jusque-là. Peut-être lui était-il destiné personnellement. Monza resta un instant immobile, le cœur pris dans un étau. Il s'efforça de graver en lui cette dernière image d'elle, l'observant comme on voit s'éloigner un cyclone dévastateur : un phénomène capable d'arracher toutes les volontés, de détruire tous les murs de protection, d'anéantir tout espoir de se relever après son passage. Un cataclysme majeur qui marque une vie. Monza aurait pu remercier Dieu d'avoir finalement échappé à ses rafales. Pourtant il regrettait de ne pas avoir été sur sa trajectoire.

*
* *

Monza s'éveilla au bruit d'un terrible raffut. Pendant un court instant, il oscilla entre rêve et réalité, puis il réalisa que quelqu'un frappait lourdement à la porte de son bungalow. Il se leva précipitamment et ouvrit sur deux gendarmes en treillis.

— Inspecteur Monza ?

— Oui.

— Pouvez-vous nous suivre ?

— De quoi s'agit-il ?

— L'adjudant Bako aimerait vous voir.

Monza s'habilla prestement et suivit les bérets noirs.

Ils marchèrent sous un temps couvert. La base de la masse nuageuse était illuminée par la lumière indirecte du soleil levant. Une légère brise portait l'odeur de la pluie qui devait tomber plus à l'est, sur les hauteurs de l'Isalo. Monza scruta un instant le ciel en espérant une journée plus fraîche que les autres.

À sa grande surprise, les deux gendarmes ne le conduisirent pas jusqu'au poste. Il fut dirigé vers la pente menant à la rivière, sous le pont d'Ilakak', où l'attendait Bako. L'adjudant l'accueillit en esquissant un salut qui n'avait plus rien de militaire. Au moment où ils se serrèrent la main, Monza nota le regard tendu du militaire au-dessus de son épaule. Il pivota sur ses talons et vit les bérets noirs pataugeant dans l'eau, sous le pont. Pendant un instant, Monza fut incapable d'expirer l'air qu'il venait d'inhaler.

— Vous avez une cigarette ? demanda Bako en mimant le geste du fumeur.

Monza lui tendit ses Boston, le regard rivé sur les hommes de l'adjudant. Après la première bouffée, Bako s'accroupit dans un endroit où la pente était moins abrupte. Monza prit une position identique à son côté, avec un air sombre et abattu. L'intensité que son regard faisait d'habitude apparaître avait laissé place à une profonde vacuité.

— C'est également sous le pont que la fille a été repêchée? demanda l'adjudant en désignant de l'index l'endroit où la nationale 7 enjambait la rivière.

— Sous le pont, confirma Monza.

— Deux cadavres découverts sur le même site, à une journée d'intervalle, c'est particulièrement troublant.

— Particulièrement troublant, répéta Monza, l'air absent.

Deux gendarmes en kaki remontèrent de la rivière, portant un corps sur un brancard. Ils le déposèrent aux pieds de leur supérieur. Bako hésita quelques secondes, puis il souleva un pan du drap qui recouvrait le visage. Il découvrit la face tuméfiée d'un homme portant deux piercings à l'arcade sourcilière.

L'adjudant le fixa un instant avant de faire signe à ses hommes d'emporter le mort. Il les accompagna un court instant du regard, puis se laissa choir en position assise.

— Manquait plus que ça ! soupira-t-il en retirant son béret.

Il se mit à comprimer nerveusement son couvre-chef entre ses mains.

— Voilà le monde dans lequel nous vivons ! Un monde rempli de types abjects, qui ne pensent qu'à s'entretuer. Le mal est partout !

Le gendarme marqua une courte pause avant de reprendre :

— Désolé de vous avoir réveillé à l'aube pour assister à ce triste spectacle. Mais j'ai tout de suite imaginé que votre hiérarchie allait une nouvelle fois vous mettre sur le coup.

— Je ne crois pas, répondit l'inspecteur d'une voix sans timbre.

Monza maintenait des yeux fixes et droits sur la pile du pont d'Ilakak'. Il n'avait même pas ressenti l'âcre satisfaction que pouvait provoquer la vengeance. Il lui restait juste un sale goût dans la bouche, et dans sa tête, d'énormes corbeaux s'étaient mis à tournoyer sans qu'il parvienne à les arrêter. Le policier pouvait même les entendre croasser, et battre des ailes avec des claquements secs et lugubres.

— Probablement un règlement de compte entre souteneurs, poursuivit Bako. Ça devait arriver ! Ilakak' s'est suffisamment développée pour engendrer tous les maux habituels d'une grande ville. Il y a maintenant ici tout ce qu'il faut. Les gangs vont pouvoir s'amuser comme des fous. Le soir, il ne fera pas bon se promener dans les rues. Nous allons vivre dans la peur, et je pense sincèrement qu'il fera meilleur au fond de la galerie d'une mine que dans le centre de cette cité. D'ailleurs, si j'étais à la place du ministre des Transports, je lancerais de grands travaux pour détourner la nationale 7.

Les paroles de l'adjudant ne parvenaient plus aux oreilles de Monza. Pas plus que le tumulte des badauds qui se dispersaient le long de la rivière. Monza n'entendait plus rien. Le nuage opaque et tournoyant des corbeaux s'était transformé en un gigantesque trou noir, aspirant toutes ses pensées dans les ténèbres. Les conséquences de son supplice intérieur pouvaient à présent se lire sur son visage. Le policier avait viré du brun clair au ton olivâtre. Il sentit soudain que l'adjudant avait posé une main sur son avant-bras, comme s'il voulait donner plus de poids à ce qu'il allait lui dire.

— Croyez-moi, vous avez de la chance de quitter Ilakak', inspecteur. Cet endroit va rapidement devenir insupportable. La seule chose que l'on puisse souhaiter ici, c'est que le gisement gemmifère s'épuise, que les prospecteurs ne trouvent plus rien, que toute cette vermine fiche le camp ! Cela mettrait un terme à toute cette merde. Et ça nous permettrait de souffler un peu !

L'adjudant inclina la tête, se massa la nuque. Puis il tenta de chasser la tension qui l'habitait en fumant.

— Au fait, votre patron gréco-malgache s'est fait la malle, annonça-t-il, la clope au bec.

Malgré la surprise et l'envie de se justifier, Monza opta pour le silence. De toute manière, sa bouche lui donnait l'impression d'être paralysée, un peu comme s'il avait dégusté des brèdes mafana, ces plantes capables d'anesthésier le palais et qui vous donnent la sensation d'avoir une limace morte à la place de la langue. Bako plissa les paupières, surpris par son attitude impassible.

— Un inspecteur qui se met à creuser à Ilakak', ça ne passe pas inaperçu, lança l'adjudant avec un petit spasme nerveux.

Puis sur un ton grinçant :

— Mais bon sang, que faisiez-vous exactement au fond de la mine ? demanda-t-il en tentant d'intercepter le regard du policier. Vous n'allez tout de même pas me faire croire que vous cherchiez aussi des saphirs !

Monza ne desséra pas la mâchoire. Comprenant qu'il était parvenu dans une impasse silencieuse, l'adjudant laissa de côté les questions qui le taraudaient.

— Stavros a pris le premier taxi-brousse pour Tulear ce matin, reprit-il dans un souffle. Il n'est même pas repassé au poste pour réclamer le pick-up que je lui avais confisqué.

Le gendarme extirpa un porte-clefs de sa poche et le fit tournoyer un instant, comme le pendule d'un sourcier.

— Il n'avait vraiment pas envie de me revoir, celui-là !

Sur ce, il se leva en poussant un long soupir, rajusta son béret sur son crâne, et lança les clefs du Dangel à Monza.

Le policier se releva à son tour et l'interrogea du regard.

— Un petit souvenir de ce foutu bled ! s'exclama Bako. Le véhicule abandonné par Stavros et son acolyte. Il est stationné à l'entrée de la gare routière. Il est à vous.

Monza gratifia le gendarme d'une grimace qui se voulait être un sourire de remerciement.

— Je vous préviens, c'est presque une épave, rajouta Bako. Mais je pense que ce vieux tas de tôle peut encore servir. Au moins, il devrait pouvoir vous ramener jusqu'à Ranohira…

Après un salut militaire, l'adjudant rejoignit lourdement la piste. Monza observa son dos massif jusqu'à ce qu'il se fonde dans une colonne de mineurs rejoignant la ville, puis son regard revint se poser sur le pont d'Ilakak'. Il demeura un long moment immobile, sous la pluie qui commençait à tomber, en pensant à Tiana et au type de l'abattoir. Tout avait basculé si vite ! Et à présent, aucun retour en arrière n'était possible. L'aspect définitif de ce qui était arrivé lui serra la gorge. Une seule certitude le dominait à présent : où qu'il aille, et quoi qu'il fasse, le souvenir de ce pont projetterait son ombre sur sa vie.

*

* *

Le mécanicien força sur la tôle pour refermer le capot, et posa ses deux mains sur l'aile endommagée du Dangel.

— Vous allez loin avec ça ?

Monza lui jeta un regard en coin, guettant la moindre expression sur son visage.

— Jusqu'à Ranohira.

— Vingt bornes, c'est ça ?

— Oui, un peu plus de vingt kilomètres, confirma Monza.

L'homme hocha longuement la tête. Monza restait suspendu à son verdict.

— Le moteur semble tourner correctement, répondit le mécanicien avec l'air appliqué du professionnel résolu à donner toute satisfaction. Avec un peu de chance vous pouvez y arriver, poursuivit-il en ralentissant le débit de sa voix.

De plus en plus sceptique, Monza prit un peu de recul pour examiner le véhicule. La carrosserie était dans un sale état. De l'optique en trapèze du Peugeot jusqu'à la portière de la cabine, aucun élément n'avait été épargné par le hors-piste des mineurs.

— Et pour le reste, ça tiendra? interrogea-t-il, en désignant du menton l'aile du véhicule.

— Vous pouvez rouler, mais il vaudrait mieux y aller mollo !

Le mécanicien se détourna et rangea ses outils dans un sac de sport. Avant de partir, il voulut être rassurant.

— Pas mal de gens recherchent ce genre de pick-up. Ils sont réputés increvables. Dans les années soixante-dix, cette Peugeot était la reine de la piste. Elle gagnait tous les rallyes en Afrique.

Monza tordit les lèvres, en lui tendant une liasse de billets pour son intervention.

L'homme compta son argent et regarda Monza par en dessous.

— J'espère au moins qu'il vous reste quelques coupures pour passer les contrôles routiers. Les militaires risquent de vous causer quelques ennuis quand ils vont vous voir circuler avec cet engin.

— J'en fais mon affaire, répondit Monza, proche de l'agacement.

L'homme lui retourna un sourire édenté, agrippa la sangle de son sac et leva la main pour le saluer.

— Faites tout de même attention ! prévint le mécano en s'éloignant.

Monza se mit à examiner le Dangel, comme ces enfants de la brousse découvrant l'existence d'un véhicule à moteur. Le policier se passa la main derrière la nuque. Pour la première fois de sa vie, il était devenu propriétaire d'une voiture. Son permis de conduire allait enfin lui servir à quelque chose. Sa main caressa le toit de la cabine. En vendant sa bicyclette, il pourrait peut-être remettre une partie de la carrosserie en état. Le policier se pencha par-dessus la vitre baissée de la cabine, retira les clefs du démarreur et dirigea ses pas vers les abords de la gare routière. Mamabé l'observait, un peu en retrait. À l'approche du policier, la cantinière vint l'attraper par les épaules et le plaqua contre son ventre avec force, comme si elle voulait le protéger de tous les dangers de ce monde.

— Alors comme ça, tu t'en vas ? demanda-t-elle, la face chiffonnée.

— Je dois faire mon rapport au commissaire.

La cantinière laissa s'écouler quelques instants, puis se détourna avec un air un peu las. Elle rassembla ses affaires autour d'elle, empila les bassines et agrippa ses deux énormes sacs en plastique. Monza la dévisagea, cherchant à comprendre ce qu'elle voulait faire.

— Il est temps de tourner la page, dit-elle, les bras surchargés. De toute façon, j'en avais marre d'Ilakak' et de tous ces mineurs.

— Tu m'accompagnes à Ranohira ? jubila-t-il.

— On s'en va, confirma la cantinière.

Monza se précipita pour aider la cantinière. Ensemble, ils transportèrent sacs et ustensiles de cuisine dans la benne du Dangel. Mamabé insista aussi pour garder son vieux banc tout tordu. Monza le cala avec précaution sous l'œil scrutateur de sa camarade. Une fois rassurée quant à la prise en charge de l'ensemble de ses affaires, Mamabé promena une dernière fois son regard sur la gare routière. Un court instant, elle contempla au fond d'elle-même le souvenir de Tiana, le cœur enveloppé d'un voile de tristesse. Elle soupira profondément, puis se dirigea vers la cabine du Peugeot. Mais avant de grimper, elle pointa Monza de l'index.

— Dis-moi, à Ranohira, y'a pas de mineurs au moins ?

— Pas de mineurs.

— Pas de saphirs ?

— Non, pas que je sache.

— Alors, aide-moi à monter dans ta charrette.

Monza arbora un large sourire et lui ouvrit la porte de la cabine, côté passager. Fier comme un pasteur bara qui conduit son troupeau, Monza s'installa ensuite au volant, et tourna la clef de contact. Le pick-up Dangel s'ébroua et démarra du premier coup. Toutes les tôles du véhicule se mirent à résonner. Il fallait élever le ton pour se faire entendre.

— Moi qui voulais tenter ma chance dans ma propre mine ! s'exclama Monza sincèrement.

Mamabé lui jeta un regard en coin et secoua la tête.

— Je ne sais pas ce qui m'a pris de te suivre !

— La fièvre, sûrement !

— Tu es aussi fou que les autres !

Monza tapota le volant.

— J'aurais peut-être eu la veine de trouver un saphir gros comme le poing.

— Joue à la loterie, ça te salira moins les mains !

— C'est moins drôle.

— Je ne vois vraiment pas ce qu'il y a de drôle à se crever dans un trou.

Monza fouilla dans sa poche et exhiba le coprolithe laissé par Stavros.

— Il ne me reste que ça.

La cantinière plissa le nez de dégoût.

— C'est quoi ce truc ?

— Un fossile. C'était le porte-bonheur du Grec, paraît-il.

Elle haussa les épaules.

— Tu vois où ça l'a mené ! Vaut mieux s'en débarrasser tout de suite. Jette-moi ce machin !

Le policier observa un instant l'excrément minéralisé, l'air songeur. Puis il descendit la vitre et le balança sur le parking.

Mamabé hocha la tête de contentement.

— Maintenant, tu peux appuyer sur le champignon.

Dans un bruit aigu de frottement métallique, le Dangel tout cabossé traversa la gare routière encombrée de piétons, et tourna en grinçant sur la nationale 7. À l'instant même où Monza accéléra pour prendre de l'élan dans la pente de la ville, le véhicule se libéra magiquement de tous ses bruits parasites, et fonça sur la grande ligne droite traversant la plaine, en direction de l'Isalo.

Mars 2015

Le Maki Lodge, Nosy Komba. Madagascar.

Remerciements

À mon ami de toujours, Charles Haquet. Ce livre n'aurait pas existé sans ses encouragements et ses précieux conseils.

À Claudia et Emma pour leur soutien, et tout leur amour.

DANS LA COLLECTION MASQUE POCHE

John Buchan, *Les Trente-neuf Marches* (n° 1)

Louis Forest, *On vole des enfants à Paris* (n° 2)

Philip Kerr, *Chambres froides* (n° 3)

Mrs Henry Wood, *Les Mystères d'East Lynne* (n° 4)

Boileau-Narcejac, *Le Secret d'Eunerville – Arsène Lupin* (n° 5)

Fred Vargas, *Les Jeux de l'amour et de la mort* (n° 6)

Taiping Shangdi, *Le Cheval parti en fumée* (n° 7)

Ruth Rendell, *Un démon sous mes yeux* (n° 8)

Alan Watt, *Carmen (Nevada)* (n° 9)

Frédéric Lenormand, *Meurtre dans le boudoir* (n° 10)

Boileau-Narcejac, *La Poudrière – Arsène Lupin* (n° 11)

John Connor, *Infiltrée* (n° 12)

Jeffrey Cohen, *Un témoin qui a du chien* (n° 13)

Barbara Abel, *L'Instinct maternel* (n° 14)

S.A. Steeman, *L'assassin habite au 21* (n° 15)

A. Bauer et R. Dachez, *Les Mystères de Channel Row* (n° 16)

Cyrille Legendre, *Quitte ou double* (n° 17)

Charles Exbrayat, *Vous souvenez-vous de Paco ?* (n° 18)

Émile Gaboriau, *L'Affaire Lerouge* (n° 19)

Danielle Thiéry, *Le Sang du bourreau* (n° 20)

Dorothy L. Sayers, *Lord Peter et l'Inconnu* (n° 21)

Jean d'Aillon, *Le Captif au masque de fer* (n° 22)

Neal Shusterman, *Les Fragmentés* (n° 23)

Gilles Bornais, *Les Nuits rouges de Nerwood* (n° 24)

Rex Stout, *Fer-de-Lance* (n° 25)

C.M. Veaute, *Meurtres à la romaine* (n° 26)

Reggie Nadelson, *Londongrad* (n° 27)

Boileau-Narcejac, *Le Second Visage d'Arsène Lupin* (n° 28)

Jo Litroy, *Jusqu'à la mort* (n° 29)

Maud Tabachnik, *La honte leur appartient* (n° 30)

Olivier Gay, *Les talons hauts rapprochent les filles du ciel* (n° 31)

Philip Kerr, *Impact* (n° 32)

Françoise Guérin, *À la vue, à la mort* (n° 33)

Dorothy L. Sayers, *Trop de témoins pour Lord Peter* (n° 34)

John Dickson Carr, *La Chambre ardente* (n° 35)

Charles Exbrayat, *Les Blondes et Papa* (n° 36)

Jean d'Aillon, *Les Ferrets de la reine* (n° 37)

Jean d'Aillon, *Le Mystère de la chambre bleue* (n° 38)

Frédéric Lenormand, *Le diable s'habille en Voltaire* (n° 39)

Patrick Cauvin, *Frangins* (n° 40)

PRIX DE BEAUNE 2014 (n° 41)

Jean d'Aillon, *La Conjuration des importants* (n° 42)

Denis Bretin, *Le Mort-Homme* (n° 43)

Margaret Millar, *Le Territoire des monstres* (n° 44)

Eoin McNamee, *Le Tango bleu* (n° 45)

Boileau-Narcejac, *La Justice d'Arsène Lupin* (n° 46)

Serge Brussolo, *Le Manoir des sortilèges* (n° 47)

Charles Haquet, *Les Fauves d'Odessa* (n° 48)

Jean d'Aillon, *La Conjecture de Fermat* (n° 49)

Olivier Gay, *Les mannequins ne sont pas des filles modèles* (n° 50)

Boileau-Narcejac, *Le Serment d'Arsène Lupin* (n° 51)

Serge Brussolo, *La Route de Santa-Anna* (n° 52)

Cyrille Legendre, *Nous ne t'oublierons jamais* (n° 53)

John Dickson Carr, *Trois cercueils se refermeront* (n° 54)

Frédéric Lenormand, *Crimes et condiments* (n° 55)

Jean d'Aillon, *L'Exécuteur de la haute justice* (n° 56)

Philippe Kleinmann et Sigolène Vinson, *Bistouri Blues* (n° 57)

Olivier Gay, *Mais je fais quoi du corps ?* (n° 58)
Danielle Thiéry, *Mauvaise graine* (n° 59)
Olivier Taveau, *Les Âmes troubles* (n° 60)
Rex Stout, *Les Compagnons de la peur* (n° 61)
Thierry Bourcy, *La Mort de Clara* (n° 62)
C. M. Veaute, *Mourir à Venise* (n° 63)
Charles Haquet, *Cargo* (n° 64)
Jean D'Aillon, *L'Énigme du clos Mazarin* (n° 65)
Barbara Abel, *Un bel âge pour mourir* (n° 66)
Mathias Bernardi, *Toxic Phnom Penh – PRA* (n° 67)
Serge Brussolo, *Tambours de guerre* (n° 68)
Patrick Weber, *La Vierge de Bruges* (n° 69)
Frédéric Lenormand, *Élémentaire mon cher Voltaire !* (n° 70)
Françoise Guérin, *Cherche jeunes filles à croquer* (n° 71)
Gilles Bornais, *La Diable de Glasgow* (n° 72)
Philippe Kleinmann et Ségolène Vinson, *Substance* (n° 73)
François-Henri Soulié, *Il n'y a pas de passé simple* (n° 74)
Patrick Tringale, *Caatinga* (n° 75)
Jean Ely Chab, *La Vallée du saphir* (n° 76)

LE MASQUE
s'engage pour l'environnement
en réduisant l'empreinte carbone
de ses livres.
Celle de cet exemplaire est de :
290 g éq. CO_2
Rendez-vous sur
www.lemasque-durable.fr

PAPIER À BASE DE
FIBRES CERTIFIÉES

Composition réalisée par DATAMATICS

Achevé d'imprimer en septembre 2016, en France sur Presse Offset par
Maury Imprimeur - 45330 Malesherbes
N° d'imprimeur : 211886
Dépôt légal : octobre 2016 – Édition 01